마크 트웨인의 불온한 독설

참혹한 슬픔

마크 트웨인의 불온한 독설

참혹한 슬픔

강주헌 옮김

Mark Twain

경당

강주헌은 1957년 서울 태어나, 한국 외국어대학교 불어학과를 졸업하고 같은 대학원에서 석사, 박사 학위를 받았다. 쓴 책으로는《현대프랑스언어학》《현대불어학개론》《계집팔자 상팔자》《이야기 영문법 1, 2》들이 있고, 옮긴 책으로는《여성과 언어》《여자는 왜 여자답게 말해야 하는가》《에밀리 엘의 사랑》《톨스토이 행복》《톨스토이 성경》《인연》《신 아라비안 나이트》《젊은 황제》《중세기행》《그들에게 국민은 없다》《아주 특별한 우표 한 장》《새로운 세기와의 대화》들이 있다.

참혹한 슬픔

지은이 | 마크 트웨인
옮긴이 | 강주헌
발행인 | 박세경

1판 1쇄 인쇄일 | 2000년 3월 17일
1판 1쇄 발행일 | 2000년 3월 24일

발행처 | 경당
출판 등록 | 1995년 3월 22일 제1-1862호
서울시 마포구 망원2동 474-19 동신빌딩 3층
전화 (02) 3141-3411~2 | 팩스 (02) 3141-3413

00 01 02 03 04 05   9 8 7 6 5 4 3 2 1

ISBN 89-86377-11-X 03840
값 7,000원

불가사의한 족속 1—이브

월요일

긴 머리카락을 가진 새로운 피조물이 무척이나 성가시다.
그것이 언제나 내 주위를 어슬렁대면서 따라다닌다. 나는
그것이 싫다. 나는 더불어 있는 것에 익숙지 않다. 그것이 다른
동물과 지냈으면 좋겠다……. 오늘은 구름이 끼여 있다.
동쪽에서는 바람이 분다. 우리에게 비가 올 것 같다……. 우리?
이 낱말을 어디에서 들었더라? 그 새로운 피조물이 사용하던
말이군.

화요일

커다란 폭포를 조사했다. 내 생각에는 이 땅에서 가장 아름다운
것이다. 새 피조물은 그것을 나이아가라 폭포라 부른다. 그
이유는 분명히 모르겠다. 하여튼 나이아가라 폭포처럼

보인단다. 합리적인 이유가 아니다. 그저 즉흥적이고 어리석은 소리일
따름이다. 나는 어떤 것에 이름을 붙일 기회조차 없다. 내가 입을 떼기도
전에, 새 피조물이 눈앞에 나타나는 모든 것에 이름을 붙여버린다. 그리고
항상 똑같은 핑계를 댄다. 그것은 그것처럼 보인다고. 예를 들어, 도도새가
있다. 누구나 그 놈을 보자마자 한눈에 그 놈이 "도도새처럼 보인다"고
말할 거란다. 그 놈은 그 이름으로 불리게 될 것이다. 의심의 여지가 없다.
그걸 걱정하는 것만으로도 지친다. 어쨌든 바람직한 이름이 아니다.
도도새라니! 그 놈도 나만큼이나 도도새처럼 보이지 않는다.

수요일

비를 가릴 보금자리를 만들었다. 하지만 나 혼자 편안히 차지할 수가
없었다. 새 피조물이 침입해 들어왔다. 쫓아내려 하자, 그것은 세상을 보는
두 구멍에서 물을 쏟아내며 손등으로 닦아냈다. 그리고 다른 동물들이
슬플 때 내는 것 같은 시끄러운 소리를 질렀다. 나는 새 피조물이 말을
하지 않았으면 좋겠다. 그것은 쉬지 않고 입을 놀려댄다. 불쌍한 동물에게
퍼붓는 쓸데없는 잔소리처럼 들린다. 발음도 분명하지 않다. 그러나 꼭
그런 뜻으로 말하는 것은 아니다. 나는 전에 사람의 목소리를 들어본 적이
없다. 이 꿈같이 고독하고 엄숙한 침묵의 세계에 갑자기 찾아든 낯설고
새로운 소리는 내 귀에 거슬리며, 불협화음같이 들린다. 게다가 그 새로운
소리가 나에게 너무도 가까이 있다. 내 오른쪽 어깨 옆에 있고, 내 오른쪽
귀 옆에 있다. 처음에는 이쪽이고, 다음에는 반대쪽이다. 그런데 나는
멀리서 들려오는 소리에만 익숙해 있다.

금요일

이름짓기는 내 방해에도 불구하고 무모하게 계속되고 있다. 나는 이 땅에 아주 멋진 이름을 지었다. 음악적이고 아름다운 이름이다. 에덴 동산이란 이름이다. 나는 혼자서 이 땅을 그렇게 부를 뿐, 누구에게도 알리지 않았다. 새 피조물은 이 땅이 온통 숲과 바위뿐이어서 정원과는 닮은 곳이 전혀 없다고 말한다. 공원처럼 보인단다. 공원이 아닌 어떤 것과도 비슷하지 않다고 말한다. 결국, 나와는 상의도 하지 않고, 이 땅은 나이아가라 폭포 공원이란 새 이름으로 변해 버렸다. 너무 독단적이란 생각이 든다. 그리고 다음과 같은 팻말이 나붙었다.

잔디밭
출입 금지

이제 내 삶은 예전처럼 행복하지 않다.

토요일

새 피조물은 과일을 지나치게 많이 먹는다. 우린 곧 과일이 부족할 것 같다. 그럴 가능성이 무척 크다. 다시 "우리"라고 했다. 이 말은 새 피조물이 쓰는 말이다. 그 말을 너무 많이 듣다 보니 이제 내 말이 되기도 했다. 아침에는 안개가 짙게 끼었다. 나는 안개 낀 날은 나돌아다니지 않는다. 새 피조물은 그렇지 않다. 그것은 날씨를 가리지 않고 나돌아다닌다. 그리고 진흙 묻은 발로 터벅대며 들어온다. 그리고 말을 시작한다. 이곳은 예전엔 너무도 쾌적하고 조용한 곳이었는데.

일요일

힘든 하루였다. 이 날이 점점 짜증스러워져 간다. 작년 11월부터 이 날은
휴식의 날로 정해 따로 떼어놓아졌다. 전에는 1주일 중 엿새가 휴식의
날이었는데. 오늘 아침, 새 피조물이 금지된 나무의 사과 같은 열매에
흙덩이를 던지려는 것을 보았다.

월요일

새 피조물이 자기 이름은 이브라고 말한다. 괜찮았다. 나는 반대하지
않았다. 앞으로 자길 찾으려면 그렇게 불러달란다. 나는 쓸데없는
짓이라고 말했다. 사실 그 이름은 대단하고 좋은 이름이다. 앞으로도
되풀이해서 쓰일 이름이다. 그것은 자기가 "그것"이 아니라 "그녀"라고
말한다. 이것도 의심스럽다. 그러나 그것은 나에게 모든 것이자 유일한
것이다. 그녀가 혼자 돌아다니고 말을 하지 않는다면, 현재의 그녀는
나에게 무의미한 것일 따름이다.

화요일

그녀가 온 땅을 형편없는 이름과 고약한 팻말로 더럽혀 놓았다.

소용돌이로 가는 길
염소 섬으로 가는 길

바람의 동굴로 가는 길

그녀는 사용료를 물린다면 이 공원이 괜찮은 여름 휴양지가 될 거라고
말한다. 여름 휴양지—그녀가 만들어낸 또 하나의 발명품이다—라니,
낱말이긴 한데 아무런 뜻도 없는 말이다. 대체 여름 휴양지가 뭘까?
하지만 그녀에게는 묻지 않는 것이 최선이다. 설명을 요구하면 불같이
화를 낸다.

금요일

그녀는 나에게 더 이상 폭포에 가지 말라고 끈질기게 요구한다. 대체 무슨
위험이 있다는 것일까? 그녀는 폭포만 생각해도 가슴이 떨린다고 말한다.
그 이유가 궁금하다. 나는 언제나 폭포에 갔었다. 폭포에 뛰어들기를
좋아했고, 그 싸늘한 감촉이 좋았다. 나는 그 때문에 폭포가 있는 것이라
생각했다. 내가 알기로, 그것밖에 폭포가 존재할 이유가 없다. 폭포는
그러자고 만들어진 것이 틀림없다. 그녀는 폭포가 그저 볼거리로
만들어졌다고 말한다. 코뿔소나 마스터돈(코끼리와 비슷한 고대의 포유
동물—옮긴이)처럼 말이다.
나는 통을 타고 폭포를 건넜다. 그녀는 그 통을 마음에 들어하지 않았다.
그녀는 함지를 타고 폭포를 건넜다. 그것 역시 마음에 들어하지 않았다.
무화과잎으로 만든 옷을 입은 채로, 소용돌이와 급류에서 헤엄을 쳤다.
옷이 많이 망가졌다. 내 무모했던 행동 때문에 지루한 불평을 들어야 했다.
내 생활이 지나치게 방해받고 있다. 나에게는 환경의 변화가 필요하다.

토요일

마침내 지난 화요일 밤 탈출을 시도했다. 이틀 동안 여행을 했다. 한적한 곳에 또 하나의 보금자리를 만들었다. 능력껏 내 흔적을 지웠다. 그러나 그녀는 그 동안 길들여 놓았던 동물을 앞세우고 나를 추적했다. 늑대라고 부르는 놈이다. 그녀는 애틋한 소리를 내면서 다가왔고, 세상을 보는 구멍에서 물을 흘렸다. 나는 그녀와 함께 돌아가야만 했다. 하지만 기회만 닿으면 다시 도망칠 것이다. 그녀는 온갖 하찮은 일에 열중하고 있다. 사자와 호랑이라는 동물들은 이빨을 가지고 있어서 그것으로 서로를 잡아먹을 듯한데, 풀과 꽃을 먹고 사는 이유를 연구하는 것도 그녀의 일과이다. 어리석기 짝이 없는 의문이다. 그런 짓이 바로 서로를 잡아먹는 짓일 거다. 그렇게 하면, 내가 아는 한 "죽음"이라는 것을 가져온다. 내가 들은 바에 따르면, 죽음은 아직 이 공원에 들어오지 않았다. 어쨌든 죽음은 애석한 것이다.

일요일

힘든 하루였다.

월요일

평일이 왜 존재하는지 알 것 같은 기분이다. 일요일의 피로감을 씻어낼 시간을 갖는 것이다. 좋은 생각인 것 같다……. 그녀는 또 그 나무에 오르고 있었다. 그녀에게 흙덩이를 던졌다. 그녀는 보는 사람이 없다고 말했다. 어떤 위험한 일도 충분히 정당화할 수 있다는 태도다. 그녀에게 그렇게 말했다. 정당화란 낱말이 그녀를 감격하게 만들었다. 질투심도 불러일으켰다고 생각한다. 아주 멋진 낱말이다.

화요일

그녀가 자기는 내 몸에서 꺼낸 갈비뼈로 만들어졌다고 말했다. 확실하지는 않지만 적어도 의심스런 구석이 있다. 나는 갈비뼈를 잃은 적이 없는데……. 그녀는 말똥가리 때문에 걱정이 많다. 풀이 말똥가리에게 맞지 않는다고 말한다. 그래서 말똥가리를 키울 수 없을까봐 걱정이다. 그녀는 말똥가리가 썩은 고기를 먹고 살도록 만들어진 것이라 생각한다. 말똥가리는 무엇을 주나 재주껏 살아갈 것이다. 그렇다고 우리가 말똥가리를 키우려던 계획 전체를 뒤집어 엎을 수는 없다.

토요일

그녀는 어제 연못에 얼굴을 비추어보다 빠지고 말았다. 그런데 오늘도 그렇게 하고 있다. 어제 그녀는 거의 질식해 죽을 뻔했고, 무척이나 거북하다고 말했다. 그곳에 살고 있는 동물, 그녀가 물고기라고 불렀던 것들에 미안해했다. 그녀는 계속 이름을 붙이고 있다. 하지만 당사자들은 그런 이름들을 필요로 하지 않는다. 붙여준 이름을 불러도 가까이 오지 않는다. 결국 그녀는 쓸데없는 일을 하고 있는 것이니, 무지한 바보나 다름없다. 그녀는 어젯밤 연못에서 그것들을 몇 마리 꺼내와, 따뜻하게 해준다며 내 침대 안에 밀어넣었다. 오늘 하루 내내 나는 그것들을 가끔 살펴보았지만, 그것들이 전보다 더 행복해진 것 같지는 않다. 더 얌전히 있을 따름이다. 밤이 되면, 그것들을 집 밖에 내다놓을 생각이다. 다시 그것들과 같이 자지 않을 것이다. 몸에 아무것도 걸치지 않고서 그것들 틈에 끼여 자면 축축하고 기분 나쁘기 때문이다.

일요일
힘든 하루였다.

화요일
그녀는 이제 뱀과 사귀기 시작했다. 다른 동물들도 그걸 좋아한다. 왜냐하면 그녀가 항상 실험을 한다면서 자기네들을 귀찮게 했기 때문이었다. 나도 기쁘다. 뱀이 말을 하기 때문이다. 덕분에 나는 쉴 수 있게 되었다.

금요일
뱀이 그녀에게 그 나무 열매를 따먹어 보라 했다고 말한다. 그렇게 하면 굉장히 멋지고 엄청난 교훈을 대가로 얻게 될 거라고 말한다. 나는 그녀에게 다른 대가도 있다고 말했다. 죽음이 이 세상에 들어오게 될 것이라 말했다. 그것이 실수였다. 입을 다물고 있는 편이 나았다. 내 말은 그녀에게 한 가지 생각을 떠오르게 해주었을 따름이었다. 병든 말똥구리를 구할 수도 있고, 풀이 죽어 있는 사자와 호랑이에게 신선한 고기를 줄 수도 있다는 생각이었다. 나는 그녀에게 그 나무에는 얼씬도 말라고 충고했다. 그녀는 내 말대로 하겠다고 말한다. 말썽이 날 것 같다. 다른

14 마크 트웨인의 불온한 독설

곳으로 도망가서 살아야겠다.

수요일

여러 가지 일이 있었다. 나는 어젯밤 탈출을 시도했다. 밤새 말을 타고
힘껏 달렸다. 말썽이 일어나기 전에, 공원에서 도망쳐서 다른 나라에서
숨어 지내고 싶었다. 그러나 그럴 수가 없었다. 해가 뜨고 한 시간이
지났을 때, 나는 꽃이 만발한 초원을 지나고 있었다. 수천 마리의 동물들이
평소 습관대로 풀을 뜯거나, 졸고 있거나, 서로 장난을 치고 있었다.
그런데 동물들이 깜짝 놀란 듯이 소리를 질러대기 시작했다. 한순간에
초원은 광란의 소용돌이로 변해 버렸고, 동물들이 싸움질을 시작했다.
그때 나는 그 의미를 알 수 있었다. 이브가 그 과일을 먹은 것이었다.
죽음이 이 세상에 들어온 것이었다……. 호랑이들이 내 말을 잡아먹어
버렸다. 내가 멈추라고 명령했지만 눈길조차 돌리지 않았다. 그 자리에
계속 있었더라면 나까지도 호랑이에게 잡아먹히고 말았을 것이다. 나는
가만히 있지 않았다. 있는 힘을 다해서 달아났다……. 그리고 나는 이곳을
찾아냈다. 공원 밖이다. 며칠 동안 상당히 편안했다. 그러나 그녀는 나를
찾아냈다. 나를 찾아냈고, 이곳을 토나완다라 이름붙였다. 그것처럼
보인다고 말했다. 사실 그녀가 와서 아쉽지는 않았다. 이곳에는 따먹을
것이 별로 없기 때문이었다. 게다가 그녀는 그 사과를 몇 개 가져왔다.
나도 그 사과를 먹을 수밖에 없었다. 너무 배가 고팠기 때문이었다. 내
원칙에 어긋나는 일이었지만, 원칙이란 배불리 먹을 수 있을 때가 아니면
아무런 힘도 없는 법이다……. 그녀는 나뭇가지와 나뭇잎으로 몸을

가리고 왔다. 나는 그녀에게 무슨 해괴망측한 짓이냐며, 그것들을
잡아채서 던져버렸다. 그러자 그녀는 낄낄대고 웃으면서도 얼굴이
빨개졌다. 전에는 낄낄대고 웃으면서 얼굴이 빨개지는 사람을 본 적이
없었다. 합당치 않고 어리석은 짓으로 여겨졌다. 그녀는 나도 그런 것이
어떤 것인지 곧 알게 될 거라고 말했다. 옳은 말이었다. 배가 고팠기
때문에, 나는 사과—계절이 늦은 것을 감안해도 내가 보았던 가장 탐스런
열매였다—를 절반이나 먹어치우고는 내다버린 나뭇가지와 나뭇잎으로 내
몸을 가렸다. 그녀에게도 엄숙한 목소리로 밖으로 나가 나뭇잎들을 가져와
창피한 꼴을 보이지 말라고 일렀다. 그녀는 그렇게 했다. 그런 후 우리는
야수들이 싸움을 벌였던 곳으로 기어가, 가죽들을 주워모았다. 그녀에게
가죽 조각을 맞추어 공공행사에 적당한 옷 두 벌을 만들라고 했다. 사실
옷은 불편하지만 맵시가 있다. 그것이 바로 의복의 초점이다……. 나는
그녀가 썩 괜찮은 짝이라 생각한다. 그녀가 없으면 외롭고 슬프다. 내
본연의 속성을 잃었기 때문이다. 또 다른 이유도 있다. 그녀는 우리가
이제부터 먹을 것을 위해 일해야 한다는 명령이 있었다고 말한다. 그녀는
쓸모가 있을 것이다. 나는 그녀의 감시자가 될 것이다.

열흘 후

그녀가 재앙의 원인이 나였다고 비난을 해댄다. 그녀는 무척이나 진지한
표정으로, 뱀의 말에 따르면 금지된 과일은 사과가 아니라 밤이었다고
말한다. 나는 밤을 먹어본 적이 없기 때문에 나에게는 죄가 없다고 말했다.
그러나 그녀는 "밤"은 오래되고 케케묵은 농담을 의미하는 상징적

낱말이라고 말했다. 뱀에게 배웠다고 말했다. 그때 나는 얼굴이 창백하게 질리고 말았다. 지루한 시간을 보내기 위해 많은 농담을 했었기 때문이었다. 솔직히 말해서 언제나 새로운 농담거리를 만들었기 때문에, 그런 농담이 있었는지도 몰랐다. 그녀는 재앙이 일어났던 바로 그때, 내가 그런 농담을 했는지 물었다. 사실 큰소리로 떠들지는 않았지만 나 자신에게 그런 농담을 했었다고 인정할 수밖에 없었다. 그런 일이 있었다. 나는 폭포에 대해 생각하고 있었다. "거대한 물덩이가 저기로 떨어지는 것을 본다면 굉장히 멋질 거야!"라고 혼잣말로 속삭였다. 바로 그 순간 내 머리 속으로 멋진 생각이 스치고 지나갔다. 그래서 "거대한 물덩이가 저기에서 솟구쳐 올라가면 훨씬 더 멋질 거야!"라고 나도 모르게 소리쳤다. 너무나 웃겨서 배꼽이 빠질 지경이었다. 그때 지축이 흔들리며 싸움과 죽음이 찾아들었다. 나는 살기 위해 도망쳐야만 했다. 그러자 그녀가 의기양양하게 "바로 그거예요. 뱀이 바로 그 농담을 가리켰던 것이고, 그 농담을 최초의 밤이라 이름붙였어요. 게다가 농담은 창조와 더불어 생긴 것이라 말했어요"라고 말했다. 유감스럽게도 내가 정말 죄인이었다. 나에게 그런 재치만 없었더라면! 오……. 내가 그처럼 번뜩이는 생각을 갖지만 않았더라면!

다음 해

우리는 그것에 카인이란 이름을 붙였다. 내가 이리 호의 북쪽 해안에 올가미를 치면서 오지를 헤매고 있는 동안, 그녀가 그것을 찾아냈다. 그녀는 우리 굴에서 2마일 정도 떨어진 숲 속에서 그것을 찾아냈다. 아니,

4마일이었을 수도 있다. 그녀는 어느 쪽인지 확실히 알지 못했다. 그것은 여러 면에서 우리를 닮았다. 친척일지도 모른다. 그녀는 그렇게 생각하지만, 내 판단에 따르면 틀린 것이다. 크기가 다른 것으로 보아, 그것은 전혀 다른 새로운 동물이라는 결론이 내려진다. 어떤가 보려고 그것을 물 속에 집어넣었을 때 가라앉았지만 물고기일지도 모른다. 그녀는 물 속에 뛰어들어, 내 실험에서 결론을 얻기도 전에 그것을 붙잡아 꺼냈다. 그래도 나는 그것이 물고기라 생각한다. 하지만 그녀는 그것이 무엇인지에 대해 무관심하면서도 내가 그것으로 실험하는 것을 허락지 않는다. 그 이유를 모르겠다. 그 피조물이 생기면서 그녀의 성격이 완전히 바뀐 것 같다. 게다가 실험마저 못마땅하게 여겼다. 그녀는 다른 어떤 동물보다도 그것을 끔찍이 생각한다. 하지만 그 이유를 설명하지 못한다. 그녀의 생각은 정돈되어 있지 않다. 모든 것이 그것을 증명해 준다. 그것이 칭얼대며 물에 가고 싶어하면, 한밤중에도 그 "물고기"를 안고 나갈 때도 있다. 그때마다 그녀의 얼굴 곳곳에서 물이 흘러나오며, 무척이나 지쳐 보인다. 그녀는 그 물고기를 달래려고 등을 살며시 토닥여주며, 입으로 부드러운 소리를 내기도 하고, 슬픔과 근심을 갖가지 방법으로 드러내 보인다. 나는 그녀가 다른 물고기들에게 그처럼 하는 것을 본 적이 없다. 그 때문에 나는 무척이나 고민스럽다. 우리가 본래의 속성을 잃기 전에, 그녀가 새끼호랑이를 데려와서 놀았던 적은 있었다. 하지만 그때는 순전히 오락거리였다. 새끼호랑이가 저녁거리를 못마땅해했을 때에도 지금처럼 노심초사한 적은 없었다.

일요일

일요일이면 그녀는 일하지 않는다. 완전히 녹초가 되어 누워 지낸다. 그 물고기가 자기 몸 위에서 뒹구는 것을 좋아한다. 그것을 재미있게 해주려고 이상한 소리를 낸다. 그것은 발바닥을 씹는 척하면, 좋아서 웃는다. 나는 그처럼 웃을 수 있는 물고기를 본 적이 없었다. 그것도 나에게는 의문이다……. 나는 일요일을 좋아하게 되었다. 하루도 빼지 않고 감시하는 것도 육체를 피곤하게 만든다. 더 많은 일요일이 있어야만 한다. 옛날에는 일요일이 괴로웠지만, 이제는 일요일이 편하다.

수요일

그것은 물고기가 아니다. 그것이 무엇인지 확실히 모르겠다. 그것은 기분이 좋지 않을 때마다 악마같이 야릇한 소리를 낸다. 그때마다 "구구"라고 말한다. 그래도 우리와 같은 것이 아니다. 왜냐하면 걷지 못하기 때문이다. 그것은 새도 아니다. 날지 못하기 때문이다. 개구리도 아니다. 펄쩍 뛰지 못하기 때문이다. 뱀도 아니다. 몸으로 기어가지 못하기 때문이다. 그것이 헤엄을 칠 수 있는지 없는지 확인할 기회는 없었지만 물고기가 아닌 것만은 확실하다. 그것은 그저 누워 있을 따름이다. 거의 언제나 등을 대고 두 발을 쳐든 채 누워 있다. 다른 동물이 그렇게 하는 것을 본 적이 없다. 나는 그것이 수수께끼 같은 동물이라고 말했다. 하지만 그녀는 그 뜻이 무엇인지도 모른 채 멋진 낱말이라 했다. 내 판단에, 그것은 수수께끼 같은 동물이거나 벌레의 왕이다. 그것이 죽는다면, 분해해서 그 조직이 어떤지 살펴볼 생각이다. 나를 이처럼 당혹스럽게 만든 것은 지금까지 없었다.

석 달 후

내 당혹감이 줄어들기는커녕 늘어만 간다. 잠을 거의 잘 수가 없다. 그것은 이제 누워 있지 않고 네 발로 돌아다닌다. 그러나 그것은 다른 네발동물과는 다르다. 앞다리가 유난히 짧기 때문이다. 그 때문에 몸을 세우고 일어서는 것이 상당히 불안하게 느껴진다. 결코 보기 좋은 모습은 아니다. 그것은 점점 우리와 비슷한 모습을 띠어간다. 하지만 움직이는 방법에서 우리의 혈통이 아니라는 것을 알 수 있다. 짧은 앞다리와 긴 뒷다리로 보아, 그것은 캥거루의 일종인 것 같다. 하지만 캥거루의 특이한 변종이다. 왜냐하면 진짜 캥거루는 껑충껑충 뛰어다니는데, 그것은 그렇지 못하기 때문이다. 그것은 여전히 이상하고 흥미로운 변종이다. 전에는 없었던 것이다. 이런 사실을 깨달았을 때, 나는 그것에 내 나름대로 이름을 붙임으로써 발견의 권리를 획득하는 것이 정당화된다고 생각했다. 그래서 그것에 "아담을 닮은 기묘한 캥거루"란 이름을 붙였……. 그것이 처음 왔을 때에는 어렸다. 그 동안 몰라보게 자랐다. 처음보다 다섯 배는 커졌음에 틀림없다. 불만이 있으면, 처음보다 22배에서 38배까지 큰 소리를 질러댈 수 있다. 위압적인 자세로는 그것을 달랠 수 없다. 오히려 역효과를 낼 따름이다. 그런 이유 때문에 나는 그런 방법을 포기하고 말았다. 그녀는 설득을 통해서, 그리고 전에는 나에게 주어서는 안 된다고 말했던 것을 주면서 그것과 타협을 한다. 이미 언급했듯이, 그것이 처음 왔을 때 나는 집에 없었다. 그녀는 그것을 숲에서 찾았다고 말했다. 그것이

단 하나밖에 없다는 것이 이상하다. 하지만 하나밖에 없는 것이 틀림없다. 내 수집품에 덧붙이고 그것과 놀아줄 다른 놈을 찾으려고 지치도록 몇 주를 헤매고 다녔다. 그렇게만 하면 그것이 좀더 조용해질 것이고, 더 쉽게 길들일 수 있을 것 같았다. 그러나 찾아내지 못했다. 비슷한 흔적조차 없었다. 무엇보다 이상한 것은 발자국도 찾을 수 없었던 것이다. 그것은 땅에서 사는 것이 분명하다. 마음대로 움직이지도 못한다. 그런데 발자국도 남기지 않고 어떻게 돌아다닐 수 있을까? 나는 십여 개의 올가미를 걸어두었다. 하지만 소용이 없다. 작은 동물이 잡혔지만 그 놈은 아니다. 왜 우유가 그곳에 있을까 하는 호기심 때문에 올가미에 걸려든 동물들이다. 그 동물은 결코 우유를 마시지 않는다.

석 달 후

캥거루는 계속해서 자라고 있다. 그것도 무척이나 이상하고 당혹스럽다. 이렇게 오랫동안 자라는 것은 처음이다. 이제 머리 위에는 털도 있다. 캥거루 털과는 다르다. 오히려 더 가늘고 더 부드럽다는 것, 그리고 검은색이 아니고 붉은색이라는 점을 제외하면 우리 머리카락과 다를 바가 없다. 동물학적으로 어디에도 속하지 않는 변종의 성가시고 변덕스런 성장 때문에 정신을 잃을 것 같다. 똑같은 다른 놈을 잡을 수만 있다면……. 그러나 희망이 없는 일이다. 이것은 새로운 변종이고, 유일한 표본이다. 분명한 사실이다. 그러나 나는 진짜 캥거루를 잡아서 데려왔다. 그것이 외로울 것이라 생각했고, 전혀 비슷하지 않은 동물보다는 친근감을 느낄 수 있고, 생활 방식과 습관이 전혀 다른 낯선 것들 틈에 버려졌다는

조건에서 동병상련을 느낄 수 있고, 친구와 더불어 있다는 느낌을 갖도록
해줄 수 있는 동물을 친구로 갖는 편이 낫다고 생각했기 때문이었다.
그러나 내 생각은 잘못이었다. 그것은 캥거루를 보자마자 발작을 일으켰다.
그것은 캥거루를 한번도 보지 못했음에 틀림없었다. 나는 그 시끄러운
작은 동물이 불쌍하다는 생각이 들지만, 그것을 즐겁게 해줄 방법을
모른다. 그것을 길들일 수 있다면……, 하지만 그것도 불가능하다.
노력할수록 더 힘들어지는 것 같다. 슬픔의 폭풍 속에 빠져 있는 그것을
보고 있으면, 나까지도 가슴이 에도록 슬퍼진다. 나는 그것을 내보내고
싶었다. 그러나 그녀는 들은 척도 하지 않았다. 그것은 잔인한 것 같았고,
그녀와 같지 않았다. 그러나 그녀가 옳을지도 모른다. 그것은 앞으로 더
심심해할지도 모른다. 왜냐하면 아직도 그것과 닮은 것을 찾아내지 못했기
때문이다. 그것은 어떻게 될까?

다섯 달 후

그것은 캥거루가 아니다. 절대 아니다. 그것은 그녀의 손가락을 잡고
일어서서 뒷다리로 몇 걸음 내딛고는 쓰러져버리기 때문이다. 어쩌면 곰의
일종일지도 모른다. 하지만 꼬리가 없다—아직은. 또 머리 위를
제외하고는 털도 없다. 지금도 계속해 자란다. 정말 희한하다. 왜냐하면
곰은 이것보다 훨씬 빨리 자라기 때문이다. 곰은 위험하다—우리에게
재앙이 있은 이후로. 앞으로 그것의 입에 재갈을 채우지 않고 이곳을
서성대도록 놓아두면 불안해질 것이다. 나는 그녀에게 그것을 내보내면
캥거루를 잡아다주겠다고 몇 번이고 제안했다. 그러나 소용이 없었다.

그녀는 우리를 어리석은 위험 속에 빠뜨릴 각오를 한 모양이다. 그녀가 그것에게 정신을 잃기 전에는 이렇지 않았다.

보름 후

나는 그것의 입을 살펴보았다. 아직 위험하지 않다. 이가 하나뿐이다. 아직 꼬리도 없다. 그러나 예전보다 더 큰 소리를 질러댄다―주로 밤에. 나는 밖으로 나가버렸다. 그러나 아침이면 밥을 먹고, 그것의 이를 살펴보러 돌아간다. 입 가득히 이가 솟으면, 꼬리가 있든 말든 그것을 내보내야 한다. 곰은 꼬리가 없어도 위험한 동물이기 때문이다.

넉 달 후

나는 한 달 동안 사냥하고 낚시를 하려고 집을 비웠다. 그녀는 내가 다녀온 곳을 버팔로라 부른다. 그곳에 들소가 한 마리도 없다는 이유를 빼면, 그렇게 부르는 이유를 모르겠다. 그 동안 그 곰은 혼자서 뒷다리로 아장아장 걷는 법을 배웠고, "아빠"와 "엄마"란 소리를 해댄다. 새로운 종인 것이 틀림없다. 물론 말을 흉내내는 것은 순전히 우연이고, 어떤 목적이나 의미도 없는 것이다. 하지만 그렇다 해도 무척이나 비상한 일이며, 어떤 곰도 해낼 수 없는 것이다. 털도 거의 없고 꼬리도 전혀 없는 것은 물론이거니와 이처럼 말까지 흉내내는 것으로 볼 때, 이것은 전혀 새로운 종류의 곰일 수 있다. 좀더 깊이 연구하면 무척이나 흥미로울 것 같다. 북쪽 숲까지 멀리 탐색을 나가 철저히 조사해 보아야겠다. 어딘가에 똑같은 놈이 틀림없이 있을 것이다. 같은 종의 것과 친구가 되면, 이것도 훨씬 덜 위험할 것이다. 당장 떠나야겠다. 하지만 먼저 그것에게 재갈을 채워둘 것이다.

석 달 후

힘들고 피곤한 사냥이었다. 그러나 성과가 없었다. 내가 없는 동안, 그녀는 집에서 커다란 소동도 없이 다른 녀석을 붙잡았다! 나에게는 그런 행운이 한번도 없었다. 나였다면, 백 년 동안 이 숲을 헤매고 다녀야 했을 것이다. 우연히라도 그것과 마주치지 못했을 것이다.

다음날

나는 새 것과 오래된 것을 비교해 보았다. 둘은 같은 혈통임이 분명하다. 나는 한 놈을 박제해서 보관해 둘 작정이었다. 그러나 그녀는 여러 가지 이유를 대면서 그런 생각에 비난을 퍼부었다. 그래서 내 생각을 포기하고 말았다. 하지만 그렇게 단념해 버린 것은 실수라고 생각한다. 그것들이 사라져버리면 과학을 위해서는 커다란 손실이 될 것이기 때문이다. 오래된 것은 예전보다 훨씬 길들여져 있다. 웃을 수도 있고, 앵무새처럼 말도 할 수 있다. 틀림없이 앵무새와 많은 시간을 보내면서 배웠기 때문이고, 흉내내는 뛰어난 능력을 지녔기 때문이다. 그것이 새로운 종류의 앵무새로 판명된다면 또 한번 놀라야 했을 것이다. 그러나 놀랄 필요까지는 없었다. 처음에 그것이 물고기라고 생각했던 날부터 나는 온갖 가능성을 생각해 보았기 때문이다. 새 것은 오래된 것을 처음 보았을 때만큼이나 흉측한 모습이다. 똑같이 유황과 날고기가 뒤섞인 색깔이고, 괴상한 머리에 털이 없는 것도 똑같다. 그녀는 그것을 아벨이라 부른다.

10년 후

그것들은 사내였다. 우리는 오래 전에 그 사실을 알게 되었다. 그것들은
조금씩 모습을 갖추어가면서 우리를 당혹스럽게 만들었다. 우리는 그런
모습에 익숙하지 않았다. 지금은 계집아이들도 있다. 아벨은 착한 아이다.
하지만 카인이 곰인 채로 있었다면, 훨씬 더 좋았을 것이다. 이렇게 오랜
세월이 지난 후에야, 내가 처음에 이브를 오해했던 것을 깨달았다. 그녀와
떨어져 에덴 동산에 사는 것보다는 그녀와 함께 동산 밖에서 지내는 것이
더 나았다. 처음에 나는 그녀가 너무 말이 많다고 생각했다. 하지만 지금은
그녀의 목소리가 침묵에 잠기고 내 삶에서 사라진 것이 너무도
유감스럽다. 우리를 함께 있도록 해주었고, 나로 하여금 그녀의 착한
마음씨와 발랄한 기운을 알게 해주었던 농담에 축복이 있으라!

불가사의한 족속 2—아담

토요일

이제, 나는 거의 하루를 살았다. 나는 어제 이 땅에 왔다. 아니,
그런 것 같다. 어제가 틀림없다. 어제의 전날이 있었다면,
그날이 있었던 때 나는 거기에 없었기 때문이다. 그렇지 않으면
나는 그날을 기억해만 한다. 물론 그날이 있었을 수도 있고,
내가 모르고 지나갔을 수도 있다. 앞으로 나는 주의를
게을리하지 않을 것이다. 만약 어제의 전날이 있다면, 나는
분명히 기록해 둘 것이다. 기록이 뒤죽박죽되지 않으려면, 당장
시작하는 것이 최선이다. 세심한 기록은 훗날 역사가들에
중요할 것이란 느낌을 본능적으로 느낄 수 있기 때문이다. 또한
나는 실험용이란 느낌이 들기 때문이다. 나는 실험용이란
느낌을 지울 수 없다. 나만큼이나 실험용이란 느낌을 가진
사람은 없을 것이다. 그래서 나의 존재 이유가 바로 실험이란

확신을 거듭하게 된다. 나는 오직 실험용일 따름이다.

내가 실험용이라면, 내가 실험의 전부인가? 아니다, 그렇다고는 생각지 않는다. 실험의 나머지도 그 몫을 가지고 있다고 생각한다. 내가 실험에서 큰 몫을 차지하지만, 다른 것도 이 문제에서 나름대로 몫을 가지고 있다고 생각한다. 그럼 내 위치는 보장된 것일까? 아니면 스스로 내 위치를 지키면서 관리해야 하는 것일까? 십중팔구 후자일 것이다. 영원한 경계심만이 최고의 지위를 얻게 해준다(젊은이들을 위해 유익한 말이라 생각한다)는 사실을 본능적으로 느낄 수 있다.

오늘은 어제보다 모든 것이 더 멋져 보인다. 어제가 끝나갈 무렵, 산들은 불완전한 모습이었고, 벌판도 쓰레기와 지스러기로 무척이나 어지럽혀 있어 상당히 볼품없었다. 고상하고 아름다운 예술 작품을 위해서는 서둘지 말아야 한다. 그러나 짧은 시간이었음에도 불구하고, 완벽에 가까울 정도로 경이로운 모습이다. 어떤 곳에는 별들이 너무 많이 모여 있지만, 어떤 곳에는 별들이 충분하지 못하다. 하지만 그런 것은 당장이라도 고쳐질 수 있다. 달은 어젯밤에 달아나버렸다. 원대한 설계도에서 미끄러지듯 빠져나갔다. 엄청나게 큰 손실이다. 그것을 생각하면 가슴이 미어진다. 멋들어진 마무리를 위해서 달에 비교될 만한 장식물은 없다. 달을 좀더 확실히 묶어두어야 했었다. 그 달을 되돌려 가져올 수만 있다면…….

그러나 달이 어디로 갔는지 말할 수는 없다. 게다가 누가 달을 가지고 있더라도 깊숙이 감추어둘 것이다. 이렇게 말할 수 있는 것은, 나라면 그렇게 할 것이기 때문이다. 나는 다른 모든 것들에서 정직할 수 있다고 믿는다. 하지만 내 천성의 핵심과 중심은 아름다운 것에 대한 사랑과 아름다운 것에 대한 열정이며, 다른 사람의 것이었던 달을 나에게 믿고 맡겼던 것이 안전하지 못했던 일이란 생각이 들기 시작한다. 그 사람은 내가 달을 가졌다는 사실도 모를 것이다. 내가 대낮에 달을 보았다면 포기할 수 있었을 것이다. 왜냐하면 다른 사람이 보고 있을까 두려웠을 것이기 때문이다. 그러나 밤에 보았다면, 달에 대해 아무런 말도 하지 않았던 변명거리를 찾아야만 했을 것임에 틀림없다. 왜냐하면 나는 달을 너무도 사랑하기 때문이다. 달은 너무도 아름답고 낭만적이다. 달이 대여섯 개쯤 있으면 좋겠다. 그렇게 되면 나는 잠을 자지 않을 것이다. 이끼 낀 둑에 누워 달을 바라보면서 조금도 싫증내지 않을 것이다. 별들도 좋다. 별로 머리카락을 멋지게 장식하고 싶다. 그러나 그렇게 할 수 없다는 것을 안다. 별들이 얼마나 멀리 떨어져 있는지 알게 되면, 누구나 무척이나 놀랄 것이다. 그렇게 멀리 떨어져 있는 것처럼 보이지 않기 때문이다. 어젯밤 별들이 나타나기 시작했을 때, 막대기로 별을 만져보려 했지만 닿지 않았다. 그래서 나는 깜짝 놀랐다. 다음에는 지치도록 흙덩이를 던져보았다. 하지만 하나도 맞히지를 못했다. 내가 왼손잡이여서 잘 던지지를 못하기 때문이었다. 겨냥도 하지 않고 무작정 던졌을 때에도, 비슷하게는 맞혔지만 명중시킬 수는 없었다. 왜냐하면 검은 흙덩이가 그것보다 4~50배는 큰 황금 송이 다발 가운데로 곧장 날아가는 것을 보았기 때문이다. 빗나갈 가능성은 거의 없었다. 내가 좀더 오래 계속했더라면 별을 하나라도 얻었을지 모른다.

그래서 나는 조금 울었다. 내 나이에는 당연한 것이라 생각한다. 휴식을 취한 후, 바구니를 들고 궁륭의 끝자락을 찾아 출발했다. 그곳에서는 별이 가까이 보여 손으로도 딸 수 있을 것 같았다. 어쨌든 훨씬 좋은 방법일 것 같았다. 왜냐하면 그곳에서는 조심해서 별을 딸 수 있어 깨뜨리지 않을 것이기 때문이었다. 그러나 그곳은 생각보다 멀었다. 결국 나는 포기하고 말았다. 너무 힘들어 발을 뗄 수조차 없었다. 게다가 발바닥이 벗겨져, 무척이나 아팠다.

집으로 돌아올 수도 없었다. 너무 멀고 추워졌기 때문이었다. 하지만 호랑이를 만나서, 그것들 틈에서 편안하게 지냈다. 무척이나 안락했다. 호랑이들의 숨결은 달콤했고 기분마저 좋게 해주었다. 그건 호랑이가 딸기를 먹고 살기 때문이다. 나는 호랑이를 본 적이 없었다. 그러나 줄무늬를 보고 금세 호랑이인 줄 알았다. 나에게 그런 가죽이 하나 있다면, 멋진 가운이 될 수 있을 것이다.

오늘 나는 거리에 대해서 많은 것을 깨닫고 있다. 예쁘장한 모든 것을 잡고 싶은 욕심에 닥치는 대로 잡아보았다. 때로는 그것이 너무 멀리 있었고, 때로는 그것이 15센티미터 아니 30센티미터 정도만 떨어져 있는 것 같았다. 그러나 유감스럽게도 가시가 가로막고 있었다. 나는 한 가지 교훈을 얻었다. 나는 그 교훈을 격언으로 삼았다. 순전히 내 머리에서 나온 것이었다. 내가 만든 첫번째 격언은 "할큄을 당해 본 실험물은 가시를 멀리 한다"이다. 내 생각에 이 격언은 어린 사람에게 아주 적절한 것이다. 어제 오후 나는 또 다른 실험물을 멀리서 쫓아다녔다. 내 능력껏 그것의 존재 이유를 알아보려 했다. 그러나 알아낼 수 없었다. 나는 그것이 남자라고 생각한다. 나는 남자를 한번도 본 적이 없었다. 하지만 그것은

남자처럼 생겼다. 그것이 남자라는 느낌이 확실하다. 나는 다른
파충류들보다는 그것에 훨씬 호기심이 당긴다. 어쩌면 파충류일지도
모른다. 왜냐하면 그것의 머리카락은 헝클어져 있고, 푸른 눈을 가지고
있기 때문이다. 게다가 파충류처럼 보이기 때문이다. 그것에는 엉덩이가
없다. 그것은 홍당무처럼 끝이 점점 가늘어진다. 그것은 기중기처럼
다리를 벌리고 선다. 그래서 나는 그것이 건축물일 수도 있지만
파충류라고 생각한다.

처음에 나는 그것이 무서웠다. 그것이 나타나면 언제나 도망쳤다.
왜냐하면 그것이 나를 쫓고 있다고 생각했기 때문이다. 그러나 조금씩
나는 그것이 달아나려 했을 뿐이란 것을 알았다. 그래서 나는 더 이상
겁먹지 않고, 오히려 약 15미터 거리를 두고 그것의 뒤를 몇 시간이고
추적했다. 그렇게 그것을 초조하고 불행하게 만들었다. 마침내 그것은
겁을 집어먹고, 나무 위로 올라갔다. 나는 한참 동안을 기다렸다. 결국
포기하고 집으로 돌아왔다.

오늘도 똑같이 했다. 그것은 또 다시 나무 위로 올라갔다.

일요일

그것은 아직도 나무 위에 있다. 틀림없이 쉬고 있는 것이다. 그러나 핑계일
따름이다. 일요일은 휴식의 날이 아니다. 토요일이 휴식의 날로 정해져
있다. 내가 보기에 그것은 다른 어떤 일보다 쉬는 것을 좋아하는 것 같다.
그것은 나를 지치도록 쉬게 만든다. 그것은 내가 지치도록 나무 옆에
앉아서 쳐다보게 만든다. 나는 그것의 존재 이유가 무엇인지 궁금하다.

그것이 일하는 것을 본 적이 없다.

그들이 어젯밤 달을 돌려주었다. 나는 너무 행복했다. 그들이 무척이나 정직하다는 생각이 든다. 달은 다시 미끄러지며 사라져버렸다. 그러나 나는 걱정하지 않았다. 그렇게 친절한 이웃이라면 걱정할 필요가 없기 때문이다. 그들은 달을 다시 돌려줄 것이다. 감사하는 마음을 보여주기 위해 무언가를 하고 싶다. 그들에게 별을 보내주고 싶다. 왜냐하면 우리에게는 쓰고도 남을 별이 있기 때문이다. 아, 참 우리가 아니라, 나에게. 그 파충류는 그런 것에 관심이 없다. 그것은 취미도 천박하고, 친절하지도 않다. 어제 저녁 어둑해졌을 때, 나는 그곳에 갔다. 그것이 나무에서 기어 내려와, 연못에서 놀고 있는 얼룩진 작은 물고기들을 잡으려 했다. 나는 그것이 물고기를 곱게 내버려두고 다시 나무 위로 올라가게 하려고 그것에게 흙덩이를 던졌다. 그런 것이 그것의 존재 이유일까? 그것에게는 감정도 없나? 그것은 저토록 작은 피조물들에게 동정심도 없나? 그렇게 못된 짓을 하도록 만들어진 것일까? 그것에게는 그런 면이 엿보인다. 흙덩이 하나가 그것의 귓등을 때렸다. 그것은 말을 했다. 그 때문에 나는 오싹한 기분이 들었다. 왜냐하면 나 자신의 말을 제외하고는 처음으로 말을 들었기 때문이었다. 나는 그것이 하는 말을 이해할 수 없었다. 그러나 무슨 뜻이 담겨 있는 것 같았다.

그것이 말을 할 수 있다는 것을 알고부터 나는 그것에게 새로운 관심을 느끼게 되었다. 나는 말하기를 좋아하기 때문이다. 나는 하루종일 말을 한다. 잠잘 때에도 말한다. 그것이 나는 무척이나 재미있다. 그러나 나에게 말할 상대가 있다면, 그 재미는 두 배가 될 수 있을 것이다. 원한다면 나는 죽어도 말을 멈추지 않을 것이다.

그 파충류가 남자라면, 그것이라 부르면 안 되지 않는가? 문법적으로 틀린 것이 아닌가? 나는 "그것"이 "그"가 되어야 한다고 생각한다. 나는 그렇게 생각한다. 그럴 경우, 문법적으로 주격은 그는, 목적격은 그를, 소유격은 그의가 되어야 한다. 그래, 나는 그것을 남자라고 생각할 것이다. 그래서 사람이 아닌 다른 것으로 밝혀질 때까지는 그것을 그라고 부를 것이다. 그렇게 하는 편이 불확실 속에서 헤매는 것보다 더 편할 것이다.

다음 주 일요일

지난 엿새 동안 그의 뒤를 밟았다. 사귀어보려 애썼다. 내가 말을 해야만 했다. 그가 부끄러워했기 때문이다. 나는 그런 것에 신경쓰지 않는다. 그는 내가 있어서 좋은 것 같았다. 나는 다정하게 "우리"라는 낱말을 자주 사용했다. 왜냐하면 우리가 한동아리라는 것이 그의 마음에 들 것 같았기 때문이다.

수요일

우리는 무척이나 재미있게 지내고 있다. 점점 좋은 관계가 되어가고 있다. 그는 더 이상 나를 피하려 하지 않는다. 좋은 징조이고, 그가 나와 함께 있는 것을 좋아한다는 증거이다. 그런 것이 나도 즐겁다. 내가 그에게 필요한 존재임을 온갖 방법으로 부각시키려 연구중이다. 그의 관심을 끌기 위해서. 지난 이틀 동안, 나는 그와 떨어져서 여러 가지 것들에 이름 붙이는 일에 열중했다. 그에게는 그런 재주가 없기 때문에, 그는 무척이나 서글퍼했다. 하지만 나로서는 감사해야 할 재주이다. 그는 합리적인 이름을 생각해 내지 못한다. 하지만 내가 그의 결점을 알고 있다는 낌새는 전혀 보여주지 않았다.

새로운 피조물이 지나갈 때마다, 그가 어리숙한 침묵으로 난처해할 틈도 없이 나는 그것에 이름을 붙인다. 그렇게 나는 그의 난처함을 수없이 구원해 주었다. 나에게는 이런 결점이 없다. 어떤 동물을 보거나 나는 순식간에 그 동물이 무엇인지 알아낸다. 생각할 시간조차도 필요하지 않다. 적절한 이름이 순간적으로 떠오른다. 마치 영감처럼 떠오른다. 그렇다, 바로 영감이다. 왜냐하면 그 동물을 보기 전까지는 그런 이름이 내 머리 속에 없었기 때문이다. 나는 동물의 모습과 움직임만으로 어떤 동물인지 알 것 같다.

도도새가 지나갔을 때, 그는 그것이 야생고양이라고 생각했다. 그런 생각을 그의 눈빛에서 보았다. 하지만 내가 그를 구원해 냈다. 그의 자존심에 상처를 주지 않으려고 조심스레 구원해 냈다. 나는 아주 자연스럽게 기쁨에 찬 환성을 질렀다. 그리고 올바른 이름을 알려줄 의도가 전혀 아닌 것처럼 말했다. "그래요, 도도새가 없다면 그래요." 그리고 설명하지 않는 것처럼 하면서, 내가 그것을 도도새라고 알고 있는 이유를 설명해 주었다. 나는 그 동물을 아는데 그는 몰랐다는 이유로 자존심에 약간의 상처를 입었다는 생각이 들지만, 그래도 그는 나에게 감탄했을 것이다. 무척이나 기분 좋은 일이었다. 그래서 나는 잠들기 전에 흡족한 기분으로 그 순간을 몇 번이고 떠올려보았다. 무언가를 얻었다는 기분이 들면, 아무리 사소한 것에도 행복해지는 법이다.

목요일

처음으로 슬픈 일이 있었다. 어제 그가 나를 피해 다녔다. 자기에게 말을
걸지 않기를 바라는 것 같았다. 믿을 수가 없었다. 오해가 있다는 생각이
들었다. 왜냐하면 나는 그와 함께 있으면서, 그가 말하는 것을 듣는 게
좋기 때문이었다. 내가 아무 짓도 하지 않았는데, 어떻게 그가 나에게
몰인정할 수 있을까? 그러나 실제로 그런 것 같았다. 나는 우리가
만들어졌던 날 아침, 그가 무엇인지도 몰랐고 그에게 관심조차 없었던 날,
그를 처음 보았던 곳을 찾아가 홀로 외로이 앉아 있었다. 이제 그곳은
서글픈 곳이 되었다. 그에 대한 생각뿐이었다. 가슴이 찢어질 듯 아팠다.
그 이유를 분명히 알지는 못한다. 처음 겪는 새로운 느낌이기 때문이다.
전에는 그런 느낌을 가진 적이 없었다. 너무나 불가사의했다. 그 이유를
알아낼 수 없었다.

그러나 밤이 되었을 때, 나는 외로움을 견딜 수 없었다. 그래서 그가 지은
새 안식처로 갔다. 내가 무엇을 잘못했고, 어떻게 하면 그 잘못을 고쳐서
그를 원래의 다정한 남자로 되돌릴 수 있는지 물어볼 생각이었다. 그러나
그는 나를 빗속으로 내쫓았다. 그것이 나의 첫번째 슬픔이었다.

일요일

다시 즐거운 날이다. 나는 행복하다. 하지만 지난 며칠은 힘든 나날이었다.
나는 되도록 그 날들을 생각지 않는다. 나는 그에게 사과를 따주려고
해보았다. 하지만 정확히 맞힐 수가 없었다. 나는 실패했다. 하지만 나는
그 멋진 생각이 그를 즐겁게 해주리라 믿는다. 그 사과들은 금지된 것이다.

그는 나에게 재앙이 닥칠 거라고 말한다. 그러나 나에게 재앙이
닥칠지라도 그를 기쁘게 해줄 수 있다면, 그런 재앙을 염려할 이유가
무엇이겠는가?

월요일

오늘 아침 나는 그에게 내 이름을 말해 주면서, 관심을 보여주길 바랐다.
그러나 그는 내 이름에 관심을 보이지 않았다. 이상한 일이다. 그가 나에게
그의 이름을 말해 준다면, 나는 관심을 보일 텐데. 그의 이름은 다른 어떤
소리보다도 내 귀에 감미롭게 들릴 텐데.

그는 거의 말이 없다. 영리하지 못하고, 그런 것을 너무 민감하게 생각하여
감추고 싶기 때문일 것이다. 영리한 것이 별것도 아닌데, 그가 그런 생각을
품고 있어 너무 안쓰럽다. 중요한 것은 마음이다. 나는 사랑하는 착한
마음이 부자이며, 사랑하는 마음이 없으면 머리 좋은 것도 가난이란 것을
그에게 깨우쳐주고 싶다.

비록 그는 말이 없지만 상당히 많은 어휘를 알고 있다. 오늘 아침, 그는
놀랄 만큼 멋진 낱말을 사용했다. 그 자신도 그 낱말이 멋진 것이라
생각하는 것이 틀림없다. 왜냐하면 그 후에도 아무렇지도 않게 두
번씩이나 사용했기 때문이다. 아주 자연스런 모습이었다. 그런 면은
그에게도 어느 정도의 인식력이 있다는 것을 증명해 준다. 잘 가꾸면 그
씨앗은 무럭무럭 자랄 수 있을 것이다. 그런데 그는 그 낱말을 어디에서
배웠을까? 그가 전에도 그 낱말을 사용했다고는 생각지 않는다. 그럴 리가
없다. 그는 내 이름에도 관심을 두지 않았다. 나는 실망감을 감추려

애썼다. 하지만 성공하지 못했던 것 같다. 나는 멀리 가서, 이끼 낀 둑에 앉아 발을 물 속에 담갔다. 그곳은 친구가 필요할 때, 바라보면서 이야기를 나눌 친구가 필요할 때 내가 찾는 곳이다. 연못 속에 그려진 예쁘장한 하얀 몸뚱이, 그것으로 충분하지 않다. 그러나 그것만으로도 다행이다. 철저한 외로움보다는 낫다. 내가 말할 때, 그것도 말한다. 내가 슬퍼하면 그것도 슬퍼한다. 그것은 동정심으로 나를 위로해 준다. 그것은 "그렇게 기운 없어 하지 마, 친구가 없는 불쌍한 소녀야. 내가 네 친구가 되어줄게"라고 말한다. 그것은 나에게 좋은 친구이다. 오직 나만의 친구이다. 그것은 내 누이이다.

그러나 처음으로 그녀가 나를 버렸다! 나는 그때를 결코 잊지 못할 것이다. 절대로, 절대로. 가슴이 납덩이처럼 무겁다. 나는 "그녀는 나에게 모든 것이었어. 이제 그녀가 떠나가 버렸어!"라고 말했다. 절망에 빠져, 나는 "내 심장아, 터져 버려라! 더 이상 이런 삶을 견딜 수가 없어!"라고 말했다. 그리고 두 손에 얼굴을 묻었다. 나를 위로해 줄 것은 없었다. 잠시 후 얼굴을 들었을 때, 그녀가 그곳에 있었다. 하얗게 반짝대는 모습이 너무도 아름다웠다. 나는 그녀의 품으로 뛰어들었다!

너무도 행복했다. 전에도 행복감을 느낀 적이 있었지만, 황홀경과도 같은 이 느낌 같지는 않았다. 그 후로 나는 그녀를 의심하지 않았다. 때때로 그녀의 모습이 보이지 않았다. 그러면 한 시간, 혹은 거의 하루를 기다렸다. 그러나 조금도 의심을 품지 않았다. 나는 "그녀가 바쁘거나, 멀리 여행을 떠난 거야. 하지만 곧 돌아올 거야"라고 말했다. 그리고 그렇게 되었다. 그녀는 언제나 돌아왔다. 밤이 되어 어두워지면 그녀는 오지 않았다. 왜냐하면 그녀는 겁이 많기 때문이다. 하지만 달이 뜨면 그녀는 찾아왔다. 나는 어둠이 무섭지 않지만, 그녀는 나보다 어리다. 그녀는 나보다 나중에 태어났다. 나는 그녀를 몇 번이고 찾아가 주었다. 내 삶이 어려울 때, 그녀는 내 위안이며 내 피신처이다. 대부분은 그렇다.

화요일

아침 내내 나는 땅을 갈면서 일을 했다. 그리고 그가 외로움을 느껴 제발로 찾아오게 만들려고, 의도적으로 그를 멀리 했다. 그러나 그는 오지 않았다.

정오가 되었을 때, 나는 일을 중단했다. 그리고 벌과 나비와 함께 온갖 곳을 뛰어다니고 꽃에 파묻혀 즐거운 시간을 보냈다. 이 아름다운 피조물들은 하늘에서 하나님의 미소를 빌려와, 그대로 간직하고 있다. 나는 그 꽃들을 꺾어서 화환과 화관을 만들었고, 옷을 만들어 입었다. 그리고 점심을 먹었다. 물론 사과였다. 그리고 응달진 그늘에 앉아, 희망을 품고 기다렸다. 그러나 그는 오지 않았다.

하지만 괜찮다. 그는 원래 꽃을 좋아하지 않기 때문에, 큰 기대를 걸지는 않았다. 그는 꽃을 쓰레기라고 불렀다. 게다가 꽃을 구별조차 하지 못한다. 심지어 그렇게 느끼는 것이 우월한 것이라 생각한다. 그는 나에게도 관심이 없다. 그는 꽃에게도 관심이 없다. 그는 초저녁의 노을진 하늘에도 관심이 없다. 시원하고 맑은 비를 구차스럽게 피하려고 오두막을 짓고, 수박을 주먹으로 내리치고, 포도의 맛을 보고, 나무에 달린 열매를 만지작대며 그런 속성이 어디에서 오는 것인지 궁리하는 것 이외에, 그가 관심 있어하는 것이 있을까? 나는 마른 막대기를 땅에 내려놓고, 구멍을 내려고 다른 막대기로 후벼댔다. 마음속에 품고 있던 계획을 실행에 옮기려는 것이었다. 그런데 곧 놀랍고 두려운 일이 벌어졌다. 구멍을 후비던 곳에서 푸르스름한 옅은 빛이 일었다. 나는 모든 것을 내팽개치고 달아났다! 나는 그것이 성령이라 생각했다. 나는 끔찍이 놀랐다. 하지만 돌이켜 생각해 보았다. 성령은 쫓아오지 않았다. 그래서 나는 바위에 기대어 쉬면서 숨을 헐떡거렸다. 팔다리가 마구 떨렸다. 안정하는 데 꽤 시간이 걸렸다. 그리고 나는 경계심을 늦추지 않고 사방을 둘러보며, 무슨 일이 생기면 곧장 도망갈 준비를 갖추고 천천히 기어서 되돌아갔다. 가까이 다가갔을 때, 나는 장미 덤불에서 가지를 꺾어냈다. 그리고 동정을 살폈다—그 남자가 부근에 있기를 바랐다. 나는 너무도 교활하고 영특한 것 같았다. 그러나 성령은 보이지 않았다. 나는 그곳으로 다가갔다. 구멍에는 분홍빛을 띤 티끌이 약간 있었다. 나는 구멍에 손가락을 넣어 만져보았다. "욱!" 하는 비명이 절로 나왔다. 나는 재빨리 손가락을 빼냈다. 욱신대는 고통이 느껴졌다. 나는 손가락을 입에 넣었다. 두 발로 깡충깡충 뛰어야 했다. 욕이 절로 나왔다. 얼마 지나지 않아 고통이 가라앉았다. 그때서야 새로운 흥미가 생겼다. 나는 처음부터 다시 살펴보기 시작했다. 분홍빛 티끌이 무엇인지 궁금했다. 전에 한번도 들어본 적이 없었지만, 그것의 이름이 순간적으로 머리를 스쳐 지나갔다. 그것은 불이었다! 나는 확신할 수 있었다. 그래서 주저 없이 나는 그것을 불이라 이름붙였다. 나는 전에 존재하지 않던 것을 만들어냈다. 나는 세상의 수많은 것들에 새로운 것을 덧붙였다. 나는 그렇다는 것을 알았다. 내가 이룩해낸 것이

자랑스러웠다. 그에게 달려가 그것에 대해 말해주고 싶었다. 그의 칭찬을
받고 싶었다. 그러나 생각을 고쳐먹고 그렇게 하지 않았다. 그는 불에도
관심이 없을 것이기 때문이었다. 그는 불이 어디에 쓰는 것이냐고 물을
것이다. 그럼 나는 무엇이라 대답할 수 있는가? 그것이 아무 짝에도
쓸모가 없는 것이라면, 그저 아름다울 뿐이라면, 단지 아름다운 것에
불과하다면……. 나는 한숨을 내쉬었다. 그리고 그를 찾아가지 않았다.
사실 그것은 아무 짝에도 쓸모가 없었다. 불은 오두막을 짓지도 못했다.
불은 수박 맛을 더욱 좋게 할 수도 없었다. 불은 열매의 성장을 촉진시킬
수도 없었다. 불은 쓸모가 없었다. 불은 하찮은 것이었고, 공허한 것이었다.
그는 불을 경멸하며, 신랄한 비난을 퍼부어댈 것이다.
그러나 나에게 불은 하찮은 것이 아니었다. 나는 "오, 불이여. 나는 너를
사랑한다. 옅은 분홍빛 창조물인 너를 사랑한다. 왜냐하면 너는 너무도
아름답기 때문이다. 그것으로 충분하다!"고 말했다. 그리고 불을 가슴으로
끌어안으려 했다. 그러나 참았다. 그 순간 두번째 격언이 내 머리에
떠올랐기 때문이었다. 첫번째 격언과 너무도 비슷해서, 표절한 것이라
오해받을까 두려웠다. "화상을 입은 실험물은 불을 멀리 한다"는
격언이었다.
나는 다시 똑같이 해보았다. 꽤 많은 불덩이를 만들어 갈색으로 마른 풀에
옮겼다. 집으로 가져가 항상 지켜보며 가지고 놀 생각이었다. 그러나
바람이 불자, 불은 높이 솟아오르며, 나를 향해 맹렬히 으르렁거렸다. 나는
불을 집어던지고 달아나버렸다. 뒤돌아보자, 푸른 성령이 높이
치솟아오르며 구름처럼 뭉실거렸다. 그 순간 그것의 이름이 떠올랐다.

연기였다. 물론 연기란 것에 대해서 전에 들은 바는 없었다. 곧 눈부시게 노랗고 붉은 화염이 연기를 뚫고 나왔다. 나는 곧바로 그것에 이름을 붙였다. 불꽃이었다. 이 세상에 최초로 나타난 불꽃이었지만, 적절한 이름이었다. 불꽃은 나무를 타고 올라갔다. 그리고 엄청나게 피어오르는 연기 속에서도 휘황찬란하게 훨훨 타올랐다. 나는 손뼉을 치며 웃었다. 환희에 젖어 춤을 추었다. 불꽃은 너무도 새로웠고, 너무도 야릇했고, 너무도 멋졌고, 너무도 아름다웠다!

그가 달려왔다. 멈춰서서 불꽃을 바라보았다. 한동안 아무 말도 하지 않았다. 한참 만에야 그것이 무엇이냐고 물었다. 그가 너무도 직설적으로 물어 아쉬웠다. 하지만 나는 대답해야만 했다. 무엇인지 말해 주었다. 나는 그것이 불이라고 말해 주었다. 내가 알고 있어 그가 물어야만 한다는 입장이 그를 언짢게 했더라도, 그것은 내 잘못이 아니었다. 나는 그를 언짢게 만들 생각이 전혀 없었다. 잠시 후, 그가 물었다.

"불이 어떻게 생겼소?"

또 다시 직설적인 질문이었다. 따라서 직설적인 대답을 해주어야만 했다.

"내가 만들었어요."

불은 계속 멀리 퍼져나갔다. 그는 불에 타버린 곳으로 걸어가 남은 것을 내려다보며 물었다.

"그런데 이것은 뭐요?"

"숯이에요."

그는 하나를 집어들고 꼼꼼히 살펴보려 했다. 그러나 생각을 바꾸었는지 다시 내려놓았다. 그리고 가버렸다. 그는 어떤 것에도 관심이 없다. 그러나 나는 모든 것이 흥미롭다. 불에 타고 남은 재는 잿빛으로 부드럽고 매끄럽고 사랑스러웠다—나는 그것들이 무엇인지 곧 알 수 있었다. 그리고 잔불도 있었다. 나는 잔불도 알았다. 잔불 속에서 내 사과를 발견했다. 사과를 긁어냈다. 기뻤다. 나는 아직 어려서 식욕이 왕성했기 때문이었다. 그러나 실망하고 말았다. 사과가 모두 터지고 상해 버렸기 때문이었다. 겉으로 보기엔 분명히 상한 것이었다. 그러나 그렇지 않았다. 날것보다 더 맛있었다. 불은 아름답다. 언젠가는 유용하게 쓰일 것이라 생각한다.

금요일

지난 월요일 땅거미가 질 무렵 그를 잠깐 다시 보았다. 하지만 아주 짧은 시간이었다. 그가 땅을 개간하려 애쓰는 나를 칭찬해 주기를 바랐다. 왜냐하면 나는 아주 좋은 뜻을 품고 열심히 일하고 있기 때문이다. 그러나 그는 내켜하지 않았다. 나를 보자 몸을 돌려 멀리 가버렸다. 그는 다른 이유 때문에도 불쾌해했다. 나는 그에게 폭포에 가지 말라고 다시 설득하려 했다. 불이 나에게 새로운 감정을 불러일으켜 주었기 때문이었다. 아주 새로운 감정이었다. 사랑이나 슬픔이나 내가 이미 알고 있던 감정들과는 전혀 색다른 감정이었다. 바로 두려움이었다. 두려움은 몸서리치게 만든다. 아예 두려움이란 감정을 몰랐으면 더 좋을 뻔했다. 두려움은 나에게 어둠을 몰고 오고, 내 행복감을 망쳐버린다. 두려움은 나를 떨리고 전율하고 몸서리치게 만든다. 그러나 나는 그를 설득할 수 없었다. 왜냐하면 그는 아직 두려움을 모르기 때문이었다. 그래서 그는 내 마음을 이해할 수 없었다.

(다음은 아담의 일기에서 발췌했음)

그녀가 무척 어리고, 소녀에 불과하다는 것을 고려해서 관대히 보아주어야만
한다. 그녀는 온갖 것에 관심이 많고 열심이고 활력에 넘친다. 그녀에게는
세상 모든 것이 매력적이고 놀랍고 신비로운 즐거움이다. 그녀는 새로운 꽃을
발견할 때마다 너무 기뻐 말조차 하지 못한다. 그녀는 꽃을 쓰다듬고
어루만지며, 냄새를 맡고 애지중지하며, 귀여운 이름들을 붙여준다. 그녀는
색에도 미쳐 있다. 갈색 바위, 노란 모래, 잿빛 이끼, 초록 잎새, 푸른 하늘,
진줏빛처럼 영롱한 새벽, 산 위에 드리워진 자줏빛 그림자, 석양의 붉은 바다
위에 떠 있는 황금빛 섬, 조각 구름떼 속을 항해하는 해쓱한 달, 광활한
창공에서 보석처럼 반짝이는 별, 이런 표현들은 아무 짝에도 쓸모가 없다.
내가 아는 한 그렇다. 그것들이 색깔과 장엄함을 지니고 있다는 이유만으로도
그녀에게는 족하다. 그녀는 그것들에 온 정신을 빼앗기고 있었다.
그녀가 잠시라도 가만히 앉아서 침묵을 지킬 수 있다면, 그것만으로도 볼
만한 장관이 될 것이다. 그렇게만 된다면 나도 그녀를 지켜보는 즐거움을
누릴 수 있으리라 생각한다. 물론 지금이라도 그렇게 할 수 있다. 그녀가
무척이나 어여쁜 창조물이란 것을 알고 있기 때문이다. 그녀는 나긋나긋하고,
날씬하며, 균형잡혔고, 온화하며, 민첩하고, 단아한 모습이다. 언젠가 그녀가
둥근 호박돌 위에서 햇빛을 듬뿍 받으며 하얀 대리석처럼 서서 작은 얼굴을
약간 뒤로 젖히고 손으로 햇볕을 가리며 하늘을 나는 새를 지켜보고 있었다.
그때 나는 그녀가 무척이나 아름답다는 것을 깨닫게 되었다.

월요일 정오

내가 알기로 그녀가 이 행성에서 관심을 갖지 않는 것은 없다. 나는 전혀 관심을 보이지 않는 동물들도 있지만, 그녀는 그렇지 않다. 그녀는 차별을 두지 않는다. 그녀는 모든 동물들을 좋아한다. 모든 동물을 보물처럼 생각하며, 새로운 동물은 언제라도 환영이다.

거대한 브론토사우러스가 보금자리로 성큼성큼 다가왔을 때, 그녀는 그 공룡을 뜻밖의 횡재라고 생각했다. 하지만 나는 재앙이라 생각했다. 그것만으로도 사물을 바라보는 우리 관점의 차이를 극명하게 보여주는 좋은 예가 된다. 그녀는 브론토사우러스를 길들이고 싶어했다. 나는 그 공룡에게 우리 보금자리를 선물로 주어버리고 다른 곳으로 이사하고 싶었다. 그녀는 공룡을 친절하게 대해주면 길들일 수 있고 애완동물이 될 것이라 믿었다. 나는 7미터의 키에 26미터의 길이를 가진 애완동물을 이런 곳에서 기르는 것은 올바른 일이 못 된다고 말했다. 전혀 피해를 줄 의도 없이 선의의 마음으로라도 그 공룡이 집 위에 앉는다면 곤죽이 되고 말 것이기 때문이었다. 그 공룡의 눈빛을 본다면 전혀 생각 없는 동물이란 것을 알 수 있다. 그럼에도 불구하고, 그녀의 마음은 브론토사우러스를 기를 생각에 들떠 있었다. 그녀는 공룡을 포기하지 못했다. 그녀는 우리가 그것으로 낙농업을 시작할 수 있을 것이라 생각하며, 공룡의 젖 짜는 일을 내가 도와주기를 바랐다. 그러나 나는 그렇게 하지 않았다. 너무 위험한 일이었다.

그녀는 옳지 않았다. 우리에게는 사다리도 없었다. 그래도 그녀는 공룡 위에 올라가 풍경을 바라보고 싶어했다. 10미터가 넘는 꼬리가 쓰러진 나무처럼 땅바닥에 누워 있었다. 그녀는 꼬리를 타고 올라갈 수 있으리라 생각했다.

그러나 잘못 생각한 것이었다. 가파른 곳에 이르렀을 때, 그것이 너무나 미끄러워 그녀는 떨어지고 말았다. 내가 없었더라면 그녀는 상처를 입었을 것이다.

이제 그녀는 만족했을까? 천만의 말씀이다. 증명해 보이는 것 이외에는 세상의 어떤 것도 그녀를 만족시킬 수 없다. 그녀는 검증되지 않은 이론을 용납하지 않으며, 앞으로도 그럴 것이다. 올바른 마음가짐이다. 나는 그런 태도를 기꺼이 인정하며, 그런 면이 내 마음을 끌어당긴다. 나도 영향을 받은 느낌이다. 그녀와 더 오랜 시간을 같이 지내면, 나도 그렇게 동화될 것이라 생각한다. 그녀에게는 그 거대한 공룡에 대해 검증하지 못한 한 가지 이론이 남아 있었다. 그녀는 그 공룡을 길들여 양순하게 만들 수 있다면, 공룡을 강 한가운데 세워두고 다리처럼 사용할 수도 있을 것이라 생각했다. 마침내 공룡이 충분히 길들여졌다는 판단이 내려졌다. 적어도 그녀의 생각에는 그랬다. 그래서 그녀는 곧바로 이론의 검증에 들어갔다. 그러나 실패하고 말았다. 그녀가 공룡을 강의 적당한 곳까지 끌어다놓고 뭍으로 걸어나오면, 그때마다 공룡도 애완용 산봉우리처럼 그녀의 뒤를 따라 걸어나왔다. 다른 동물들처럼. 동물들은 한결같이 그랬다.

금요일

화요일, 수요일, 목요일, 그리고 오늘. 벌써 닷새째 공룡을 보지 않고 지냈다. 오랜만에 혼자 지내고 있다. 그렇지만, 환영받지 못하는 것보다 외로운 것이 더 낫다.

나는 친구를 가져야만 했다. 그 때문에 내가 만들어진 것이라 생각한다.

그래서 동물을 친구로 삼았다. 동물들은 매력적이고, 마음씨도 온순하고, 행동거지도 반듯하다. 동물들은 조금도 까다로워 보이지 않는다. 동물들은 내가 주제넘게 나서고 있다는 눈짓을 주지 않는다. 동물들은 언제나 미소를 지어주고, 꼬리가 있는 것들은 꼬리를 흔들어댄다. 또한 동물들은 언제라도 내가 원하면 즐겁게 뛰어놀 준비가 되어 있다. 나는 동물들이 나무랄 데 없는 신사라고 생각한다. 요즘 우리는 그런 시간을 넉넉히 가졌다. 나로서는 조금도 외롭지 않았다. 외로움! 천만에, 나는 결코 외롭지 않다고 말한다. 언제라도 주변에서—때로는 4~5에이커의 면적에서—동물들을 찾을 수 있다. 얼마나 많은지 그 수를 헤아리지도 못할 지경이다. 안개에 싸인 바위에 서서 무수히 늘어선 동물들을 내려다보면 각양각색의 동물들이 햇살에 번뜩이며 잔물결을 이루어, 마치 호수를 바라보는 기분을 느끼게 해준다. 하지만 그것은 호수가 아니다. 붙임성있는 새들의 폭풍 같은 지저귐과 허리케인같이 펄럭대는 날갯짓도 있다. 태양이 그들 모두의 깃털에 빛을 내리쬘 때, 상상할 수 있는 온갖 색깔이 불타는 것을 보게 된다. 두 눈을 뜨고만 있어도 충분하다. 우리는 오랜 여행을 했다. 나는 세상의 많은 것을 보았다. 세상의 거의 모든 것을 보았다고 생각한다. 나는 최초의 여행자이고, 유일한 여행자이다. 우리가 함께 걷고 있으면, 그것만으로도 장엄한 광경이 된다. 어디에도 그와 같은 모습이 없다. 편안하고자 나는 호랑이를 타고 다닌다. 때로는 표범을 타고 다닌다. 왜냐하면 그것들은 부드럽고 둥근 등을 가지고 있어 앉기에 안성맞춤이기 때문이다. 또한 그것들이 귀여운 동물이기 때문이기도 하다. 하지만 먼 거리를 가거나 경치를 즐기려면,

코끼리를 탄다. 코끼리는 긴 코로 나를 들어올린다. 하지만 내릴 때는 도움을 받지 않는다. 노숙할 때가 되면, 코끼리는 가만히 앉는다. 그럼 나는 등을 타고 미끄러져 내려온다.

새들과 동물들은 모두가 서로 친하게 지낸다. 그들은 어떤 문제로도 다투지 않는다. 그들 모두가 말을 하고, 그들 모두가 나에게 말을 건다. 하지만 그들의 말은 나에게 낯선 말이다. 나는 그들이 내뱉는 말을 전혀 알아듣지 못한다. 그러나 내가 말을 하면, 그들은 종종 내 뜻을 알아차린다. 특히 개와 코끼리가 그렇다. 그런 것이 나를 부끄럽게 만든다. 그들이 나보다 영리하다는 증거이기도 하다. 그럼에도 나 자신이 가장 중요한 실험대상이 되기를 원하고, 그럴 작정이기도 하다.

나는 많은 것을 배웠고, 많은 교육을 받았다. 하지만 처음에는 그렇지 않았다. 나도 처음에는 무지했다. 처음에는 무지한 탓에 많은 괴로움을 겪어야 했다. 물이 위로 차오를 때에도 옆에 앉아 지켜볼 만큼 영리하지 못했다. 그러나 지금은 그런 걱정이 없다. 나는 많은 시행착오를 겪은 덕분에, 이제 물이 어둠 속이 아니라면 결코 위로 차오르지 않는다는 것을 알고 있다. 나는 물이 어둠 속에서 위로 차오른다는 것을 알고 있다. 왜냐하면 연못이 결코 마르지 않기 때문이다. 물론 물이 밤에 돌아오지 않는다면 연못도 말라버릴 것이다. 결국 실험으로 사물을 증명하는 것이 최선의 방책이다. 그때서야 분명히 알게 된다. 반면에 추측이나 가정이나 짐작에 의존한다면, 결코 새로운 것을 배울 수 없다.

어떤 것도 찾아낼 수 없다. 심지어 추측이나 가정에 의존했기 때문에 찾아낼 수 없다는 것조차 알지 못할 것이다. 그러므로 찾아낼 수 없었던 것을 찾아낼 수 있을 때까지 끈기있게 실험을 계속해야만 한다. 그렇게 해서 깨달음을 얻게 되면 뛸듯이 기쁘기 마련이다. 세상을 더욱 흥미있는 것으로 만들어주기도 한다. 만약 더 이상 찾아낼 것이 없다면, 이 세상은 지루해지고 말 것이다. 찾아내려고 노력하지만 찾아내지 못하는 것도 찾아내려고 노력한 끝에 찾아내는 것만큼이나 흥미진진한 일이다. 그 이상은 나도 모르겠다.

내가 물의 비밀을 깨우칠 때까지, 그것은 보물과도 같은 것이었다. 그 이후, 모든 흥분이 사라져버렸다. 나는 무엇인가를 잃은 듯한 상실감을 느꼈다. 실험을 통해서, 나는 나무를 비롯해서 낙엽과 깃털과 그 밖의 많은 것이 물에 뜬다는 것을 알았다. 이렇게 많은 증거를 바탕으로, 바위도 물에 뜰 것이라 생각할 수 있다. 그러나 그렇게 알고 견디는 수밖에 다른 도리가 없다. 왜냐하면 그것을 증명할 방법이 없기 때문이다. 지금까지는 그렇다.

그러나 나는 곧 방법을 찾아낼 것이다. 그 후에는 흥분이 사라지고 말 것이다. 그런 것이 나를 슬프게 만든다. 왜냐하면 내가 조금씩 모든 것을 깨우쳐갈 때마다 흥분을 유발하는 흥밋거리가 사라지기 때문이다. 나는 그런 흥분이 너무 좋다! 언젠가 나는 그런 생각에 몰두하느라 밤에도 잠을 잘 수 없었다.

처음에는 내가 무엇 때문에 만들어졌는지 이해가 되지 않았다. 그러나 지금 나는 이 경이로운 세상의 비밀을 밝혀내고 행복해하면서, 이 모든 것을 주신 창조주에게 감사하는 것이 내가 만들어진 이유라고 생각한다. 나는 아직도 배울 것이 많다고 생각한다. 또 그렇기를 바란다. 아껴가면서 지나치게 서두르지 않는다면, 오랜 시간을 배워야 할 것이라 생각한다. 또 그렇기 바란다. 깃털을 공중에 던지면, 깃털은 공기를 타고 날아가 시야에서 사라진다. 흙덩이를 던져보면 그렇게 되지 않는다. 흙덩이는 곧 땅에 떨어져 내린다. 매번 그렇다. 나는 몇 번이고 실험을 계속해 보았다. 하지만 결과는 마찬가지였다. 나는 궁금했다. 왜 그럴까? 물론 깃털은 떨어지지 않는다. 그러나 왜 흙덩이는 떨어지는 것처럼 보일까? 나는 눈의 착각이라 생각한다. 둘 중의 하나가 그렇다는 뜻이다. 어느 쪽인지는 모른다. 깃털일 수도 있고, 흙덩이일 수도 있다. 어느 쪽이라고 증명할 수도 없다. 나는 둘 중의 하나가 착각을 일으키고 있다고 제시할 따름이다. 선택은 각자가 알아서 할 일이다.

밤하늘을 지켜본 끝에 나는 별들이 언제나 계속되지 않는다는 것을 알았다. 나는 가장 밝은 별들이 하늘에 부딪혀 사라지는 것을 보았다. 하나가 사라질 수 있다면, 그들 모두가 사라질 수 있다. 그들 모두가 사라질 수 있다면, 그들 모두가 하룻밤에 사라질 수도 있다. 그런 슬픈 날이 언젠가는 올 것이다. 그래서 나는 잠을 자지 않고 견딜 수 있는 한, 매일 밤 두 눈을 크게 뜨고 별들을 지켜볼 작정이다. 나는 저처럼 반짝이는 별밭을 기억 속에 새겨둘 것이다. 그래서 하나씩 별들이 사라져버렸을 때, 내 상상 속에 저 무수한 사랑스런 별들을 검은 하늘에 되살려 다시 반짝이도록 할 것이다. 내 눈물 방울로 갑절의 별들을 만들어낼 것이다.

타락 이후

돌이켜보면, 에덴 동산은 나에게 꿈이었다. 그곳은 아름다웠다. 빼어나게 아름다웠고, 황홀할 만큼 아름다웠다. 그러나 이제 그곳을 잃었고, 다시는 볼 수 없게 되었다.

에덴 동산을 잃었다. 하지만 나는 그를 찾아서 행복하다. 그는 온몸으로 나를 사랑하며, 나도 열정을 다하여 그를 사랑한다. 내 젊음과 여자라는 속성에 어울리는 것이다. 그를 사랑하는 이유를 나 자신에게 물어보지만, 무엇이라고 분명히 대답할 수 없다. 또한 알고 싶은 마음도 그렇게 없다. 그래서 나는 이런 사랑이 다른 파충류나 동물을 사랑하는 것처럼 이성적 추론과 통계의 산물은 아니라고 생각한다. 이런 사랑은 그런 것이어야만 한다고 생각한다. 나는 맑은 노래 소리 때문에 새들을 사랑한다. 그러나 아담이 노래하기 때문에 그를 사랑하는 것은 아니다. 절대 그런 것이 아니다. 오히려 그의 노래를 들을수록, 지겨워질 따름이다. 그래도 나는 그에게 노래해 달라고 청한다. 왜냐하면 그가 관심 있어하는 모든 것을 좋아하는 방법을 터득하고 싶기 때문이다. 나는 그렇게 할 수 있으리라 확신한다. 처음에는 그의 노래 소리를 견딜 수 없었지만 지금은 아무렇지도 않기 때문이다. 그의 노래는 우유마저 시게 만든다. 하지만 중요하지 않다. 나는 그런 우유에도 익숙해질 수 있다.

내가 그를 사랑하는 것은 그가 영리하기 때문이 아니다. 절대 그런 것이 아니다. 그는 별로 영리하지 않지만, 비난받을 정도는 아니다. 왜냐하면 그의 탓이 아니기 때문이다. 그는 하나님이 만든 모습 그대로이다. 그것으로 충분하다. 그렇게 된 것에는 분명한 목적이 있었다. 나는 그 목적이 무엇인지 알고 있다. 비록 급작스럽지는 않겠지만 그의 지능도 때가 되면 발달할 것이다. 게다가 서둘 것도 아니다. 그는 현재의 상태로도 충분히 잘 지내고 있다.

내가 그를 사랑하는 것은 그의 친절하고 사려 깊은 태도와 자상한 배려 때문이 아니다. 절대 그런 것이 아니다. 오히려 그에게는 그런 점이 부족하다. 하지만 그는 충분히 그렇게 될 수 있고, 지금도 개선되고 있는 중이다. 내가 그를 사랑하는 것은 그가 부지런하기 때문도 아니다. 절대 그런 것이 아니다. 내심으로는 그가 부지런하다고 생각한다. 나에게 그런 모습을 감추는 이유를 모르겠다. 그것이 내가 겪어야 하는 유일한 고통이다. 그러나 다른 부분들에 대해서는 나에게 솔직하게 열어 보인다. 그가 부지런한 모습을 제외하고는 나에게 감추는 것이 전혀 없다고 자신 있게 말할 수 있다. 그가 나에게도 감추어야 할 비밀을 간직하고 있다는 것이 나를 슬프게 만든다. 그것을 생각하면서 잠을 설치는 경우도 있다. 하지만 내 마음에서 그런 생각을 지워버릴 것이다. 그것만 아니면 충만하게 넘쳐흐를 내 행복을 그것 때문에 망치고 싶지 않기 때문이다. 내가 그를 사랑하는 것은 그가 교육을 받았기 때문이 아니다. 절대 그런 것이 아니다. 그는 독학한 사람으로 실제로 많은 것을 알고 있지만, 대단한 것을 아는 것은 아니다.

내가 그를 사랑하는 것은 그가 정의롭기 때문이 아니다. 그는 내 잘못을 고자질했다. 그러나 그 때문에 그를 원망하지는 않는다. 그것도 남자의 속성이기 때문이다. 그가 원해서 남자가 되었던 것은 아니다. 물론 나라면 그의 잘못을 고자질하지 않을 것이다. 나라면 내가 먼저 타락했을 것이다.

그러나 그것도 여자의 속성이다. 나는 그런 것을 자랑거리로 삼지 않는다. 왜냐하면 나도 원해서 여자가 된 것이 아니기 때문이다.

그럼 왜 나는 그를 사랑하는가? 그것은 그가 남자이기 때문일 따름이다. 그도 내심으로는 착한 사람이다. 그 때문에 나는 그를 사랑한다. 하지만 그렇지 않아도 나는 그를 사랑할 수 있다. 그가 나를 때리고 욕하더라도, 나는 그를 계속 사랑할 것이다. 나는 그럴 운명이라는 것을 알고 있다. 이것은 성(性)의 문제라고 생각한다. 그는 강하고 멋진 남자이다. 그 때문에 나는 그를 사랑한다. 나는 그를 공경하고, 그를 자랑스럽게 여긴다. 그러나 그런 것들이 없어도 나는 그를 사랑할 수 있다. 그가 평범한 사람이어도, 나는 그를 사랑해야만 한다. 그가 비참하게 몰락하더라도, 나는 그를 사랑해야만 한다. 나는 죽을 때까지 그를 위해 일할 것이고, 그를 위해 노예라도 될 것이며, 그를 위해 기도할 것이고, 그의 곁을 떠나지 않을 것이다.

그렇다. 내가 그를 사랑하는 것은 그가 나의 것이기 때문이고 남자이기 때문일 따름이다. 다른 이유는 없다고 생각한다. 결국 내가 처음에 말했던 것처럼, 이런 사랑은 이성적 추론과 통계의 산물이 아니다. 이런 사랑은 그냥 오는 것이며—어디에서 오는 것인지는 누구도 모른다—, 설명될 수 없는 것이다. 설명할 필요도 없는 것이다.

내 생각은 그렇다. 하지만 나는 어린 여자일 따름이고, 이 문제를 살펴보았던 최초의 사람일 따름이다. 내 무지함과 미천한 경험 때문에 이 문제를 올바르게 살피지 못했을 수도 있다.

40년 후

나는 우리가 함께 이 삶에서 벗어날 수 있기를 기도하고 갈망한다. 이 땅에서 영원히 지워지지 말아야 할 갈망이며, 죽음의 순간까지 사랑이 식지 않는 모든 아내들이 가슴에 품어야 할 갈망이기도 하다. 그런 갈망은 내 이름으로 불릴 것이다.

그러나 우리 둘 중 하나가 먼저 떠나야 한다면, 그 사람이 내가 되기를 기도한다. 왜냐하면 그는 강하고, 나는 약하기 때문이다. 그가 나에게 필요한 만큼이나 나는 그에게 필요한 존재가 아니기 때문이다. 나에게 그가 없는 삶은 사는 것이 아닐 것이다. 내가 어찌 그런 삶을 견디어낼 수 있겠는가? 이 기도는 영원할 것이다. 내 후손이 계속되는 동안 끊이지 않고 이어질 것이다. 나는 최초의 아내이다. 그리고 마지막 아내로 나는 다시 나타날 것이다.

이브의 묘비

그녀가 어디에 있든지, 그곳이 바로 에덴이었다.

—아담

타락천사

1

"네가 거, 거짓말을 했단 말이냐?"

"그게 저, 정말, 정말이냐. 네가 거짓말을 했다는 게!"

2

가족은 모두 네 사람이었다. 서른여섯 살 미망인 마가렛 레스터 부인과 열여섯 살짜리 딸 헬렌 레스터, 레스터 부인의 노처녀 이모로 예순일곱 된 쌍둥이 자매 한나 그레이와 헤스터 그레이였다. 세 여인은 자나깨나, 밤이나 낮이나 어린 소녀를 지켜보는 재미로 살았다. 어린 소녀의 얼굴에서 내비치는 맑은 영혼의 떨림을 지켜보았고, 음악소리같이 달콤한 목소리에 귀를 기울였다. 소녀의 꽃 같은 아름다움으로 자신들의 영혼까지 새롭게 하였고, 소녀와 함께 있어 풍요롭고 소중해진 세상을

감사히 받아들였으며, 이 빛이 사라지면 세상이 얼마나 적막할까 생각하며
몸서리를 치기도 했다.

늙은 이모들은 천성이 착하고 다정하고 온순했지만, 도덕과
행실에서만큼은 예외 없이 엄격한 교육을 받고 자란 터라 꽉 막혔다고까지
할 수는 없으나 몹시 엄한 여인들이었다. 사실 집에서 그들의 입김은
대단했다. 어찌나 대단했던지, 두 모녀는 두 이모가 요구하는 도덕적이고
종교적인 요구를 즐겁게, 만족스럽게, 행복하게, 이의 없이 받아들여야
했다. 그렇게 행동하는 것이 두 모녀에게는 제2의 천성이 되어버렸다.
그처럼 평화로운 지붕 아래서는 어떤 갈등도, 어떤 분노도, 어떤 모함도,
어떤 불만도 있을 수 없었다. 그 하늘 아래서는 어떤 거짓말도 들어설
여지가 없었다. 거짓말은 생각할 수도 없는 것이었다. 이 집에서는 대화를
나눌 때조차도 오로지 절대적인 진실, 굽힘 없는 진실, 타협 없는 진실만이
허용되었기 때문에, 그 결과는 언제나 예측 가능했다.

그러던 어느 날 숨막히는 분위기에 눌려 있던 집안식구의 귀염둥이가
거짓말로 그 입술을 더럽혔다. 소녀는 눈물로 그 사실을 고백했다. 그
때문에 이모들이 얼마나 대경실색했는지, 말로 표현할 수 없을 지경이었다.
마치 하늘이 무너져 내리고 땅이 갈라지며 흔들리는 사고가 터진 것
같았다. 두 이모는 하얗게 질린 딱딱한 얼굴을 하고 나란히 앉아, 그들
앞에 무릎을 꿇고 앉아 두 무릎 사이에 얼굴을 파묻고 신음하듯 흐느끼는
죄인을 말없이 내려다보았다. 소녀는 용서와 동정을 구했지만, 아무런
대답을 얻을 수 없었다. 두 이모할머니의 손에 차례로 입을 맞추려 했지만,
두 노파는 더럽혀진 입술에 자신들마저 더럽혀질까 두려운 듯 손을 뒤로

빼냈다.

헤스터 이모가 얼음같이 차가운 목소리로 물었다. 벌써 두번째 같은
질문이었다.

"네가 거, 거짓말을 했단 말이냐?"

뒤이어, 한나 이모도 퉁명스럽고 떨리는 목소리로 물었다. 이것도 벌써
두번째 같은 질문이었다.

"그게 저, 정말, 정말이냐. 네가 거짓말을 했다는 게!"

두 여자는 오직 같은 말만 되풀이했다. 이건 완전히 청천벽력 같은
일이었다. 그들은 이런 상황을 이해할 수가 없었고, 어떻게 처리해야
할지도 몰랐다. 그래서 말까지 더듬거렸다.

마침내 두 이모는 죄지은 아이를 아이 엄마에게 데려가기로 결정했다.
비록 앓아 누워 있기는 하지만, 아이 엄마도 알아야만 될 일이었다. 헬렌은
빌고 또 빌었다. 더 이상 그런 잘못을 저지르지 않겠다고, 이 일로
엄마까지 슬프고 고통스럽게 만들 수는 없다고 용서를 빌었다. 그러나
어림없는 일이었다. 의무에는 반드시 희생이 따르는 법. 의무는 모든 것에
우선하는 법이다. 어떤 이유로도 의무에서 벗어날 수는 없다. 의무를
위해서는 어떤 타협도 받아들일 수 없다.

헬렌은 계속 빌었다. 자기 잘못이며 엄마와는 아무 상관도 없는 일이라
했다.

"왜 엄마가 제 잘못 때문에 고통을 받아야 하나요?"

그러나 이모들은 한치도 양보하지 않았다. 자식이 저지른 죄를 부모에게
묻는 법은 어떤 이유로든 뒤집을 수 없다고 말했다. 비록 어미에게 아무

잘못이 없더라도, 자식이 지은 죄만큼의 슬픔과 고통의 몫을 받는 것은 당연하다고 했다. 그렇게 하여 셋은 병을 앓고 있는 어미의 방으로 향했다.

때마침 의사가 그 집으로 오고 있었다. 그러나 도착하려면 아직 일렀다. 그는 훌륭한 의사이면서 매사에 공정한 사람이었다. 게다가 마음씨까지 착한 사람이었다. 하지만 그에 대한 증오심을 극복하는 데는 1년이란 시간이 필요하고, 그의 처신을 이해하는 데는 2년이란 시간이 필요하고, 그를 좋아하기까지는 3년이란 시간이 필요하며, 그와 더불어 살기 위해서는 4~5년이 필요한 위인이었다. 지루하고 짜증나는 투자가 될 테지만, 그럴 만한 가치는 충분한 사람이었다. 그는 상당히 키가 컸고, 머리통과 얼굴은 사자 같았으며, 목소리는 걸걸했다. 그의 눈은 기분에 따라서 때로는 해적의 눈처럼 날카로워졌고, 때로는 여자의 눈처럼 부드러워졌다.
그는 예절이라고는 전혀 모르는 사람이었다. 그런 것하고는 담을 쌓고 살았다. 말투나 몸가짐이나 행동에서 관습을 뒤집는 사람이었다. 그는 솔직함 자체였다. 그는 어떤 문제에서나 자신의 의견을 가차 없이 내뱉었다. 마치 질문을 기다리고 있었던 것처럼 언제나 주저함이 없었다. 상대방이 그의 의견을 좋아하든 말든 조금도 개의치 않았다. 자기가 사랑하는 사람을 사랑했고, 그런 감정을 숨김없이 드러냈다. 또한 자기가 사랑하지 않는 사람은 미워했고, 그런 미움도 전혀 감추지 않았다. 젊은 시절 선원생활을 한 적이 있던 터라, 그에게서는 아직도 바다의 소금 냄새가 풍겼다.

그는 독실하고 충실한 기독교인이었다. 그는 스스로 이 땅에서 가장 충실한 기독교인이라 믿었다. 건전하고 건강한 기독교 정신, 결코 상식을 벗어나지 않는 기독교 정신으로 똘똘 뭉쳐 있으며 어떤 점에서도 타락하지 않은 유일한 사람이라 믿었다. 딴 속셈이 있거나 어떤 이유에서든지 그의 환심을 사려는 사람들은 그를 "유일한 기독교인"이라 불렀다. 이런 아부는 그의 귀를 즐겁게 했다. "유일한"이란 말이 얼마나 매혹적이고 강렬하던지 짙은 어둠 속에서도 그렇게 말한 사람을 찾아낼 정도였다. 그를 좋아했던 사람들은 꺼림칙해하면서도, 습관적으로 그를 그렇게 불러주었다. 그를 즐겁게 해주는 것 자체가 그들에게도 즐거움이었기 때문이었다. 한편 그의 적들이 악의적으로 그 별명을 부풀려, 그는 결국 "유일무이한 기독교인"으로 불리게 되었다. 두 별명 중에서 후자가 훨씬 더 많이 쓰였다. 친구보다 수적으로 훨씬 우세했던 적들의 공작 덕분이었다. 의사는 일단 믿음을 준 것에는 전심을 다했다. 기회가 닿을 때마다, 자신의 믿음을 위한 싸움을 서슴지 않았다. 기회가 만들어지지 않으면, 기회를 스스로 만들어내기도 했다. 그는 어떤 일에서나 능력껏 최선을 다했다. 의무로서 반드시 해야 할 일이면 도덕주의자들의 금언에 개의치 않고 어떤 일이나 마다지 않았다. 젊은 날 선원시절엔, 하나님을 모독하는 행위도 거리낌없이 저질렀다. 그러나 개종한 순간부터는 하나의 규칙을 정해 놓고 의무를 다해야 하는 아주 예외적인 경우만을 제외하고는 절대 어긋나는 법이 없었다. 예를 들어, 그는 선원시절 엄청난 폭주가였다. 그러나 개종 후에는 거짓말 하나 보태지 않고 확고한 금주가로 변신했다. 젊은이들의 모범이 되어야 한다는 이유 때문이었다. 그때부터 그는 거의 술을 마시지 않았다. 다만 의무라고 여겨졌던 때만은 예외였다. 1년에 두 번, 그러나 결코 다섯 번을 넘는 경우는 없었다.

그런 사람은 감수성이 예민하고, 충동적이며, 감정적이기 마련이다. 의사 역시 그랬다. 자신의 감정을 감추는 재주가 전혀 없었다. 그래서 그는 언제나 감정을 솔직하게 드러냈다. 그의 얼굴만 보면 기분상태를 충분히 짐작할 수 있었다. 비유적으로 말하면, 집에 들어서는 그의 표정만 봐도 양산을 폈는지 우산을 폈는지를 알 수 있었다. 눈가에 부드러운 빛이 감돌 때면, 그는 무엇이나 흔쾌히 받아들여 주었다. 그러나 인상을 찌푸릴 때면, 집안 온도가 10도 정도는 떨어졌다. 그래서 그는 친구들에게 거의 언제나 환영받는 사람이었지만, 때로는 무섭기 그지없는 악마가 되기도 했다.

그는 특히 레스터 집안 사람들에게 깊은 애정을 품고 있었다. 물론 레스터 집안 사람들도 그에게 똑같은 감정을 가지고 있었다. 그들은 의사의 독특한 기독교적 처신을 애석하게 여겼고 의사는 그런 그들을 숨김 없이 비웃었지만, 서로 사랑하는 마음은 변함이 없었다.

그가 집으로 오고 있었다. 도착하려면 조금 더 있어야 했다. 이모와 어린 죄수는 환자의 방을 향해 다가가고 있었다.

3

마침내 세 여자는 침대 곁에 섰다. 두 이모는 잔뜩 굳은 얼굴이었고, 어린 죄수는 조용히 흐느끼고 있었다. 엄마는 그대로 누워서 얼굴을 돌렸다. 어린 딸을 보자, 피곤에 지친 눈동자가 동정과 사랑으로 충만한 모성애로 뜨겁게 타올랐다. 엄마는 두 팔을 활짝 벌려서 딸에게 피신처를 마련해

주었다.

한나 이모가 어미의 품속으로 뛰어들려는 소녀를 붙잡으며 소리쳤다.

"잠깐!"

헤스터 이모가 목소리에 힘을 주며 말했다.

"헬렌, 네 엄마 앞에서 모두 털어놔라. 네 영혼의 죄를 씻어내게. 하나도 빼놓지 말고 숨김없이."

어린 소녀는 두 재판관 앞에서 처절하고 비참한 심정으로, 슬픈 이야기를 울먹이며 끝까지 털어놓아야 했다. 그리고 마지막으로 호소력 가득한 목소리로 울부짖었다.

"엄마, 저를 용서해 주면 안 돼요? 엄마도 저를 용서 안 할 건가요? 제 편은 아무도 없어요!"

"용서라니? 오, 내 새끼. 이리 와서 엄마한테 안기렴! 얼굴을 내 가슴에 묻고 진정해라. 네가 거짓말을 수천 번이나 했더라도……."

그때 헛기침 소리가 들렸다. 일종의 경고였다. 이모들은 고개를 들었다. 그리고 곧 움츠러들었다. 의사가 잔뜩 찌푸린 얼굴로 서 있었다. 엄마와 딸은 의사의 출현에도 아랑곳하지 않고, 가슴을 맞대고 꼭 끌어안고 있었다. 측량할 길 없는 충만감에 빠져, 다른 데는 신경조차 쓰지 않았다. 의사는 눈앞의 장면을 찡그린 얼굴로 쏘아보며 한동안 꼼짝 않고 서 있었다. 그 장면을 연구하고 분석해서, 그 원인을 추적하고 있었다. 마침내 그가 손을 들어, 이모들에게 손짓을 보냈다. 이모들은 몸을 떨며 그에게 다가갔다. 그리고 그 앞에 공손히 서서 처분을 기다렸다. 그는 고개를 숙이고 속삭였다.

"이 환자는 절대로 안정해야 한다고 말씀드리지 않았던가요? 대체 두 분은 무슨 짓을 하신 겁니까? 당장 이 방에서 나가세요!"

이모들은 의사의 말에 그대로 따랐다. 그로부터 30분 후, 의사는 헬렌을 데리고 응접실로 들어왔다. 편안하고 즐겁고 한없이 밝은 얼굴이었다. 헬렌의 허리를 껴안고, 아이를 다독거리며, 아이의 귀에 대고 다정하고 즐거운 이야기를 해주었다. 헬렌 역시 쾌활하고 행복한 모습을 되찾고 있었다.

의사가 말했다.

"자, 이제 그만 가보렴. 네 방으로 가거라. 엄마를 귀찮게 하지 말고, 얌전히 있어라. 아, 잠깐! 혀 좀 내밀어보렴. 괜찮구나. 너는 밤톨처럼 건강하다!"

그리고 그는 헬렌의 뺨을 살짝 어루만지며 덧붙였다.

"이제 가봐라. 네 이모들과 할 이야기가 있다."

헬렌이 응접실을 나가자마자, 그의 얼굴에 다시 구름이 덮였다. 그는 의자를 찾아 앉으며 말했다.

"두 분께선 아주 끔찍한 짓을 저지르셨군요. 어쩌면 차라리 잘된 일인지도 모르지만요. 그래요, 그럴지도 모릅니다. 질녀의 병은 장티푸스입니다. 두 분의 어리석은 행동 덕분에 질녀의 병을 알아낼 수 있었습니다. 그런 점에서 도움이 되었습니다. 어제까지도 무엇인지 확신할 수 없었으니까요."

단 한 방의 충격으로도 두 노파는 벌떡 일어서서 온몸을 부들부들 떨었다.

"앉으세요! 대체 뭘 하시려고?"

"뭘 하다니요? 당장 질녀에게 가봐야지. 우리는……."

"두 분이 하실 일은 아무것도 없습니다. 오늘 하루 동안 넘치도록 고약한 일을 하셨으니까요. 어리석은 죄악을 그렇게 마구잡이로 뿌리고 다니고 싶으십니까? 제발 앉으세요. 내가 마가렛을 재워 두었습니다. 질녀에겐 지금 잠이 필요합니다. 내 지시 없이 마가렛을 방해하면, 두 분의 머리를 부숴 버릴 겁니다. 두 분에게 그런 게 있을지나 모르겠지만."

두 노파는 다시 의자에 앉았다. 괴롭고 화가 치밀었지만, 따르는 수밖에 없었다. 의사가 말을 이었다.

"이제, 아까는 어찌된 일이었는지 듣고 싶습니다. 질녀가 설명하려 했지만, 그때는 이미 흥분이 가라앉은 뒤였습니다. 두 분은 내 지시를 잘 알고 있었습니다. 그런데 어떻게 그 방으로 들어가서 그런 소동을 일으킬 수 있었습니까?"

헤스터는 한나를 쳐다보며 도움을 청했다. 한나 역시 똑같은 표정으로 헤스터를 바라보고 있었다. 둘 모두 냉정하기 이를 데 없는 이 오케스트라에 맞추어 춤을 추고 싶은 심사가 아니었다.

의사가 도움을 주었다.

"그럼, 헤스터 부인부터 시작할까요?"

헤스터는 숄 자락을 손가락으로 비틀며 고개를 떨구었다. 그리고 기어들어 가는 목소리로 말하기 시작했다.

"선생님의 지시를 어길 생각은 아니었는데, 사정이 워낙 다급해서. 의무 때문이에요. 의무를 지키려면 선택의 여지가 없잖아요. 사소한 일들은 젖혀놓고라도 의무만은 지켜야 하니까요. 우리는 헬렌을 그 아이 에미가 보는 앞에서 꾸짖어야 했어요. 헬렌이 거짓말을 했거든요."

의사는 헤스터를 한동안 노려보았다. 도저히 이해할 수 없는 이 주장을 마음속으로 이해해 보려고 애쓰는 기색이 역력했다. 마침내 그의 분노가 폭발하고 말았다.

"헬렌이 거짓말을 했다! 헬렌이? 오, 하나님 제 영혼을 용서하소서! 저는 하루에도 백만 번씩이나 거짓말을 한답니다! 이 세상 모든 의사가 그래요. 두 분을 포함해서 이 세상 모든 사람이 거짓말을 하고 살아요. 그게 그렇게 중요한 일인가요? 내 지시를 어기고, 저 불쌍한 여자의 생명을 위협해도 좋을 만큼 중요한 일인가요? 이것 보세요, 헤스터 그레이 부인. 그건 완전히 정신나간 짓이었어요. 헬렌은 사람을 해칠 생각으로 거짓말을 할 아이가 아니에요. 그런 일은 없을 거예요, 절대 없을 거예요. 두 분도 잘 알고 있잖아요. 부인들께서 더 잘 알고 있는 일이잖아요!"

한나가 헤스터를 구원하러 나섰다.

"헤스터는 그런 거짓말을 뜻하는 게 아니에요. 그런 뜻이 아니라고요. 하지만 어쨌든 그건 거짓말이었어요."

"저런, 그렇게 어처구니없는 말은 생전 처음 듣는군요! 두 분은 거짓말의 차이를 구분하지 못할 정도로 센스가 없으신가요? 도움이 되는 거짓말과 상처를 주는 거짓말을 구분도 못 하느냐고요?"

한나도 물러서지 않았다.

"거짓말은 어떤 것이나 죄악이에요. 어떤 거짓말도 용서받을 수 없어요."

그리고 그녀는 입술을 꼭 다물었다.

"유일무이한 기독교인"은 의자에 앉아서 안절부절못하고 있었다. 한나의 말을 곧바로 반격해 주고 싶었지만, 어떻게 어디서부터 시작해야 할지

갈피를 잡을 수 없었다. 마침내 그가 말문을 열었다.

"헤스터 부인, 부인께선 무고하게 모욕을 받거나 수치를 당한 사람을 지켜주려고 거짓말을 해본 적이 없었나요?"

"없었어요."

"친구를 위해서도 없었나요?"

"없었어요."

"가장 소중한 친구를 위해서도 없었나요?"

"없었어요."

의사는 잠시 침묵했다가 다시 물었다.

"고난과 곤경과 슬픔에 빠진 친구를 구해주기 위해서도 그런 적이 없었나요?"

"없었어요. 친구의 목숨이 위태롭다 해도 거짓말은 안해요."

다시 침묵.

"친구의 영혼을 구하기 위해서도?"

대답이 없었다. 꽤 오랜 침묵이 흘렀다. 마침내 헤스터가 낮은 목소리로 대답했다. 그러나 마음의 결정을 내리기 위해 되묻는 소리였다.

"친구의 영혼을 위해서?"

그리고 한동안 다시 침묵으로 빠져들었다. 결국 의사가 다시 물었다.

"부인도 마찬가지인가요, 한나?"

그녀가 대답했다.

"그래요."

"그럼 두 분에게 그 이유를 물어도 될까요?"

"그런 거짓말, 아니 어떤 거짓말도 죄악이기 때문이지요. 거짓말 때문에 영혼을 잃을 수도 있어요. 거짓말한 걸 회개할 시간도 없이 죽는다면, 정말로 영혼을 잃고 말 거예요."

"황당하군요……. 정말 황당해요……. 옛날사람들이나 그렇게 믿었지요." 그리고 그는 퉁명스레 물었다.

"그런 영혼을 구원할 가치가 있을까요?"

그는 의자에서 일어났다. 그리고 계속해서 퉁명스레 중얼거리며 뚜벅뚜벅 문으로 걸어갔다. 그는 문 앞에서 몸을 돌리고, 귀에 거슬리는 목소리로 훈계를 늘어놓기 시작했다.

"생각을 바꾸세요! 천박하기 이를 데 없는 영혼을 구원해야 한다는 인색하고 이기적인 믿음은 버리세요. 대신 영혼을 진정으로 고귀하게 해줄 무언가를 찾도록 하세요. 영혼을 걸고 찾아보세요! 영혼을 걸고 선의를 구하세요. 선의를 잃고 나면 무슨 소용이 있습니까? 생각을 바꾸세요!"

착한 두 노파는 온몸이 마비되고, 가루가 되는 것 같았다. 분노와 모욕감이 치밀어올랐다. 의사의 이 모독적인 언사는 생각할수록 비통하고 불쾌했다. 불쌍한 두 노파가 받은 마음의 상처는 말로 표현할 수 없었다. 그들은 이런 모독을 결코 용서할 수 없다고 말했다.

"생각을 바꾸라고!"

그들은 그 말에 원한이 사무친 듯 계속해서 되뇌었다.

"생각을 바꾸라고! 그럼 거짓말을 배우란 말야?"

시간이 흘렀다. 그 동안 그들의 마음에도 변화가 있었다. 그들은 인간에게 주어진 최초의 의무를 지키기로 했다. 철저하게 자신을 반성하고,

최소한의 이익만을 취하고 남을 생각하는 단계에 이르렀다. 그런 변화로
얼굴까지 달라졌다. 너무도 건강해 보였다.

두 노파의 마음은 사랑하는 질녀에게로, 질녀를 괴롭히던 끔찍한 병마로
돌아갔다. 그와 동시에 자존심이 긁혔던 조금 전의 상처까지도 잊었다.
병든 질녀를 돌보고, 사랑으로 그녀를 편안하게 해주어야 한다는 뜨거운
열정이 그들의 마음을 사로잡았다. 질녀를 치료하고, 약한 손으로 할 수
있는 최선의 것을 질녀에게 베풀고, 힘이 남아 있는 한 즐겁고 애정어린
마음으로, 사랑하는 질녀를 위해 두 늙은 몸뚱이를 내던져야 했다.

헤스터가 눈물을 뚝뚝 흘리며 말했다.

"우리는 해낼 수 있어! 우리보다 나은 간병인은 없어. 쓰러져 죽을 때까지
헬렌의 침대 옆을 지켜줄 사람은 우리밖에 없어. 우리는 해낼 수 있어.
하나님은 아실 거야."

한나도 눈물로 얼룩진 안경 뒤로 헤스터의 말에 전적으로 동감한다는
미소를 지어 보이며 말했다.

"아멘! 그 의사는 우리를 알아. 우리가 다시는 지시를 어기지 않을 거란 걸
알고 있어. 그러니 다른 사람을 부르지는 않을 거야. 감히 그렇게는 못 할
거야!"

헤스터가 노기 띤 목소리로 말했다.

"감히?"

그리고 그녀는 눈물을 철철 쏟으며 덧붙였다.

"저이는 못 할 짓이 없는 사람이야. 기독교인의 탈을 쓴 악마라고!
이번에도 그러면 가만두지 않을 거야……. 말이며 행동거지를 보면, 저

의사는 재능 있고 현명하고 선량한 사람이야. 설마 그런 짓을 할 생각은 안하겠지……. 누가 저 방에 들어가 봐야겠어. 뭘 저렇게 꾸물대고 있는 거지? 왜 얼른 나와서 알려주지 않는 걸까?"

그때 의사가 다가오는 소리가 들렸다. 그가 들어와 의자에 앉더니 말했다.

"마가렛은 몸이 좋지 않습니다. 아직도 잠들어 있어요. 하지만 곧 깨어날 것입니다. 그러면 누구 한 분이 마가렛에게 가봐야 될 것입니다. 질녀는 회복되기도 전에 더 나빠질 것입니다. 밤낮을 꼬박 지켜보아야 합니다. 두 분이서 할 수 있겠어요?"

두 노파가 동시에 대답했다.

"그럼요!"

의사의 두 눈이 빨갛게 충혈되었다. 그는 용기를 내어 말했다.

"이번엔 진실을 말씀하시는군요. 두 분은 정말 용기가 있으세요. 두 분은 잘해낼 겁니다. 이 마을에서 이처럼 성스런 일을 두 분만큼 잘해낼 사람은 없을 겁니다. 하지만 두 분이 감당하기엔 너무 벅차요. 두 분에게 맡기는 건 죄를 짓는 거나 같아요."

대단한 칭찬이었다. 의사의 입에서 나올 수 있는 더할 나위 없는 칭찬이었다. 덕분에 늙은 쌍둥이 노파의 가슴에 맺혀 있던 원한도 거의 씻겼다.

"틸리와 낸시에게도 도움을 청해 두겠습니다. 둘 모두 훌륭하게 간병을 해낼 겁니다. 비록 피부는 검지만 하얀 영혼을 지니고 있으니까요. 주의깊고, 애정이 있고, 부드러운 마음씨까지 가졌으니 완벽한 간병인이 될 겁니다. 게다가 요람에서부터 유능한 거짓말쟁이니까……. 두 분이

헬렌도 좀 돌봐줘야겠어요. 그 아이가 아픕니다. 병세가 더 심해질
겁니다.”

두 노파는 깜짝 놀랐다. 믿어지지 않는다는 표정이었다. 헤스터가 물었다.

“대체 어떻게 된 거예요? 조금 전만 해도 밤톨처럼 건강하다더니만!”

의사가 차분한 목소리로 대답했다.

“거짓말이었습니다.”

두 노파는 다시 화가 난 표정으로 그를 뚫어지게 쳐다보았다. 한나가
말했다.

“그렇게 태평스럽게 추악한 고백을 할 수 있는 건가요? 우리가 거짓말을
어떻게 생각하는지 잘 알고 있으면서…….”

“쉬! 두 분은 정말 고양이만큼이나 어리석군요. 지금 무슨 말을 하고
있는지도 모르고 있습니다. 두 분은 정말 도덕만을 내세우는 두더쥐
같다는 생각이 듭니다. 두 분도 아침부터 밤까지 거짓말을 하고 있습니다.
다만 입으로 거짓말을 하지 않고 있을 따름입니다. 하지만 위선적인
눈동자, 거짓으로 꾸민 말투, 오해를 불러일으키는 행동들로 거짓말을
하고 있습니다. 그런데도 만족해서 코를 벌름대고, 하나님과 세상사람들
앞에서 성자처럼 때묻지 않은 진실만을 말하는 사람처럼 뽐을 내지요.
그런 얼음통 같은 영혼 속에서 거짓말은 얼어죽고 말았습니다! 입으로
말한 거짓말이 아니면 거짓말이 아니라는 어리석은 생각으로 두 분
스스로를 속이고 있는 이유가 뭡니까? 눈으로 말한 거짓말이 입으로 말한
거짓말과 대체 무슨 차이가 있습니까? 아무런 차이도 없습니다.
조금이라도 생각해 보면, 두 분도 그렇다고 인정하게 될 겁니다. 평생

하루라도 거짓말을 하지 않고 사는 사람은 없습니다. 아마 두 분끼리도 3만 번은 서로 거짓말을 했을 겁니다. 헬렌이 괜한 상상을 할까봐 내가 그 아이에게 죄없는 선의의 거짓말을 했다고 두 분은 섬뜩하고 위선적인 공포심에 사로잡혀 발끈하시는군요. 내가 의사로서의 의무를 내팽개쳤다면, 헬렌은 틀림없이 한 시간 내에 피가 뜨겁게 달아올랐을 겁니다. 내 영혼을 구하는 데만 관심이 있었다면, 그런 불명예스런 수단을 쓰지 않고 어떻게 해야 했을까요? 자, 이제 이성적으로 생각해 봅시다. 차근차근 따져보자고요. 두 분이 환자 방에서 그런 소동을 벌이고 있었을 때, 내가 오고 있다는 것을 알았다면 어떻게 했었겠습니까?"

"뭘 어떻게요?"

"두 분은 틀림없이 헬렌을 데리고 환자 방을 나왔을 겁니다. 그렇지 않나요?"

두 노파는 대답하지 않았다.

"내 말이 틀렸나요? 다른 생각이라도 있나요?"

"생각이라니?"

"내 앞에서 두 분의 실수를 감추려고, 마가렛이 흥분했던 이유가 두 분 때문이라는 걸 눈치채이지 않게 하려고 말입니다. 한마디로, 나에게 거짓말, 침묵의 거짓말을 하려고 말입니다. 게다가 침묵의 거짓말이지만, 남에게 피해를 주는 거짓말 말입니다."

쌍둥이 노파는 안색이 변했다. 그러나 아무 대꾸도 하지 못했다.

"두 분은 무수한 침묵의 거짓말을 할 뿐 아니라, 입으로도 거짓말을 합니다."

"절대 그렇지 않아요!"

"그렇습니다. 하지만 남에게 피해를 주지 않을 거짓말만 말입니다. 두 분은 해가 되는 거짓말은 꿈에도 생각해 본 적이 없을 겁니다. 두 분은 그것이 양보이고 고백이라는 것을 알고 계십니까?"

"무슨 뜻이에요?"

"해가 없는 거짓말은 죄가 아니라는 무의식적 양보 말입니다. 그건 두 분이 그런 구분을 끊임없이 하고 있다는 고백이기도 합니다. 예를 들어, 두 분은 지난 주 늙은 포스터 부인의 초대를 거절했습니다. 저녁식사 시간에 그 정나미 떨어지는 히그비 부부를 만나기 위해서요. 두 분은 초대에 갈 수 없어 유감스럽다는 내용의 정중한 거절 편지를 보냈습니다. 그것이 바로 거짓말이었습니다. 입으로 말한 것 못지 않은 거짓말이었습니다. 헤스터 부인, 내 말을 부인해 보시지요. 다른 거짓말로 말입니다."

헤스터는 고개를 떨구는 것으로 대답을 대신했다.

"그것으로는 충분치 않습니다. 대답해 보세요. 거짓말이었습니까, 아니었습니까?"

두 노파의 얼굴이 빨갛게 달아올랐다. 그들은 결국 힘들게 고백했다.

"거짓말이었어요."

"좋습니다. 이제야 생각을 바꾸기 시작했군요. 아직도 두 분에게는 희망이 있습니다. 두 분은 가장 소중한 친구의 영혼을 구하기 위해서도 거짓말은 않는다고 했습니다. 그런데 달갑지 않은 진실을 말하는 불편함을 벗어버리기 위해서는 양심의 가책도 없이 거짓말을 했습니다."

그가 일어섰다. 헤스터가 변명하듯 말했다. 차가운 목소리였다.

"우리는 거짓말을 했어요. 인정해요. 하지만 더 이상 그런 일은 없을
거예요. 거짓말은 죄악이에요. 우리는 앞으로 어떤 거짓말도 하지 않을
거예요. 슬픔과 고통에 빠진 사람을 구해주기 위해서 선의로, 예의로도
거짓말은 하지 않을 거예요. 그것마저도 하나님이 운명으로 정해 준 것일
테니까요."

"하지만 곧 하게 될 겁니다! 사실 두 분은 이미 거짓말을 했습니다. 방금
했던 말도 거짓말이니까요. 이제 그만 가겠습니다. 생각을 바꾸세요!
어쨌든 지금 당장 마가렛에게 가보도록 하세요."

4

열이틀 후.

모녀는 끔찍한 질병의 손아귀에서 놓여나지 못하고 근근이 목숨을
부지하고 있었다. 회복할 가능성은 거의 없었다. 늙은 두 자매는 하얗게
떠서 탈진한 듯했으나 결코 포기하지 않았다. 불쌍한 두 노파는 가슴이
찢어졌지만, 결코 꺾이지 않는 굳건한 용기를 보여주었다. 지난 열이틀
동안, 엄마는 딸을 애타게 보고 싶어했고, 딸도 엄마를 그리워했다. 그러나
둘 다 그런 기도가 이루어질 수 없다는 것을 알고 있었다. 마가렛에게
앓고 있는 병이 장티푸스라는 것을 전해주었을 때—열이틀 중의 첫날,
그녀는 몹시 놀라는 표정을 지으며 헬렌이 전염되었을 위험이 없냐고
물었다. 전날 헬렌이 죄를 고백하기 위해 그 방에 들렀기 때문이었다.
헤스터는 의사가 그런 염려에 코방귀를 뀌었다고 말해 주었다. 비록
사실이기는 했지만, 헤스터는 그 의사를 믿지 않았기 때문에 그렇게

말하는 것도 곤욕이었다. 그러나 질녀가 기뻐하는 것을 보고는, 양심의
고통이 조금은 덜어졌다. 미리 준비해 둔 건설적인 표현에 수치심이
일기는 했지만, 그래도 그런 거짓말은 절대 하지 말았어야 했다는 돌이킬
수 없는 수치심이 느껴진 건 아니었다.

그 순간부터 엄마는 딸과 멀리 떨어져 있어야 한다는 현실을 이해해
주었다. 그녀는 얼마든지 딸과 떨어져 있을 수 있다고 말했다. 딸의 건강을
해치기보다는 기꺼이 죽음의 고통을 감수할 각오가 되어 있었기
때문이었다. 그날 오후, 헬렌도 심하게 앓아 침대에 누워야 했다. 헬렌의
병세는 밤새 더욱 심해졌다. 이튿날 아침, 엄마는 딸의 안부부터 물었다.

"헬렌은 괜찮은가요?"

헤스터의 얼굴이 우울해졌다. 그녀는 입을 열었으나 아무 대답도 할 수
없었다. 엄마는 누워서 이모의 얼굴을 힘없이 바라보며 대답을 기다렸다.
그러더니 갑자기 사색이 되어 외마디 비명을 내질렀다.

"저런! 무슨 일이에요? 헬렌이 아픈가요?"

가련한 노파의 찢어질 듯한 가슴이 사뭇 쿵쿵거렸다. 노파는 입을 열었다.

"아니다, 진정해라. 헬렌은 건강해."

병든 여인은 진심으로 감사하고 행복해했다.

"하나님 감사합니다! 너무도 듣고 싶었던 말이었어요. 저는 오로지
하나님만을 믿습니다!"

헤스터는 그 일을 한나에게 말했다. 한나는 못마땅한 표정을 지어 보였다.
그리고 차갑게 쏘아붙였다.

"헤스터, 그건 거짓말이야."

헤스터의 입술이 애처롭게 떨렸다. 그녀는 울먹이면서 말했다.

"한나, 나는 죄를 지었어. 하지만 어쩔 수가 없었어. 놀란 마가렛의 얼굴이 가엾어서 차마 보고 있을 수가 없었어."

"어쩌겠어. 하지만 그건 거짓말이야. 하나님이 너에게 이번 일에 대한 책임을 물으실 거야."

헤스터가 두 손을 꼭 마주잡고 소리쳤다.

"그래, 알고 있어. 알고 있다구. 하지만 다시 그런다 해도 나는 똑같은 대답을 했을 거야."

"그럼 오전엔 네가 헬렌을 맡아. 내가 악역을 맡을 테니까."

헤스터는 한나에게 매달려 눈물을 흘리며 용서를 빌었다.

"제발, 한나. 제발 그러지 마. 그러면 마가렛은 죽고 말 거야."

"나는 진실만을 말할 거야."

아침에 한나는 잔인한 소식을 가슴에 품고 아픈 여인의 방을 찾았다. 그녀는 정신을 바짝 차렸다. 그녀가 임무를 마치고 돌아올 때까지, 헤스터는 응접실에서 창백한 얼굴로 불안에 떨며 기다리고 있었다.

헤스터가 죽어가는 목소리로 물었다.

"오, 그 아이가 어떻게 받아들였어? 그 불쌍한 아이가."

한나의 눈에서 눈물이 쏟아져내렸다.

"하나님, 저를 용서해 주십시오. 나도 그 아이에게 헬렌이 건강하다고 말했어."

헤스터는 한나를 껴안으며, 진정 감사하는 마음으로 말했다.

"한나, 너에게 하나님의 축복이 있을 거야."

그리고 헤스터는 찬송으로 감사하는 마음을 표현했다.

그 후, 두 노파는 자신들의 한계를 깨닫고 운명을 받아들였다. 그들은 현실의 가혹한 요구에 체념하고 겸손히 굴복했다. 매일 아침 그들은 거짓말을 해야 했고, 기도로 자신들의 죄를 고백했다. 타당한 이유가 없었기 때문에 용서를 구하지는 않았다. 다만 자기들이 사악한 짓을 했음을 분명히 인식하고 있었다는 증거만큼은 남겨두고 싶었다.

집안의 귀염둥이는 매일 조금씩 병세가 악화되었다. 두 노파는 슬픔을 견딜 수 없었지만, 병에 시달리는 질녀를 위해 헬렌의 밝음과 산뜻한 청춘의 아름다움을 꾸며 이야기해야 했고, 그때마다 질녀가 기쁨과 감사에 들떠서 그들에게 꽂는 비수에 가슴이 저몄다.

헬렌에게 연필을 쥘 정도의 힘이 남아 있었던 며칠간, 헬렌은 엄마에게 짧은 사랑의 편지를 썼다. 그러나 그 아이도 자기가 아프다는 사실은 감추었다. 엄마는 딸의 편지를 감사의 눈물이 그렁한 눈으로 읽고 또 읽었고, 편지에 입맞춤을 멈추지 않았다. 그리고 그 편지를 소중한 보물처럼 베개 밑에 감추어두었다.

마침내 헬렌의 손에서 힘이 다 빠져버린 날이 오고 말았다. 헬렌은 정신이 오락가락했고, 종잡을 수 없는 말을 중얼거렸다. 가엾은 두 노파는 고약한 딜레마에 빠졌다. 질녀에게 전할 편지도 없었다. 그들은 어찌할 바를 몰랐다. 헤스터는 조심스레 그럴듯한 변명거리를 궁리하기 시작했다. 그러나 방향을 잃고 혼돈에 빠져버렸다. 질녀의 얼굴에 의혹의 빛이 떠오르기 시작하더니 염려의 빛으로 변해 갔다. 헤스터는 그런 변화를 분명히 알아챘다. 위험의 순간이 임박했다. 응급수단을 써야만 했다.

그녀는 마음을 단단히 먹고, 절대절명의 순간에서 빠져 나오기로 했다. 그녀는 차분하고 또렷한 목소리로 말했다.

"네가 알아야 좋을 게 없을 거 같아서 그랬는데, 헬렌이 어젯밤에 슬로안 씨네 집에 가서 아직 안 왔단다. 어제 그 집에서 작은 파티가 있었거든. 네가 아프다고 헬렌이 안 가려기에 우리가 설득해서 가라고 했다. 헬렌도 젊은 아이니 젊은 사람들끼리 걱정 없이 즐길 시간이 필요할 것 같아서. 너도 우리랑 생각이 같을 것 같고. 헬렌이 돌아오면 즉시 네게 편지를 쓸게야."

"너무 잘하셨어요! 이모님은 정말 생각이 깊으세요. 저라도 그랬을 거예요. 두 분에게 진심으로 감사드려요. 불쌍한 내 딸! 헬렌에게 마음껏 즐기라고 전해 주세요. 제 병 때문에 헬렌에게서 청춘의 즐거움을 빼앗기는 싫어요. 그 아이의 건강을 지켜주세요. 제가 헬렌에게 바라는 것은 그것뿐이에요. 절대 건강을 해치지 않도록 해주세요. 만약 그렇게 된다면, 제가 견딜 수 없을 거예요. 헬렌이 이 전염병에 옮지 않아서 정말 다행이에요. 하마터면 헬렌까지 장티푸스로 고생할 뻔했잖아요. 헤스터 이모, 그 예쁜 얼굴에 열꽃이 피었다고 상상해 보세요. 생각조차 하기 싫어요! 헬렌의 건강을 지켜주세요. 언제나 활짝 핀 꽃처럼 예쁘게 키워주세요. 헬렌의 예쁜 얼굴이 눈앞에 선해요. 진지하고 커다란 푸른 눈동자, 부드럽고 애교 있는 모습! 여전히 예쁘죠, 헤스터 이모?"

"그래, 헬렌은 훨씬 더 예뻐졌고, 밝고, 매력이 넘쳐. 당연한 일이지." 그리고 헤스터는 수치심과 슬픔을 감추기 위해 얼굴을 돌리고 약병을 만지작거렸다.

5

잠시 후, 두 노파는 헬렌의 방에서 힘들고 어려운 일에 매달려 있었다.
그들은 늙어서 굳은 손가락으로 끈기 있게 열심히 사랑의 편지를 위조해
내려 애쓰고 있었다. 실수를 거듭했지만, 조금씩 나아졌다. 가엾고 마음
짠한 이 광경을 들여다봐 주는 사람 하나 없었다. 그러나 그들은 그것조차
의식하지 못했다. 눈물이 편지에 떨어져 종이를 더럽히기도 했고, 잘못
그린 낱말 하나 때문에 편지가 위험해질 것 같기도 했다. 그러나 마침내
한나는 헬렌의 필체를 완벽하게 흉내낸 편지 한 장을 써냈다. 의심하는
눈으로 보지 않는다면 누구나 헬렌이 쓴 편지라 생각할 정도였다. 편지는
어린 시절부터 헬렌이 자주 사용했던 사랑스런 별칭과 애정어린 말들로
가득 채워졌다.

한나는 그 편지를 질녀에게로 가져갔다. 병든 엄마는 기다렸다는 듯이
편지를 받아들고, 입맞춤을 하고, 쓰다듬어 가며 소중한 낱말들을 하나씩
반복해서 읽어 내려갔다. 그녀는 맺음말에서 깊은 만족감에 빠져들었다.
"사랑하는 엄마, 엄마가 보고 싶어요. 엄마의 눈에 입을 맞추고, 엄마 품에
안기고 싶어요! 어젯밤 일로 엄마가 속상해하지 않았다는 말을 듣고 너무
기뻤어요. 엄마, 어서 빨리 회복되어야 해요. 모두가 나에게 잘해 주고
있어요. 하지만 사랑하는 엄마가 없어서 무척이나 외로워요."
"불쌍한 내 새끼. 이 아이 마음이 어떤지 난 알아요. 내가 없으면 헬렌은
행복할 수 없을 거예요. 난 헬렌을 위해서라도 살 거예요! 헬렌에게
마음껏 즐기라고 전해 주세요. 한나 이모, 요즘 들어 피아노 소리를 듣지
못했다고 전해 주세요. 헬렌이 노래하는 소리도 듣지 못했어요. 제가

얼마나 헬렌의 노래를 듣고 싶어하는지 하나님은 아실 거예요. 헬렌의

목소리가 저에게는 얼마나 달콤하게 들리는지 아무도 모를 거예요. 그런데

며칠간 조용했어요! 이모, 왜 우시는 거예요?”

“아니다, 옛날 일이 생각나서. 그 아이가 ‘로몬드 호수’를 부르던 때

말이다. 정말 감정이 풍부한 노래였지. 헬렌이 그 노래를 부르면, 얼마나

가슴이 뭉클하던지.”

“저도 그래요. 헬렌의 가슴에 슬픔이 나직이 덮이고, 헬렌이 노래로 그

슬픔을 신비롭게 치료할 때면, 정말 가슴이 찢어지도록 아름답지요…….

한나 이모?”

“마가렛, 왜 그러느냐?”

“제 병은 너무 깊어요. 그렇게 아름다운 목소리를 다시는 듣지 못할지도

모른다는 생각이 때때로 들어요.”

“마가렛, 그만, 그만해라! 더 듣고 있을 수가 없구나!”

마가렛은 가슴이 찡했다. 슬픔이 가득 차올랐다. 그녀는 힘없이 말했다.

“이모……. 이모 좀 안아봐도 돼요? 울지 마세요. 이모 뺨을 제 뺨에

대봐요. 진정하세요. 저도 살고 싶어요. 그럴 수만 있다면, 살아날 거예요.

제가 없다면 헬렌이 어떻게 되겠어요! ……헬렌이 가끔 제 이야기를

하나요? 물론 그렇겠지만요.”

“언제나…… 언제나 네 이야기뿐이다!”

“내 착한 딸! 집에 돌아오자마자 이 편지를 썼나요?”

“그래. 오자마자 쓰더구나. 옷도 벗지 않고 편지부터 썼단다.”

“알아요. 헬렌은 충동적이고, 쉬이 감동하는 아이니까요. 알고 있었어요.

하지만 이모가 그렇게 말해 주는 것을 듣고 싶었어요. 원래 여자는
사랑받고 있는 걸 알고 있으면서도, 남편이 매일 그렇게 말해 주기를
바라지요. 그런 소리를 듣는 것만으로도 기쁘니까요……. 헬렌이 이번엔
펜으로 편지를 썼어요. 그게 훨씬 좋아요. 연필로 쓴 것은 지워질 수
있어서 슬프잖아요. 혹시 이모가 펜을 사용하라고 권했어요?".

"그…… 아니다. ……헬렌의 생각이었다."

마가렛은 무척이나 기뻐하는 것처럼 보였다.

"이모가 그렇게 말해 주기를 바라고 있었어요. 헬렌처럼 생각이 깊은
아이도 없을 거예요……. 한나 이모?"

"마가렛, 왜?"

"저도 언제나 헬렌만을 생각하고 있고, 진정 사랑한다고 전해 주세요. 또
우시는군요. 이모, 제 걱정은 하지 마세요. 이제 저는 두려울 것이 없어요."

한나는 슬픔으로 가득한 가슴에 질녀의 전갈을 담아와서, 듣지도 못하는
손녀의 귀에 대고 정성으로 다해 전해 주었다. 소녀는 혼수상태에서도
뭐라 중얼거렸다. 열병으로 빨갛게 충혈된 두 눈으로 한나를 올려다보았다.
그러나 한나를 알아보고 있는 것 같지 않았다.

"당신은, 아니에요. 당신은 우리 엄마가 아니에요. 엄마가 보고
싶어요……. 오, 엄마가 보고 싶어요! 조금 전에도 엄마가 여기에
있었는데. 엄마가 나가는 건 못 봤는데. 엄마가 돌아올까요? 금방
돌아올까요? 지금 올까요? ……집이 너무 많아요……. 집들이 나에게
몰려와요……. 모든 게 빙빙 돌아요. 빙빙 돌아요……. 아, 머리가 아파요,
머리가!"

소녀는 계속해서 헛소리를 해댔다. 계속해서 나타나는 헛것을 보면서 고통스러워했다. 끊임없이 무언가에 시달리는 듯 두 팔을 휘저어댔다. 불쌍한 한나는 말라붙은 입술에 물을 적셔주고, 뜨겁게 달아오른 이마를 가볍게 어루만졌다. 그리고 사랑과 연민으로 가득한 기도를 계속하며, 질녀가 아직 사실을 모르고 있다는 것에 하나님께 감사드렸다.

6

소녀는 매일같이 병세가 악화되었다. 무덤을 향해 한 발씩 다가서고 있었다. 두 노파는 눈물을 감추고, 매일같이 소녀가 넘치도록 건강하다는 거짓된 소식과 소녀의 사랑을 담아 질녀에게 전해 주어야 했다. 이제 그 어미의 순례도 점점 끝을 향해 치닫고 있었다. 매일같이 두 노파는 소녀의 필체를 흉내내어 사랑이 담긴 유쾌한 편지를 써야 했다. 그리고 양심의 가책과 찢어지는 가슴을 억누른 채, 병든 질녀가 편지를 외울 정도로 읽고 값을 측량할 수 없는 보물처럼 소중히 간직하는 것을 옆에서 지켜보며 눈물을 흘려야 했다. 편지는 두 모녀의 사랑을 연결하는 고리였고, 딸의 손길이 닿은 것이기에 무엇보다 소중했다.

모두에게 치유와 평화를 가져다주는 마음씨 고운 친구들이 마침내 와주었다. 호롱불이 희미하게 타오르고 있었다. 새벽이 오기 전 절대적인 적막을 뚫고, 흐릿한 물체들이 소리 없이 어둑한 현관을 따라 들어왔다. 그들은 입을 굳게 다물고 헬렌의 방으로 들어섰다. 그리고 이미 경고를 보낸 바대로 헬렌의 침대를 에워쌌다. 죽어가던 소녀는 눈을 꼭 감고 있었다. 아무런 의식이 없었다. 그녀의 가슴을 덮고 있던 이불마저 거의 들썩대지 않았다. 약해져 가던 생명의 끈이 빠져나가고 있다는 증거였다.
간혹 한숨소리와 숨죽인 흐느낌이 침묵을 깨뜨렸다. 모두의 마음에 똑같은
생각이 맴돌고 있었다. 이제 이 가엾은 아이는, 도움을 주고 원기를
북돋아주고 명복을 빌어줄 엄마도 없이 절대적인 어둠 속으로 여행을 해야
할 판이었다.

헬렌이 몸을 뒤척였다. 마치 무언가를 찾는 듯이 두 손을 허우적거렸다.
그녀는 몇 시간 전부터 시력을 잃고 있었다. 마침내 끝이 온 것이었다.
모두가 알고 있었다. 헤스터는 울음을 터뜨리며 헬렌의 가슴을
부둥켜안았다.

"오, 헬렌. 내 새끼!"

죽어가던 소녀의 얼굴에 환한 빛이 감돌았다. 자비롭게도, 헬렌은 자기를
껴안은 두 팔을 다른 누구의 팔로 착각하고 있었다. 헬렌은 마지막 유언을
남겼다.

"오, 엄마. 나는 너무 행복해요. 엄마가 너무 보고 싶었어요. 이제 나는
죽을 수 있어요."

그로부터 두 시간 후, 헤스터는 소녀의 엄마를 찾아야 했다. 아이 엄마가
물었다.

"헬렌은 어떤가요?"

"그 아이는 건강하다."

7

대문 앞에 흰 상장(喪章)과 검은 상장이 내걸렸다. 바람이 불 때마다 상장이 바스락거리며 슬픈 소식을 속삭였다.

정오가 되었을 때 장례준비는 끝이 났다. 아름다운 소녀가 관 속에 누워 있었다. 너무도 아름답고 귀여운 얼굴이었다. 너무도 평화로운 얼굴이었다. 눈물을 흘리며 관을 떠나지 않는 두 여자가 있었다. 두 여자는 눈물을 흘리며 기도를 계속했다. 한나와 흑인 하녀 틸리였다. 그때 헤스터가 다가왔다. 그녀는 몸을 벌벌 떨었다. 커다란 충격을 받은 듯했다. 헤스터가 말했다.

"마가렛이 편지를 찾고 있어."

한나의 얼굴이 백지장처럼 하얗게 변했다. 편지는 생각지도 못하고 있었다. 가슴 아픈 일이 이제는 끝난 것 같았는데. 그렇지 못하다는 것을 그제야 깨달았다. 잠시 두 노파는 초점 잃은 눈빛으로 서로의 얼굴을 마주보며 서 있었다. 마침내 한나가 말했다.

"다른 방법은 없어. 마가렛에게 편지를 갖다주어야 해. 그렇지 않으면 의심할 거야."

"맞아, 틀림없이 눈치챌 거야."

"그렇게 되면 마가렛도 위험해."

한나는 죽은 손녀의 얼굴을 두 눈 가득히 담으며 말했다.

"내가 쓸게."

헤스터가 편지를 가져갔다. 편지의 맺음말은 다음과 같이 쓰여 있었다.

"사랑하는 엄마, 우리는 곧 만나게 될 거예요. 기쁘죠? 정말이에요. 모두가
입을 모아 그렇게 말해요."

엄마는 흐느꼈다.

"불쌍한 내 딸. 헬렌이 이 사실을 알게 되면 이겨낼 수 있을까요? 저는
살아서 다시는 헬렌을 볼 수 없을 것 같아요. 너무 가혹해요. 혹시 헬렌이
의심하지는 않던가요? 헬렌은 절대 모르고 있겠지요?"

"헬렌은 네가 곧 나을 거라고 생각하고 있어."

"헤스터 이모, 이모는 정말 대단해요. 정말 사려 깊은 분이에요. 전염병을
옮길 만한 사람이 헬렌 곁에 가지는 않겠지요?"

"그렇다면 살인죄나 마찬가지야."

"하지만 이모는 헬렌을 만나잖아요?"

"그래, 하지만 항상 거리를 두고 있어."

"다행이군요. 다른 사람은 믿을 수 없어요. 하지만 두 분은 수호천사예요.
두 분만큼 진실된 사람은 없어요. 다른 사람들은 믿을 수 없어요. 거의
모두가 거짓말을 밥먹듯 해요."

헤스터는 두 눈을 감았다. 주름진 입술이 떨렸다.

"헤스터 이모, 헬렌을 대신해서 이모에게 입맞춤을 하고 싶어요. 내가 죽고
위험도 사라지면, 저를 대신해서 헬렌의 예쁜 입술에 입을 맞춰주세요.
그리고 엄마가 보낸 입맞춤이라 전해 주세요. 엄마의 사랑이 담긴
입맞춤이라 전해 주세요."

잠시 후 헤스터는 죽은 손녀의 얼굴에 눈물을 비오듯 쏟으며, 질녀의 가슴
아픈 부탁을 들어주고 있었다.

8

다음날 새벽이 밝았다. 태양이 떠오르면서, 대지에 햇살을 뿌렸다. 한나는

죽어가는 질녀에게 위안이 되는 소식을 가져다주었다. 그리고 "사랑하는

엄마, 우리가 만날 시간도 얼마 남지 않았어요. 그때가 되면 우리는 함께

있을 수 있을 거예요"라고 쓰인 사랑의 편지를 전해 주었다.

종소리가 바람결에 깊은 신음소리처럼 울렸다.

"한나 이모, 조종이 울리고 있네요. 어떤 불쌍한 영혼이 하늘나라로 간

모양이에요. 나도 이제 곧 떠나게 되겠지요. 헬렌이 나를 잊을 수

있을까요?"

"헬렌은 너를 절대 잊지 못할 거다."

"한나 이모, 이상한 소리가 들리지 않나요? 발소리가 들리는 것 같아요."

"너한테는 안 들리길 바랐는데. 헬렌을 위해서 친구들이 몰려왔어. 헬렌이

집 밖을 나가지 않으니까. 곧 음악소리도 들리겠지. 헬렌이 노래를

좋아하잖니. 우리는 네가 개의치 않으리라 생각했다."

"그럼요. 헬렌이 원하는 것이면 뭐든지 들어주세요. 두 분은 헬렌에게

너무도 잘해 주세요. 물론 저에게도! 두 분에게 하나님의 축복이 있을

거예요."

잠시 둘은 문 밖에서 들려오는 소리에 귀를 기울였다.

"정말 멋져요! 헬렌의 오르간 소리예요. 헬렌이 치고 있겠죠?"

가슴을 짙게 울리는 음악소리가 조용한 공기를 타고 희미하게 그녀의 귀에

들려왔다.

"맞아요. 헬렌이 치는 거예요. 저는 알아들을 수 있어요. 친구들이 노래를

하고 있네요. 저런, 찬송가로군요! 그래요, 가장 감동적이고, 가장 위로가
되는 음악이니까요……. 천국으로 인도하는 문이 열리는 것 같아요…….
지금이라도 죽을 수 있다면…….”
정적을 뚫고 찬송가 소리가 멀리 희미하게 들려왔다.

더 가까이, 내 하나님께, 주님께,
주님께 더 가까이,
형극의 길에서도
나를 일으켜 세우리.

그 찬송이 끝났을 때 또 하나의 영혼이 하늘나라로 떠났다. 이승에서
하나였던 그들은 저승에서도 헤어지지 않았다.
두 노파는 슬프면서도 한없이 기뻤다.
“끝까지 모르고 간 것도 하나님의 축복이었어!”

9

한밤중에도 깨어 앉아 그들은 함께 슬픔을 나누었다. 하나님의 천사가
흙이 아닌 빛의 형체로 나타나 말했다.
“거짓말쟁이를 위한 곳은 약속되어 있다. 거짓말쟁이는 지옥불에서
영원에서 영원까지 타죽게 될 것이다. 회개하라!”
두 노파는 천사 앞에 무릎을 꿇고 앉아 두 손을 조아리고 잿빛 머리를
깊이 숙이며 경배했다. 그러나 혀가 입천장에 달라붙어 한마디도 할 수

없었다.

"말하라! 그러면 내가 하늘의 법정까지 너희 회개를 가져가, 누구도 거역할 수 없는 하늘의 판결을 다시 전해 주리라."

그들은 얼굴을 더욱 깊이 묻었다. 마침내 한 노파가 입을 열었다.

"우리의 죄는 큽니다. 너무도 부끄럽습니다. 하지만 거짓 없는 완전한 회개만이 우리를 순결하게 하겠지요. 우리는 인간의 나약함을 깨달아야 했던 불쌍한 미물입니다. 우리가 다시 그처럼 어려운 곤경에 빠진다 해도 우리는 똑같은 잘못을 저지르고 말 것입니다. 우리는 또다시 죄를 짓고 말 것입니다. 강한 사람들은 승리해서 구원을 얻겠지만, 우리는 그렇지 못합니다."

그들은 기도를 마치고 얼굴을 들었다. 천사는 가고 없었다. 그들이 어리둥절해하며 눈물을 흘리고 있는데 천사가 다시 돌아왔다. 천사는 그들의 귀에 대고 하늘의 판결을 낮게 속삭였다.

10

그곳은 천국이었을까? 지옥이었을까?

참혹한 슬픔

1

우리 아버지는 세인트 버나드(주로 인명 구조에 쓰는 커다란
개—옮긴이)였고, 어머니는 콜리(양치기 개—옮긴이)였다. 그러나
나는 프레즈비티리언이다. 이건 우리 어머니가 나에게 해준
말이다. 하지만 나는 이런 이름들의 멋진 차이를 정확히 알지
못한다. 나에겐 아무런 의미도 없는, 그저 멋지고 거창한
낱말들일 뿐이다.

우리 어머니는 이런 것들을 무척이나 좋아하셨다. 이런 낱말을
즐겨 사용하면서, 다른 개들이 놀라고 질투하는 눈빛으로,
어머니가 얼마나 많은 교육을 받았을까 궁금해하는 걸
지켜보는 것도 좋아하셨다. 그러나 사실 우리 어머니가 진짜
교육을 받았던 것은 아니었다. 그저 흉내를 낼 따름이었다.
어머니는 사람들이 모여 있는 식당이나 거실에서 그런

낱말들을 귀담아들으셨고, 아이들과 같이 가는 주일학교에서도 열심히
들으셨다. 그리고 낯선 낱말을 들을 때마다, 몇 번이고 되뇌어 기억해
두었다가 이웃들과의 교리 모임에 나가면 거침없이 그런 낱말들을
쏟아내어, 주머니 속에 들어가는 애완견에서부터 사나운 맹견에
이르기까지 그들 모두를 놀라고 짜증나게 만들었다. 어머니는 그런 것으로
마음의 상처를 위로받으며 사셨다. 간혹 낯선 개가 그 모임에 끼여 있을
때면, 그 개는 곧 의심스런 눈빛으로 어머니를 바라보았다. 그리고 숨을
돌릴 틈이라도 얻으면, 어머니에게 방금 했던 말이 무슨 뜻인지 물었다.
어머니는 언제나 거리낌없이 대답해 냈다. 낯선 개는 전혀 뜻에 닿지 않는
대답을 듣고도 어머니를 이해할 수는 있겠다고 생각한다. 어머니는 뜻을
물어온 개에게 부끄러워할 것까지 없다고 말하지만, 그 개는 오히려
어머니가 부끄러워해야 한다고 생각한다. 다른 개들은 그런 장면을 언제나
기다렸고 즐겼다. 또한 많은 경험을 통해서 어떤 일이 벌어질지 알고
있었기 때문에, 어머니를 자랑스러워하기도 했다. 어머니가 굉장한 낱말의
뜻을 이야기할 때면, 그들은 모두 탄복을 금치 못했고, 어떤 개도 그 뜻이
틀릴지도 모른다는 의심을 품지 못했다. 너무도 당연한 일이었다.
왜냐하면 어머니가 너무도 거침없이 대답하여 마치 사전을 읽는 듯한
기분을 주었을 뿐 아니라, 그들 누구도 어머니의 뜻풀이가 맞는지 틀린지
알지 못했기 때문이었다. 어머니는 유일하게 교육받은 개였다.
내가 조금 더 컸을 때의 일이다. 어머니는 몹시 비지성적인 낱말을 집에서
한번 사용하더니 그 주일 내내 교리 모임에서 열심히 그 낱말을
사용하시면서 나에게 많은 불행과 실망을 안겨주셨다. 그 주일 내내

어머니는 여덟 군데의 모임에서 그 낱말의 뜻을 질문받았고, 나는 매번 어머니의 새로운 대답을 들어야 했다. 그때 나는 어머니가 지식보다 지혜를 가진 여자라는 것을 알 수 있었다. 물론 나는 어머니에게 아무 말도 하지 않았다. 어머니가 구명대처럼 늘상 준비해 다니고 있던 낱말이 하나 있었다. 어머니가 갑자기 배 밖으로 밀려나갈 것 같을 때, 어머니를 구해 줄 응급 장치와도 같은 것이었다. 바로 "동의어"라는 낱말이었다. 어머니가 여러 주일 전에 이미 써먹은 꽤 긴 낱말을 우연히 다시 쓰게 되고, 준비된 뜻이 어머니의 기억 상자에서 쏟아져 나오면, 운이 없게도 그 자리에 끼었던 낯선 개는 한동안 정신차릴 수 없을 정도였다. 그가 제정신을 차릴 때가 되면, 어머니는 또 다른 방향으로 세찬 바람을 불러일으켜 어떤 생각도 못하게 만들었다. 그러나 그가 큰 소리를 지르며 내기라도 하자고 하면, 나(어머니의 게임에 끼여들었던 유일한 개)는 어머니의 얼굴이 순간적으로—그러나 아주 짧은 순간이었다—가물거리는 것을 보았다. 그러나 어머니는 곧 정색을 하며 여름날처럼 차분한 목소리로 "그 낱말은 공덕을 쌓는다는 낱말과 동의어예요"라고 말하거나, 하나님을 부정한 뱀처럼 듣기에도 지루한 긴 낱말을 들먹였다. 그리고는 태연하게 다음 이야기로 넘어가셨다. 누가 보아도 태연한 모습이었다. 그러나 그 낯선 개는 불경한 동물로 전락하여 당혹스런 표정으로 앉아 있어야 했다. 하지만 어머니의 제자들은 꼬리로 방바닥을 때리며 박자를 맞추었고, 그들의 얼굴은 성스런 즐거움으로 가득했다.

문장의 경우도 마찬가지였다. 멋지게 들리는 문장은 영락없이 집으로 끌고 들어와, 1주일이나 2주일을 가지고 놀았고, 매번 새로운 뜻의 설명을 붙였다. 사실 어머니에게 중요했던 것은 문장 자체였으므로 그럴 수밖에 없었다. 어머니는 그 뜻에는 관심이 없었고, 어머니를 따르는 개들에게도 어머니를 난처하게 할 정도의 지식이 없다는 것을 알고 있었다. 그랬다, 어머니는 군계일학이었다! 그래서 어머니는 두려울 것이 없었고, 개들의 무지함에서 그런 자신감을 가질 수 있었다. 심지어 어머니는 식구들이나 저녁식사에 초대한 손님들이 떠들고 웃어댔던 이야기까지도 기억해 두었다. 어머니의 이야기는 요점이 없고, 관계도 없는 다른 이야기와 헷갈리기 일쑤였다. 그래도 어머니는 이야기를 할 때마다 방바닥을 구르며 정신나간 듯이 웃음을 터뜨리며 짖어댔다. 그러면 어머니가 그 이야기를 처음 들었을 때만큼 재미있지 않은 이유를 남몰래 고민하는 것을 알 수 있었다. 그러나 그것은 문제가 되지 않았다. 다른 개들도 어머니를 따라 방바닥을 구르며 짖어댔다. 이야기의 핵심을 이해하지 못했다는 부끄러움 때문이었을 것이다. 그들의 잘못이 아니라거나, 어머니의 이야기에 핵심이 없기 때문이라고는 추호도 의심하지 않았다.

이런 면 때문에 우리 어머니가 조금은 경박하고 허풍스런 여자였다고 생각할지도 모른다. 그러나 나는 우리 어머니가 미덕을 갖춘 여자였다고 생각한다. 어머니는 언제나 다정하고 온화해서 어떤 모욕에도 원한을 품는 법이 없었다. 오히려 그런 것들을 쉽게 마음에서 떨쳐버리고 잊어버리셨다. 그리고 어머니는 자식들에게도 관대하라고 가르치셨다. 어머니에게서 우리는 어떤 위험 앞에서도 대담하고 민첩하게 처신하라고 배웠다. 친구건 낯선 이건 그들을 위협하는 위험이 닥칠 때면 몸을 사리지 말고 대담하게 달려들고, 자신에게 어떤 피해가 미칠까 겁내지 말고 최선을 다해서

도우라고 가르치셨다. 어머니는 우리에게 말로만 가르친 것이 아니었다. 직접 본보기를 보여주셨다. 사실 그런 가르침이 최선의 가르침이며, 가장 확실하고 가장 오래가는 가르침이다. 어머니는 정말 대담하셨고, 놀라우신 분이었다. 어머니는 군인과도 같으신 분이었다. 그러니 어찌 어머니를 존경하지 않을 수 있고, 어머니를 본받지 않을 수 있겠는가. 킹 찰스 스패니얼(털이 길고 귀가 늘어진 작은 애완견으로 흑갈색을 띠고 있다. 영국 왕 찰스 2세가 특별히 귀여워했던 개로 알려져 있다―옮긴이)조차도 어머니와 함께 있으면 비열할 수가 없었다. 이렇게 내 어머니에게는 교육 이상의 것이 있었다.

2

내가 꽤 성장했을 때, 마침내 나는 팔려서 집을 떠나야 했다. 그리고 어머니를 다시는 만나지 못했다. 어머니는 무척이나 가슴 아파했다. 나 역시도 그랬다. 우리는 같이 울었다. 그러나 어머니는 최선을 다해 나를 위로해 주셨다. 어머니는 우리가 슬기롭고 선한 목적을 위해 이 세상에 보내졌으니 불평하지 말고 주어진 의무를 다해야 하며, 죽음을 각오해야 할 때가 닥치면 죽음을 무릅써야만 하며, 다른 사람들을 위한 삶을 살아야 하며, 결과에 연연해서는 안 된다고 하셨다. 결과는 우리가 판단할 몫이 아니라고 했다. 그런 삶을 살아야만이 하늘나라에서 귀하고 아름다운 보상을 받게 될 것이라고 말했다. 우리 같은 동물은 하늘나라에 가지 못하지만, 보상을 바라지 않고 올바르게 살아간다면 우리의 짧은 삶도 가치 있고 존엄해지며, 그것이 바로 보상이라고 말했다.

어머니는 아이들을 따라 주일학교에 다니면서 이런 가르침을 배워왔고,
다른 어떤 낱말이나 문장보다도 더욱 소중히 기억 속에 간직해 두었다.
어머니는 자신을 위해서만이 아니라 우리를 위해서도 그런 교훈을 깊이
생각하고 또 생각했다. 이런 점에서 어머니는 지혜롭고 생각으로 꽉 찬
분이었다고 말할 수도 있다. 왜냐하면 어머니의 머리 속은 빛과 허영으로
가득했기 때문이었다.

우리는 작별을 해야만 했다. 눈물이 앞을 가렸지만 우리는 서로가 보이지
않을 때까지 서로를 바라보았다. 어머니가 해주었던 마지막 말은 "나를
기억해라. 위험이 닥칠 때마다 너 자신을 생각지 말고 네 엄마를 생각해라.
그리고 이 엄마가 했을 것처럼 행동하도록 해라"였다. 내 기억에 선명하게
남겨주기 위해서, 어머니가 마지막 순간까지 가슴에 품고 있었던
교훈이었다. 내가 그 교훈을 잊었을 것이라 생각하는가? 천만에.

3

내가 살러 간 새 집은 너무도 멋졌다! 집도 엄청나게 컸고, 그림과 멋진
장식품들, 그리고 고급 가구들이 있었다. 어두운 구석은 어디에도 없었다.
드넓게 펼쳐진 아름다운 꽃들이 햇살을 가득히 받으며 활짝 피어 있었다.
넓은 마당, 커다란 정원, 그리고 푸른 잔디와 기품 있는 나무와 꽃, 끝이
없었다!

게다가 나는 이 집의 식구나 마찬가지였다. 그들은 나를 사랑했고,
귀여워했다. 나에게 새 이름을 지어주려 하지 않았다. 어머니가 지어준
이름이라 나에게는 너무도 소중했던 옛 이름으로 불러주었다. 에일린

매버린이 내 이름이었다. 어머니는 내 이름을 노랫말에서 따왔다. 그레이 부부는 그 노래를 알고 있었다. 그리고 내 이름이 예쁘다고 말했다.

그레이 부인은 서른 살이었다. 너무도 아름답고 친절했다. 상상을 뛰어넘었다. 사디는 열 살이었고, 어머니를 그대로 닮은 애였다. 그레이 부인을 조그맣고 예쁘게 복제해서, 등 뒤로 적갈색 꼬리를 늘어뜨려 놓은 것 같았다. 돌바기 아기도 있었다. 포동포동했고, 보조개가 예뻤다. 나를 무척이나 좋아해서 내 꼬리를 잡아당기는 걸로는 부족해서 나를 껴안고는 천진난만한 행복의 웃음을 터뜨렸다.

그레이 씨는 서른여덟 살이었다. 헌칠한 키에 날씬했으며 잘생긴 얼굴이었다. 약간 앞이마가 벗겨졌고, 행동이 민첩하고 빨랐다. 실리적이고 기민했으며, 단호한 면이 있어 감정에 흔들리지 않았다. 깎아낸 듯이 윤곽이 분명한 얼굴은 얼음 같은 지성으로 빛나고 반짝거리는 것 같았다. 그는 명성 있는 과학자였다. 나는 과학자가 무슨 뜻인지 모르지만, 우리 어머니는 그 낱말을 어떻게 사용해야 하고 어떤 효과를 얻을 수 있는지 알았을 것이다. 어머니라면 랫테리어(애완용 개—옮긴이)의 기를 꺾어놓고, 랩독(무릎 위에 앉히는 작은 애완용 개—옮긴이)에게 슬픈 표정을 짓게 할 수 있을 것이다. 그러나 어머니의 방법이 최선은 아니었다. 최선의 방법은 실험실이었다. 실험실은 책이나 그림이 아니었다. 또한 대학총장의 개가 "아니야, 그것은 세면대야"라고 말했던 대로 손이나 씻는 곳이 아니었다. 실험실은 상당히 다른 곳이다. 항아리, 병, 전도체, 전선, 그리고 이상한 기계들로 가득한 곳이다. 매주 다른 과학자들이 그곳을 찾아왔다. 그들은 정해진 자리에 앉아서 기계들을 만졌다. 그리고 서로 토론을 벌이며,

실험과 발견이란 것을 해댔다. 나도 종종 실험실을 찾았다. 그들 곁에 서서, 내 어머니를 위해서 그리고 어머니의 기억을 사랑하는 마음으로 많은 것을 듣고 배우려 애썼다. 그러나 어머니가 삶에서 무엇을 잃고 있었던가를 깨닫게 되었을 때, 그 시간은 나에게 고통이었다. 게다가 나는 아무리 노력해 보아도 그들의 대화를 전혀 이해할 수 없었으니 결국 얻은 것도 전혀 없었다.

때때로 나는 부인의 작업실 바닥에 누워 잠을 자기도 했다. 그녀는 내 몸에 발을 살짝 올려놓고는 했다. 나는 그것이 좋았다. 애정의 표시였기 때문이었다. 때로는 아기방에서 시간을 보냈다. 거기서는 난장판을 만들며 즐겁게 지낼 수 있었다. 유모가 아기 일로 잠시라도 자리를 비우면 아기가 잠들어 있는 아기침대 옆에서 지켜보기도 했다. 때로는 사디와 함께 마당과 정원을 휘저으며 뛰어다녔다. 그러다 지치면 나는 그늘을 찾아 잔디에 누워 잠을 잤고, 사디는 책을 읽었다. 때로는 이웃집 개들을 찾아다녔다. 멀리 떨어지지 않은 곳에 재미있는 개들이 있었기 때문이었다. 잘생기고, 예절바르고, 기품까지 있었던 아일랜드 계로 곱슬거리는 털을 가진 세터(사냥감을 찾아내는 데 뛰어난 사냥개―옮긴이) 로빈 아데어란 친구였다. 그도 나처럼 프레즈비티리언이었지만 스코틀랜드 파에 속해 있었다.

우리집 하인들은 모두 나에게 친절했고, 나를 좋아했다. 그래서 내 생활은 행복 그 자체였다. 나만큼이나 행복한 개는 없었을 것이고, 감사해야 할 개도 없었을 것이다. 진심으로 하는 말이다. 조금도 거짓이 아니다. 나는 언제나 올바르게 행동하려 애썼다. 어머니의 기억과 가르침을 헛되게 하고 싶지 않았다. 나에게 찾아온 행복을 지키려고 최선을 다했다.

얼마 후 내 귀여운 새끼가 태어났다. 행복은 극에 달했다. 내 행복은 완벽했다. 내 새끼의 어기적대며 걷는 모양은 너무도 예뻤다. 세상에서 가장 소중한 것이었다. 너무 보드라웠다. 벨벳처럼 매끈거렸다. 귀엽고도 우스꽝스런 발, 애정으로 가득한 눈, 귀엽고 천진난만한 얼굴. 아이들과 그 부모들이 내 새끼를 칭찬할 때면 너무도 자랑스러웠다. 그들은 내 새끼를 쓰다듬어 주었고, 내 새끼가 귀여운 짓을 할 때면 영락없이 환호성을 질러댔다. 그러면 나는 행복감을 주체할 수 없을 정도였다.

그리고 겨울이 왔다. 어느 날 나는 아기방을 지키고 있었다. 말하자면, 침대에서 잠을 자고 있었다. 아기는 내가 누운 침대 옆에 나란히 놓인 아기침대에서 잠들어 있었다. 벽난로가 바로 옆에 있었다. 아기침대는 안을 들여다볼 수 있도록 얇은 천으로 만든 모기장 같은 것이 드리워져 있었다. 유모는 없었다. 우리 둘만이 잠들어 있었다. 장작불에서 불똥이 튀면서 모기장에 불이 붙고 말았다. 그리고 잠시 조용한 시간이 흘렀다. 갑자기 아기의 비명소리에 나는 깜짝 놀라 일어났다. 생각할 겨를도 없이 나는 방바닥으로 뛰어내려 문을 향해 반쯤 달렸다. 그러나 그 순간 어머니가 헤어질 때 남겨주었던 교훈이 내 귀에 울렸다. 나는 다시 침대로 돌아갔다. 불길을 뚫고 머리를 집어넣었다. 아기의 허리띠를 물고 밖으로 끌어냈다. 있는 힘을 다해서 끌었다. 우리는 연기구름 속에서 함께 방바닥에 떨어졌다. 나는 다시 정신을 차렸다. 그리고 울어대는 아기를 끌고 문 밖으로 나와 휘어진 복도로 향했다. 그때 주인의 목소리가 들렸다. 나는 몹시 흥분했고, 다행스러웠고, 자부심까지 느꼈다. 그러나 생각밖이었다.

"이놈의 개새끼, 저리 꺼져!"

나는 살기 위해 도망쳤다. 그러나 주인도 민첩했다. 화를 내며 나를
뒤쫓아왔다. 분을 이기지 못하고 나를 향해 지팡이를 휘둘렀다. 나는
잽싸게 피했다. 공포가 몰려왔다. 마침내 주인의 지팡이가 내 왼쪽
앞다리를 강타했다. 나는 날카로운 비명을 지르며 쓰러졌다. 절대절명의
순간이었다. 지팡이가 또 다시 나를 향해 날아왔다. 그러나 순간 멈췄다.
유모의 목소리가 나를 살린 것이었다.

"아기방에 불이 붙었어요!"

주인이 즉시 아기방을 향해 뛰어갔다. 덕분에 내 다른 뼈들은 무사할 수
있었다.

견딜 수 없이 아팠다. 그러나 그것이 문제가 아니었다. 지체할 시간이
없었다. 언제 그가 다시 돌아올지 몰랐다. 나는 절뚝거리며 복도 끝까지
걸었다. 그곳에는 다락방으로 올라가는 좁고 어두운 계단이 있었다. 내가
들은 바에 따르면, 다락방에는 낡은 상자 같은 것들만 있지 좀처럼
사람들이 드나드는 일이 없었다. 나는 안간힘을 다해 다락방으로 올라갔다.
어두컴컴했지만 물건 더미를 헤집고 마침내 완벽하게 몸을 숨길 수 있는
비밀의 공간을 찾아냈다. 거기에서는 두려할 필요가 없었지만, 여전히
두려움을 떨칠 수 없었다. 낑낑대며 코를 훌쩍일 수도 없을 정도로
무서웠다. 모두가 아는 사실이지만, 코를 훌쩍이면 아픈 것이 덜해져 훨씬
편안할 수 있었을 것이다. 그러나 다친 다리를 핥을 수는 있었다.
그것만으로도 다행이었다.

아래층에서는 거의 30분 정도 소동이 벌어졌다. 고함소리와 바쁘게 뛰어다니는 발소리가 들렸다. 그리고 다시 조용해졌다. 꽤 오랫동안 조용했다. 나에게는 여간 다행이 아니었다. 두려움이 조금씩 가라앉기 시작했다. 사실 두려움이 고통보다 더 참기 힘든 법이다. 아니 훨씬 참기 힘들다. 그때 내 몸을 얼어붙게 만드는 소리가 들렸다. 그들이 나를 부르고 있었다. 내 이름을 부르고 있었다. 나를 사냥하고 있었다!

거리 때문인지 소리가 멀었다. 그렇다고 두려움이 떨쳐지지는 않았다. 어쨌든 그때까지 내가 들었던 가장 끔찍한 소리였다. 나를 부르는 소리가 사방을 돌아다녔다. 복도에서, 모든 방에서, 일층과 이층에서, 지하실과 지하 식품저장실에서 들렸다. 게다가 마당과 그 너머에서도 들렸다. 그 소리가 다시 돌아왔다. 온 집안을 다시 돌아다녔다. 결코 멈출 것 같지 않았다. 하지만 마침내 나를 찾는 소리가 멈췄다. 다락방의 흐릿한 어둠이 칠흑 같은 암흑으로 변하고서도 한참 시간이 흐른 뒤였다.

그런 고요함 덕분에 나는 조금씩 두려움을 잊을 수 있었다. 나는 평온을 되찾고 잠이 들었다. 편안한 휴식이었다. 그러나 어둠이 다시 찾아오기 전에 잠에서 깨어났다. 무척 편안한 기분이 들었다. 이제 계획을 세울 수 있을 것 같았다. 아주 멋진 계획을 세웠다. 몰래 뒷계단으로 내려가서, 지하 식품저장실 문 뒤에 숨어 있다가 아이스크림 장수가 새벽에 찾아와 냉장고를 채우는 동안 빠져나가 탈출을 시도하는 것이었다. 하루종일 숨어 있다가 밤이 찾아오면 탈출을 위한 긴 여정을 시작할 생각이었다. 누구도 나를 알아보지 못하고, 주인에게 나를 밀고할 개도 없는 그런 곳으로 가야만 했다. 그때서야 기분이 좋아졌다. 그런데 갑자기 "내 새끼가 없는 삶이 무슨 가치가 있을까!"라는 생각이 들었다. 절망적이었다. 나만을 위한 계획은 의미가 없었다. 그것을 깨달았다. 내가 있는 곳을 알려야만 했다. 그리고 이곳에 머물러 기다리면서 닥쳐오는 것을 맞이해야 했다. 나 자신의 문제가 아니었다. 언젠가 어머니가 말했듯이, 삶이란 그런 것이었다.

그때 나를 부르는 소리가 다시 시작되었다! 슬픔이 다시 몰려왔다. 주인이 결코 용서하지 않을 것이란 생각이 들었다. 주인을 그토록 화나게 만들고 매정하게 만든 것이 무엇인지 알 수 없었다. 그러나 개는 이해할 수 없지만 사람에겐 분명히 끔찍한 이유가 있을 것이라 생각했다. 그들은 계속해 내 이름을 불렀다. 내 기분에는 며칠이 지난 것 같았다. 허기와 갈증이 나를 미치게 만들었다. 기운이 점점 빠져나가는 것을 느낄 수 있었다. 만약 누구라도 이런 처지에 빠지게 된다면 잠을 실컷 자는 것이 좋을 것이다. 나도 그랬다. 깜짝 놀라 잠에서 깼다. 다락방 바로 앞에서 내 이름을 부르고 있는 것 같았다. 실제로 그랬다. 사디의 목소리였다. 아이는 울고 있었다. 입술이 터질 정도로 내 이름을 부르고 있었다. 불쌍한 사디. 사디의 목소리를 들었을 때 너무나 기뻐, 내 귀를 의심하지 않을 수 없었다.

"돌아와, 빨리 돌아와. 용서해 줘. 모두가 너무 슬퍼하고 있어……."
너무도 고마워 작은 소리로 컹컹 짖었다. 다음 순간, 사디가 어둠 속의 잡동사니를 뚫고 기어 들어왔다. 그리고 가족 모두가 들도록 소리쳤다.
"찾았어요. 찾았어!"
그 이후의 나날들은 온통 즐거움뿐이었다. 부인과 사디 그리고 하인들이 모두 나를 칭찬해 주는 것 같았다. 나를 위해 그 이상 좋을 수 없는 침대를 만들어주었고, 먹는 것도 더할 나위 없이 좋은 것이었다. 매일 친구들과 이웃들이 내 영웅담을 들으러 몰려왔다. 그들은 내 행동을 그렇게 불렀다. 그것은 농사를 의미하는 것이었다. 내 기억에 따르면, 어머니가 그 낱말을 언젠가 개집에서 끌어내어 그렇게 설명했었다. 그러나 농사가 무엇인지는 말하지 않았다. 다만 "마을 내의 빛"과 동의어라고 말했다. 그레이 부인과 사디는 하루에도 몇 번씩이나 손님들에게 내 영웅담을 들려주며, 그들의 화상이 증명하듯이 내가 목숨을 걸고 아기를 구했다고 말했다. 그러면 손님들은 아기 주위를 빙빙 돌며, 나를 쓰다듬으며 칭찬을 아끼지 않았다. 그때 나는 사디와 그레이 부인의 눈에서 우쭐해하는 기분을 읽을 수 있었다. 그러나 손님들이 내가 절룩대는 이유를 물으면, 그들은 부끄러워하며 화제를 바꿨다. 간혹 손님들이 이러저러한 방법으로 집요하게 물어대면, 그들은 금방이라도 울음을 터뜨릴 것처럼 보였다. 그러나 전혀 영광스럽지 못한 경우도 있었다. 주인의 친구들이 왔다. 모두 스무 명 정도로 한결같이 저명한 인물들이었다. 그들은 실험실로 나를 데려가, 마치 내가 하나의 발견이라도 된 것처럼 나를 두고 토론을 벌였다. 몇몇 사람들이 말 못 하는 동물의 승리라며, 본능의 최적화된 발휘라고 말했다. 그러나 주인은 열정적으로 반론을 펼쳤다.

"아니야, 본능을 뛰어넘은 것이야. 이성적 판단이었어. 이런 개를 소유할 수 있는 권리를 지님으로써 구원받아 우리와 함께 더 나은 세상으로 갈 특권을 부여받은 많은 사람들이, 곧 소멸될 운명인 이 불쌍하고 어리석은 네발동물보다 이성적이지 못해!"

그리고 주인은 웃음을 터뜨리고 계속해 말했다.

"잘 생각해 보자구. 지독한 풍자일 수도 있어. 내가 지닌 지식을
총동원해서 얻어낸 유일한 결론은 저 개가 미쳐서 내 아기를 죽이려
했다는 거야. 그런데 짐승의 지능, 그것이 바로 이성이야. 그런 이성이
없었다면, 내 아기는 죽고 말았을 거야."

그들은 논쟁을 거듭했다. 내가 논쟁의 초점이었다. 내가 그토록 영광스런
자리를 차지한 것을 어머니에게 알려주고 싶었다. 어머니는 몹시도
자랑스러워했을 것이다.

그리고 그들은 시력이란 문제를 논의하기 시작했다. 두뇌에 손상이 있을
경우 맹인이 되느냐 되지 않느냐는 문제를 따졌다. 그러나 그들은
합의점을 찾지 못했고, 결국 실험을 통해서 하나씩 검증해야 할 문제라
결론지었다. 다음 주제는 식물이었다. 나에게도 관심있는 주제였다.
왜냐하면 지난 여름 사디와 나는 씨를 뿌린 적이 있었다. 그때 나는
사디가 땅파는 것을 도와주었다. 그리고 시간이 지난 다음, 작은 풀과 꽃이
그 자리에서 솟아났다. 어떻게 그런 일이 있을 수 있는지 궁금했다. 그러나
그런 일이 실제로 일어났다. 나도 사람들처럼 말을 할 수 있었다면,
그들에게 내 경험을 말해 주고 내가 얼마나 많은 것을 아는지 보여주었을
것이다. 그러나 나는 시력에 대해서는 관심이 없었다. 따분한 화제였다.
그들이 다시 시력 문제를 토론하기 시작했을 때, 나는 지루해졌다. 그래서
잠을 잤다.

곧 봄이 찾아왔다. 따뜻했고, 기분도 훨씬 나아졌다. 상냥한 부인과
아이들은 나와 내 새끼를 쓰다듬어 주며 작별인사를 하고는 친척집을

방문하러 먼 여행을 떠났다. 주인은 우리와 좋은 사이가 아니었지만,
우리는 함께 놀면서 즐거운 시간을 보냈다. 하인들은 친절했고
우호적이었다. 그래서 우리는 행복한 시간을 보내며, 부인과 아이들이
돌아올 날을 손꼽아 기다렸다.

어느 날 주인의 친구들이 다시 왔다. 그들은 실험을 한다면서 내 새끼를
실험실로 데려갔다. 나는 세 발로 절름거리며 따라갔다. 그들이 내
새끼에게 보여준 관심이 곧 나에게는 기쁨이었기 때문에 커다란
자부심마저 느껴졌다. 그들은 토론을 거듭하며 실험을 시작했다. 그런데
갑자기 내 새끼가 비명을 질렀다. 그들은 내 새끼를 바닥에 내려놓았다. 내
새끼의 얼굴은 온통 피투성이였고, 비틀거리고 있었다. 주인이 손뼉을
치며 큰 소리로 말했다.

"봐! 내가 이겼어! 인정하라고! 박쥐처럼 시력을 잃었잖아!"

그들 모두가 말했다.

"그렇군. 자네 이론이 맞았어. 고통받는 인류가 이 순간부터 자네에게 많은
빚을 지게 된 거야."

그들은 주인을 에워싸더니 주인의 손을 꼭 잡고는 입이 닳도록 찬사를
그치지 않았다. 그러나 나는 그들에게 눈길조차 줄 수 없었고, 그들이 뭐라
칭찬하는지 듣지도 않았다. 내 귀여운 새끼를 향해 뛰어갔다. 나는 새끼를
꼭 끌어안고, 피를 핥아주었다. 새끼의 얼굴에 내 얼굴을 붙이고 작은
소리로 흐느껴 울었다. 비록 새끼가 나를 볼 수는 없었지만, 엄마의 품을
느낌으로써 고통과 좌절에서 조금은 벗어날 수 있다는 것을 알고 있었다.
그때 새끼가 고개를 떨구었다. 벨벳처럼 보드랍고 작은 코가 바닥에

붙어버렸다. 그리고 조용해졌다. 더 이상 움직이지 않았다. 곧 주인이 잠시
친구들과의 토론을 멈추고, 하인을 불러 말했다.

"이 강아지를 정원 한 구석에 묻어주게."

그리고 주인은 다시 친구들과 토론을 시작했다. 나는 하인의 뒤를
따라갔다. 그때 나는 무척이나 행복하고 기뻤다. 내 새끼가 고통에서
벗어나 잠이 들었다고 생각했기 때문이었다. 우리는 정원에서 가장 후미진
곳으로 갔다. 아이들과 유모 그리고 내 새끼와 내가 여름이면 커다란
느릅나무 그늘 아래에서 뛰놀던 곳이었다. 하인은 그곳에 구멍을 팠다.
나는 그가 내 새끼를 심는 것을 지켜보았다. 나는 내 새끼가 성장해서
로빈 아데어처럼 늠름하고 잘생긴 개가 되어 부인과 아이들이 돌아올
때쯤이면 그들을 깜짝 놀라게 해줄 것이란 생각에 기뻤다. 그래서 나는
하인이 땅파는 것을 도와주려 했다. 그러나 뻣뻣하게 굳어버린 내
앞다리는 도움이 되지 못했다. 하인은 일을 끝내고 꼬마 로빈 위에 흙을
가지런히 덮어주었다. 그리고 그는 내 머리를 쓰다듬어 주며 말했다. 그의
눈에는 눈물이 맺혀 있었다.

"불쌍한 개, 너는 주인님의 아기를 구해 줬는데!"

나는 그 후 보름 동안 줄곧 지켜보았다. 그러나 내 새끼는 나오지 않았다!
보름이 지났을 무렵, 나는 두려운 생각이 들기 시작했다. 뭔가 끔찍한 일이
벌어졌지 싶었다. 무슨 일인지 알 수는 없었지만, 두려움으로 시름시름
앓기 시작했다. 하인들이 최고로 좋은 음식을 가져다주었지만 먹을 수
없었다. 하인들이 무척이나 걱정하며, 심지어 한밤중에도 찾아와 주었다.
그들은 눈물을 흘리며 말했다.

"불쌍한 것, 이제 포기하고 집으로 돌아가자. 우리까지 가슴아프게 하지 마!"

그 때문에 나는 더욱 불안해졌다. 무슨 일이 벌어진 것이 틀림없었다. 나는 너무 약해져 있었다. 하루 전부터는 내 힘으로 일어설 수조차 없었다. 차가운 밤이 다가오고 있었다. 하인들이 저물어 가는 해를 바라보며 뭐라고 말했다. 무슨 뜻인지 이해할 수는 없었지만, 내 심장을 얼어붙게 만들기에 충분했다.

"가없은 짐승들! 마님이랑 아가씨는 아무런 의심도 하지 않을 거야. 내일 아침 집으로 돌아오면, 진정한 용기가 무엇인지 보여주었던 이 작은 개부터 제일 먼저 찾겠지. 그런데 그들에게 진실을 말해줄 용기를 가진 사람이 우리 중에 있을까? 이제 이 작은 친구도 동물들이 죽으면 가는 곳으로 떠났어."

건전한 오락

1

레이크사이드는 인구 오륙 천의 아담하고 쾌적한 마을이었다.
여느 서부 마을처럼 상당히 아름다운 마을이었다. 주민 모두가
종교적인 성향을 가지고 있고, 갖가지 기독교 분파가 출현하여
뿌리를 내린 서부와 남부의 마을들이 으레 그렇듯 이 마을에도
3만 5천 명 정도를 수용할 수 있는 교회가 있었다.

레이크사이드에는 신분 차이가 없었다—어쨌든 누구도 과거의
신분은 따지지 않았다. 주민 모두가 서로를 알고, 옆집 개까지도
알고 지냈다. 우애로운 분위기가 마을 전체를 감싸고 있었다.

살라딘 포스터는 큰 상점의 경리였다. 레이크사이드의 경리들
중에서 가장 벌이가 좋은 사람이었다. 그는 올해 서른다섯 살로,
한 상점에서만 14년째 일하고 있었다. 결혼하던 첫해는 4백
불의 연봉으로 시작했지만, 그 뒤 4년 동안 매년 1백 불씩

꾸준히 연봉이 올라 지금은 8백 불을 유지하고 있었다. 사실 그 정도면 상당한 수입이었지만, 모두가 그를 두고 그만한 대가는 받을 만한 사람이라고 인정하고 있었다.

부인 엘렉트라도 그와 마찬가지로 꿈을 먹고 사는 낭만적인 삶을 열망하는 몽상가였지만 능력있는 반려자였다. 그녀가 결혼 초—어린애나 다름없는 열아홉 새댁이었지만—에 처음으로 한 일은 마을 변두리 땅 1에이커를 매입한 것이었다. 그녀는 자신의 전재산이었던 25불로 땅값을 치렀다. 그때 살라딘이 가지고 있던 재산은 부인보다 15불이 더 적었다.

엘렉트라는 그 땅을 채소밭으로 만들어, 이웃사람들에게 공동소작을 주고 해마다 소작료를 받았다. 또한 결혼 첫해에는 남편의 수입에서 30불을 저축했으며, 이듬해에는 60불, 그 이듬해에는 1백 불, 그 다음해에는 150불을 저축했다. 살라딘의 연봉이 8백 불로 인상되었지만, 그 동안 두 아이를 낳게 돼서 지출도 늘었다. 그럼에도 그녀는 남편의 수입이 8백 불 되던 해부터는 연간 2백 불을 저축했다. 결혼한 지 7년이 되었을 때, 그녀는 2천 불을 들여 채소밭에 아름답고 안락한 2층집을 짓고 가구를 들여놓았다. 건축비의 절반을 현금으로 지불하고, 그 집으로 이사했다. 그로부터 다시 7년 후, 그녀는 빚을 모두 갚고도 몇백 불의 재산을 모았다. 그 돈은 부동산 투자로 벌어들인 것이었다. 그녀는 오래 전에 다른 땅을 더 매입했고, 집을 짓고자 하는 사람들에게 그 땅을 팔아서 이익을 남겼다. 그들은 좋은 이웃이 되었고, 그녀만이 아니라 커가는 아이들과도 끈끈한 정을 맺으며 살았다. 또한 그녀는 매년 1백 불 정도를 안전하게 투자하여 나름대로 돈을 벌어들였다. 아이들도 해마다 남부럽지 않게 성장해 주었다.

그녀는 행복한 여자였다. 남편과 자식에게서 행복을 느꼈고, 남편과
아이들도 그녀에게서 행복을 느꼈다.

이제 본론으로 들어가 보자.
막내딸 클리템네스트라—짧게 클리티라 불렸다—는 열한 살이고, 큰딸
그웬돌렌—짧게 그웬이라 불렸다—은 열세 살이었다. 두 딸 모두
예쁘장하고 마음씨도 고왔다. 딸들의 이름에서 부모의 핏속에 잠재된
낭만적 기질이 엿보였으며, 그들 부부의 이름에서도 그런 기질이 유전임을
알 수 있었다. 이들은 애정으로 가득한 가족이었다. 네 식구 모두에게
애칭이 있었다. 살라딘의 애칭은 남자인지 여자인지 헷갈리는 샐리였다.
엘렉트라의 애칭 역시 모호하게 알렉이었다. 샐리는 언제나 착실하고
근면한 경리사원이자 판매원이었다. 알렉 역시 훌륭하고 충실한 아내이자
어머니였으며, 생각이 깊고 계산이 빠른 사업가였다. 그러나 밤이면
그들은 안락한 거실에 앉아 따분한 세상을 잊고, 전혀 다른 세상에서
살았다. 서로 연애소설을 읽어주고, 왕과 왕자 그리고 근엄한 영주와
귀부인의 친구가 되어 휘황찬란한 궁전이나 어두컴컴하고 고풍스런 성을
드나드는 꿈을 꾸었다.

2
굉장한 소식이 전해졌다! 머리가 띵할, 더할 나위 없이 반가운 소식이었다.
유일하게 생존해 있던 친척이 살고 있는 이웃 주에서 온 소식이었다. 그는
샐리의 친척이었다. 삼촌인지 팔촌인지 십이촌인지 관계가 모호하고

불분명한 틸버리 포스터란 이름의 친척이었다. 그는 혼자 살고 있는 일흔 살 노인으로, 상당한 부자였지만 심술궂고 퉁명스런 사람으로 알려져 있었다. 샐리는 얼마 전 편지로 그에게 접근을 시도해 본 적이 있었는데, 이제 그런 일을 다시 반복하지 않아도 좋게 되었다. 틸버리가 답장을 보내온 것이었다. 자기가 곧 죽을 것 같으니 샐리에게 현금 3만 불을 유산으로 남겨주겠다는 내용이었다. 그러나 샐리를 사랑하기 때문이 아니라, 골칫거리와 분노의 원인이 대부분 그 돈에 있기 때문이라고 했다. 틸버리는 그 돈의 악의적인 효과가 지속될 가능성이 있는 곳에 전해지기를 바랐다. 유산은 그의 유언장에 기록되어 넘겨질 터였다. 그러나 조건이 있었다. 말이나 편지로 그 유산에 대해 언급하지 말아야 하며, 영원히 따뜻한 땅을 향해 죽어가는 친척의 병세에 대해 어떤 조사도 하지 말아야 하며, 장례식에도 참석하지 말아야 한다는 조건이었다.

알렉은 그 편지가 불러일으킨 엄청난 충격에서 조금씩 회복되자, 친척이 사는 마을에 사람을 보내어 그 지역 신문을 구독했다.

샐리와 알렉은 친척이 살아 있는 동안은 누구에게도 그 굉장한 소식을 발설하지 않기로 굳게 약속했다. 혹시 아무것도 모르는 사람이 침대에 누워 있는 늙은이에게 쓸데없는 소리를 할 수도 있기 때문이었다. 그렇게 되면 그들이 약속을 어기고 그 유산을 얼마나 반기고 있는지 들통나게 될 것이며, 그 사실이 만천하에 공개되는 순간 3만 불이란 유산이 물거품이 될 수도 있었다.

그날 하루종일 샐리는 일손이 잡히지 않았다. 알렉도 정신을 집중할 수 없다. 화분이나 책이나 나뭇가지를 손에 들었지만, 무엇 때문에 그것을 들었는지 금세 잊기 일쑤였다. 둘 다 꿈속을 헤매고 있었기 때문이었다.

"3만 불!"

하루종일 그 소리가 둘의 머릿속을 맴돌며 지워지지 않았다. 결혼한 날부터 그때까지 알렉은 지갑을 마음껏 열어본 적이 없었고, 샐리 역시 불필요한 것에 10센트도 낭비하는 법이 없었다.

"3만 불!"

그 노랫소리가 계속해 머리 속을 떠나지 않았다. 엄청난 돈이었다. 생각하기도 힘든 액수였다.

하루종일 알렉은 그 돈을 투자할 방법에 골몰해 있었고, 샐리는 그 돈을 써댈 방법에 열중하고 있었다.

그날 밤에는 서로에게 연애소설을 읽어줄 시간조차 갖지 못했다. 그들이 침묵을 지키고 정신나간 듯이 이상하게 흥을 잃고 있자, 아이들도 일찌감치 잠자리에 들었다. 아이들은 밤인사마저도 허공에 해대는 기분이었다. 부모의 반응이 신통치 않았기 때문이었다. 그들은 아이들이 입맞춤하는 것조차 알지 못했다. 아이들이 거실에 없다는 걸 깨달은 것도 거의 한 시간이 지난 뒤였다. 그 동안 연필 두 자루는 계획을 짜느라 몹시 바빴다. 마침내 침묵을 깨뜨린 쪽은 샐리였다. 그는 환상에 도취되어 말했다.

"여보, 멋진 생각이 있어! 우선 천 불로, 여름에 쓸 말 한 필과 마차를 사고, 겨울에 쓸 썰매와 가죽 무릎덮개를 사는 거야."

알렉은 침착하게 단호한 목소리로 대답했다.

"그 돈으로요? 절대 안 돼요. 백만 불을 받는다 해도 안 돼요!"

샐리는 크게 실망했다. 얼굴이 빨갛게 달아올랐다. 그는 마침내 나무라듯 소리쳤다.

"여보! 우리는 일만 열심히 하고 너무 인색하게 살아왔어. 이젠 부자가 되었으니……."

그러나 그는 말을 끝마칠 수 없었다. 아내의 눈이 부드러워지는 것을 보았기 때문이었다. 그의 애원이 아내를 감동시킨 것이었다. 그녀는 한층 부드러운 목소리로 달래듯이 말했다.

"여보, 우리는 그 돈을 낭비해서는 안 돼요. 현명한 짓이 아니에요. 그 돈으로 벌어들일 수입에서……."

"알았어. 무슨 말인지 알았어. 알렉, 당신은 지독히도 현명한 여자야! 괜찮은 수입이 있을 테니, 그 돈을 쓰더라도……."

"그런 말이 아니에요. 전혀 그렇지 않아요. 하지만 그 돈의 일부는 써도 돼요. 그러니까 적당한 액수만. 하지만 그 돈은, 그 돈은 한푼도 허투루 사용해서는 안 돼요. 꼭 지켜야 한다구요. 당신도 내 생각이 옳다고 생각하지요, 그렇지요?"

"물론 그렇지. 하지만 너무 오래 걸릴 거야. 첫 이자를 받으려면 여섯 달은 기다려야 할 거야."

"그래요……. 어쩌면 그 이상일지도 몰라요."

"여보, 그 이상이라니? 왜? 은행에서는 반 년마다 이자를 주잖아?"

"투자하는 법에 따라 달라요. 이번에는 그렇게 투자하고 싶지 않아요."

"그럼, 어떻게?"

"더 큰 데 투자하는 거예요."

"더 큰 데. 그거 괜찮군. 어서 말해 봐. 그게 무슨 방법인데?"

"석탄이요. 새 광산에 투자하는 거예요. 촉탄(기름이나 가스를 많이 함유한 석탄—옮긴이) 광산에 1만 불을 투자할 생각이에요. 계획대로 되면, 세 배의 이익을 얻을 수 있을 거예요."

"놀랍구면. 정말 듣기에는 그럴듯해, 알렉! 그럼 배당금을 언제쯤, 얼마나 받는데?"

"약 1년 쯤 뒤에요. 10부 이자를 받게 될 거예요. 반 년마다. 그럼 3만 불의 가치는 될 거예요. 확실해요. 이곳 신시내티 신문에서 광고를 보았다구요."

"저런, 1만 불이 1년 후에는 3만 불이 된다구! 그럼 전액을 투자해서 9만 불을 만들어내야지! 지금 당장 신청서를 내야겠어. 내일이면 너무 늦을 거야."

그는 재빨리 책상에 가 앉았다. 그러나 알렉이 그가 앉은 의자를 뒤로 당기며 말렸다.

"그렇게 허둥대서는 안 돼요. 유산을 받을 때까지 신청해서는 안 돼요. 잘 알고 있잖아요?"

샐리의 흥분이 조금은 가라앉았다. 그러나 완전히 진정된 것은 아니었다.

"왜, 알렉? 우리는 곧 유산을 받게 될 거야. 금방 받게 될 거야. 그 양반은 이번 일이 마무리되기 전에 저 세상으로 떠날 거야. 아마 이 순간에도 지옥에서 쓸 삽을 고르고 있을지도 몰라. 그러니까 내 생각으로는……."

"샐리! 대체 무슨 말을 하는 거예요! 그런 식으로 말하지 말아요. 듣기조차 민망해요."

"좋아, 당신이 원한다면 그만두지. 다만 그 조건이란 게 마음에 들지 않아서. 나는 그저 불만을 이야기했을 뿐이야. 왜 말도 못하게 해?"

"하지만 그런 식으로 끔찍하게 말할 것은 없잖아요? 다른 사람이 당신에 대해 그런 식으로 말하면 좋겠어요? 아직도 정신을 못 차린 거예요?"

"당분간은 그럴 것 같아. 내가 마지막으로 할 일이 돈이 누군가에게 해를 입히기 때문에 돈을 포기하는 것이라면, 한동안은 정신을 못 차릴 것 같아. 하지만 그 노인네 걱정은 말라구. 알렉, 이제 도움이 되는 이야기를 해보자구. 내 생각에는 광산에 3만 불을 몽땅 투자해도 괜찮을 것 같아. 내 생각에 반대해?"

"달걀을 모두 한 바구니에 넣는 셈이에요. 그럴 수는 없어요."

"당신 뜻이 그렇다면 좋아. 그런데 나머지 2만 불은 어떻게 할 거지? 무슨 특별한 계획이라도 있나?"

"서둘지 말아요. 결정하기 전에 이것저것 따져볼 생각이에요."

"좋아, 당신이 그렇게 결심을 굳혔다면."

샐리는 한숨을 쉬고 잠시 깊은 생각에 골몰한 후 입을 열었다.

"지금부터 1년 후면, 1만 불로 2만 불의 이익을 챙기게 될 거야. 그럼 그 돈을 쓸 수 있겠지, 알렉?"

알렉은 고개를 저었다.

"안 돼요. 첫 반 년치 배당금을 받기 전까지는 높은 값으로 팔 수 없을 거예요. 당신은 배당금의 일부를 쓰도록 하세요."

"쳇! 겨우 배당금에서……? 그리고 1년을 또 기다려! 빌어먹을! 나는……."

"제발 좀 참으세요! 3개월이면 될 거예요. 그럴 가능성이 커요."

"멋져! 정말 고마운 일이야!"

샐리는 이렇게 소리치며 벌떡 일어나 아내에게 감사의 입맞춤을 퍼부었다.

"그것만도 3천 불이라구! 3천 불! 알렉, 대체 그 많은 돈을 어떻게 쓰지? 아낌없이 써보는 거야. 당신은 정말 멋진 여자야."

알렉은 기뻤다. 너무나 기쁜 나머지 남편의 압력에 굴복하여, 그녀의 판단에는 터무니없이 큰돈인 1천 불이나 되는 돈을 남편에게 양보했다. 샐리는 아내에게 여섯 번이나 입맞춤을 해주었다. 그러나 그것만으로는 고마운 마음과 기쁨을 모두 표현할 수는 없었다. 샐리의 그런 행동에 알렉마저도 신중함을 잃고 말았다. 그녀도 들뜬 기분에 사랑하는 남편에게 또다른 선물을 주고 말았다. 유산으로 남아 있던 2만 불로 1년 안에 벌어들일 생각이었던 5~6만 불 중에서 2천 불을 더 주기로 했던 것이다. 샐리는 행복에 겨워 눈물까지 글썽대며 말했다.

"당신을 꼭 안아주고 싶어!"

그리고 그는 그렇게 했다. 그는 공책을 꺼내들고, 책상에 앉아 무엇인가를 써대기 시작했다. 옛날부터 가지고 싶었던 값비싼 물건들이었다.

"말, 마차, 썰매, 무릎덮개, 에나멜 가죽, 개, 실크 모자, 벤치형 의자, 태엽 시계, 새 이빨…… 당신도 말해 봐, 알렉!"

"뭐라구요?"

"생각중인가? 좋아. 그런데 나머지 2만 불은 어디에 투자할지 결정했어?"

"아니오. 서둘 것 없어요. 먼저 둘러보고 생각해 본 다음에 결정할 거예요."

"하지만 당신은 지금도 뭔가를 생각하고 있잖아. 무슨 생각을 하고 있는 거야?"

"석탄에서 얻을 3만 불을 어떻게 투자해야 할지 생각하고 있는 거예요."

"대단해, 당신은 정말 천재야! 나는 그런 생각을 전혀 못 했어. 그래 어떻게 할 생각이야? 무슨 결론이라도 얻었어?"

"그렇게 먼 일은 아니에요. 2~3년이면 끝나요. 그 돈을 두 번 굴릴 생각이에요. 한 번은 석유에, 한 번은 밀에 투자할 거예요."

"정말 놀라워! 그래 그렇게 하면 얼마나 벌 수가 있지?"

"글쎄요, 최소한 18만 불은 벌어들일 것 같아요. 아마 그 이상일 거예요."

"저런, 너무 멋지군! 이제 고생이 끝나고, 행운이 우리를 찾아온 거야."

"예?"

"그럼 나는 3백 불을 교회에 헌금할 생각이야. 그렇게 하는 것이 진정한 권리라고 생각해!"

"여보, 그보다 더 나은 일은 없을 거예요. 당신은 정말 너그럽고 욕심이 없는 사람이에요."

아내의 칭찬에 샐리는 구름 위를 나는 듯이 행복했다. 그러나 그는 사리판단이 분명한 사람이었다. 그 모든 것이 그 자신보다는 알렉 덕분이라 고백할 정도로 공정한 사람이었다. 사실 그녀가 아니라면, 그는 결코 그만한 돈을 가질 수 없을 것이었다.

그들은 행복한 환상에 빠져 거실에 켜둔 촛불을 잊고 침실로 올라갔다. 그리고 옷을 벗을 때서야 그걸 생각해 냈다. 샐리는 촛불을 그냥 두자고 말했다. 양초값이 1천 불인들 그걸 못 사겠느냐고 말했다. 그러나 알렉은 아래층으로 내려가 촛불을 껐다.

착한 행동에는 보상이 따르는 법. 위층으로 올라가던 중 알렉의 머리에

18만 불을 50만 불로 둔갑시킬 멋진 생각이 떠올랐기 때문이다.

3

알렉이 구독 신청했던 신문은 목요일에 발행되는 신문이었다. 틸버리가
사는 마을에서 5백 마일을 날아와야 하기 때문에, 그 신문은 토요일에야
도착했다. 틸버리의 편지는 금요일에 발송된 것이었다. 결국 하루 이상의
차이가 있었기 때문에, 그 사이에 틸버리가 죽었는지, 그리고 그 주에 어떤
일이 있었는지 알아낼 수 없었다. 다른 일이 일어나기에 충분한
시간이었다. 결국 포스터 부부는 자신들을 만족시켜 줄 일이 틸버리에게
일어났는지 알려면 꼬박 1주일을 기다려야 했다. 너무도 길고 긴
1주일이었다. 밀려오는 긴장을 견디어내기 힘들었다. 그들의 정신이
건전한 오락거리로 위안을 찾지 못했다면 그 긴장감을 이겨낼 수 없었을
것이다. 그들에게는 건전한 오락거리가 있었다. 여자는 상상 속에서 계속
돈을 벌었고, 남자는 그 돈을 써댔다. 어쨌든 아내가 그에게 나누어준
약간의 이익금을 써댔다.

마침내 토요일이 되었다. 〈위클리 사가모어〉가 도착했다. 그때 에버슬리
베네트 부인도 같이 있었다. 그녀는 장로교 목사 부인으로, 포스터
부부에게 자선금을 부탁하러 찾아온 참이었다. 신문이 도착한 즉시 대화가
끊어졌다. 베네트 부인은 포스터 부부가 전혀 자신의 말에 관심두지 않는
것을 알았다. 그녀는 의아해하면서도 화가 났다. 그래서 자리에서 벌떡
일어나 떠나버렸다. 그녀가 떠나자마자, 알렉은 신문을 싼 봉투를
뜯어냈다. 그녀의 눈과 샐리의 눈은 부고란을 휘집고 다녔다. 실망!

틸버리란 이름은 어디에서도 없었다. 알렉은 태어날 때부터
기독교인이었다. 기독교인의 의무와 습관 덕분에 그녀는 크게 동요하지
않았다. 그녀는 쉽게 침착을 되찾았다. 그리고 애써 밝은 표정을 지으며
말했다.

"그 분이 살아 계신 것에 감사하자구요. 그리고……."

"그 못된 영감탱이에게 저주라도 퍼붓고 싶어. 나는……."

"샐리! 부끄러운 줄 아세요!"

샐리는 분을 가라앉히지 못하고 소리를 질렀다.

"상관하지 마! 당신도 나랑 같은 기분일 거야. 그렇게 도덕적인 척하지
말고, 나처럼 정직하게 말해 봐!"

알렉은 자존심에 상처를 받은 듯이 엄하게 말했다.

"당신이 그처럼 악랄하고 부당한 말을 입에 올릴 수 있으리라 생각지
못했어요. 그처럼 배은망덕한 일은 있을 수 없어요."

샐리는 양심의 가책이 일었다. 그러나 그 모습을 다른 식으로
표현함으로써 서둘러 곤경에서 벗어나 가책받은 모습을 감추려 했다.
공정한 모습을 보여줌으로써 아내를 속여넘길 수 있을 것이라 믿으며,
그는 더듬더듬 말했다.

"알렉, 그렇게 말하려 했던 게 아니었어. 정말 은혜를 원수로 갚을 뜻은
아니었어. 나는 그저…… 그러니까…… 의례적인 말로, 당신도 잘 알잖아.
상점에서 일상적으로 쓰는 인사, 어…… 내가 무슨 말을 하려는지 당신은
알잖아. 알렉…… 제발, 그냥 입에서 습관적으로 나온 말이야. 불순한
생각은 전혀 없었어. 그저 상점에서 일상적으로, 습관적으로 쓰던

말이었어. 목을 걸고 맹세할 수 있어. 적당한 말이 생각나지 않았어. 하지만 당신은 내가 무슨 말을 하려 했는지 알잖아. 알렉, 나쁜 뜻은 없었어. 다시 말해볼게. 이런 식으로 말해볼게. 만약 어떤 사람이……."

알렉은 차갑게 말을 끊었다.

"됐어요. 충분해요. 이제 그 이야기는 그만해요."

샐리는 이마에 맺힌 땀을 훔쳐내며 황급히 대꾸했다. 그의 얼굴에는 말로 표현하기 힘든 감사의 표정이 역력했다.

"그래, 그럴게."

그리고 그는 생각에 잠긴 표정을 지으며 변명해 대기 시작했다.

"그래 나도 알아. 내가 카드 게임에서 항상 돈을 잃는 것도 이 때문이야. 패를 바꾸지만 않았다면……. 하지만 그러지 못했어. 앞으로도 그렇지 못할 거야. 자신이 없으니까."

완전히 패배를 자인한 그는 순한 양처럼 조용해졌다. 알렉은 눈빛으로 남편을 용서했다.

커다란 관심, 모든 것을 뛰어넘는 관심사가 다시 화제로 떠올랐다. 그 문제를 계속해서 오랫동안 침묵 속에 숨겨둘 수는 없었다. 그들은 틸버리의 부고가 없는 이유를 궁금해했다. 그들은 그 이유를 여러 각도로 희망적으로 상상해 보았다. 그러나 언제나 시작했던 곳으로 되돌아와야만 했다. 부고가 없는 이유를 분명하게 설명해 주는 유일한 길은 틸버리가 죽지 않았다고 인정하는 것이었다. 의심의 여지가 없었다. 그 때문에 불만스런 투정이 있었고, 약간은 배은망덕한 말까지 있었지만, 그래도 참고 견디어야만 했다. 그들은 그렇게 결론을 지었다. 샐리에게는 이 일이

이상하게도 헤아릴 수 없는 신의 섭리처럼 느껴졌다. 당연하기보다는
이해할 수 없는 일로 여겨졌다. 그렇게 되지 않았으면 좋았을 신의
섭리라는 생각이 들었다. 그리고 아내에게 그런 느낌으로 그렇게 말했다.
그는 알렉을 끌어들이고 싶었지만, 알렉은 그의 생각에 동의해 주지
않았다. 그녀는 나름대로의 의견을 가지고 있었다. 그녀는 어떤 일에서나
무분별한 위험에는 뛰어들지 않았다.

그들은 다음 주 신문을 기다려야만 했다.

"틸버리는 틀림없이 신문이 나온 다음 죽었을 것이다."

이것이 그들의 생각이었고, 결론이었다. 그래서 그들은 그 문제를
접어두고, 다시 평소대로 착실하게 본래의 일에 충실했다.

그런데 그들이 사실을 알았더라면, 틸버리를 끝없이 저주했을 것이다.
틸버리는 약속을 지켰다. 문자 그대로 약속을 지켰다. 그는 죽었다. 그는
예정대로 죽었다. 죽은 지 벌써 나흘이 지났다. 완전히 죽었고, 완벽하게
죽었다. 공동묘지에 묻힌 다른 사람들처럼 죽은 사람이었다. 그 주의
〈사가모어〉에도 실릴 만큼 충분한 시간적 여유를 두고 죽었지만, 아주
우연한 사고로 부고 기사가 실릴 수 없었다. 대도시의 신문사에서는 결코
있을 수 없는 사고지만, 사가모어와 같이 자그마한 마을에서는 언제라도
일어날 수 있는 그런 사고였다. 사고의 내용은 이랬다. 사설면의 조판이
완성되었을 때, 동네 아이스크림 회사에서 공짜 딸기 아이스크림을
편집실로 배달해 왔다. 그래서 편집자는 아이스크림 회사에 감사를 표하기
위해 틸버리가 유명을 달리했다는 기사를 빼기로 했다.

그런데 인쇄소로 가는 길에 틸버리의 부고 소식을 담은 활자판이 뒤죽박죽되고 말았다. 그렇지만 않았더라면 그 기사는 다음 주에 실렸을 것이다. 왜냐하면 〈위클리 사가모어〉는 "살아 있는" 판은 버리지 않았고, 인쇄소에서도 활자판이 뒤엉키는 사고가 발생하지 않는 한 "살아 있는" 판은 영원불멸했기 때문이다. 그러나 활자판이 뒤엉킨 것은 죽은 것이었다. 부활이란 없었다. 따라서 신문의 지면을 장식할 기회는 영원히, 영원히 사라지는 것이다. 따라서 틸버리는 좋든 싫든 간에 무덤 속에서 목이 쉬도록 절규해야 했을 것이다. 이렇게 되어 그의 죽음에 대한 소식은 〈위클리 사가모어〉에서 영원히 빛을 볼 수 없게 되었다.

4

그렇게 다섯 주가 지루하게 흘러갔다. 〈사가모어〉는 토요일이면 어김없이 도착했지만, 틸버리 포스터에 대한 소식은 전혀 없었다. 마침내 샐리의 인내심이 폭발 지경에 이르렀다. 그는 원망이 가득한 목소리로 소리쳤다.

"젠장! 간이라도 썩어 죽어버려라! 벽에 똥칠할 때까지 살든지!"

알렉은 남편을 심하게 나무랐고, 얼음같이 차가운 목소리로 덧붙였다.

"그렇게 끔찍한 말을 내뱉자마자 당신에게 그런 일이 일어나면 기분이 어떻겠어요?"

샐리는 생각지도 않고 곧바로 대꾸했다.

"나에게는 그런 일이 절대 없을 거야."

그리고 오만하게 계속 떠들어댔다. 전혀 합리적인 생각을 할 여유마저 없었기 때문에, 그는 저주스런 말을 끝없이 내뱉었다. 결국 그의 표현대로

도루(盜壘)까지 해야 했다. 달리 말해 아내의 처절한 공격을 피하기 위해서 아내 앞에서 쏜살같이 도망쳤다.

그렇게 여섯 달이 흘렀다. 〈사가모어〉는 틸버리에 대해서 여전히 침묵으로 일관했다. 그 동안 샐리는 여러 번 염탐을 시도해 보았다. 그가 알고 싶은 일의 실마리를 찾아보려 했다. 알렉은 그것을 묵살해버렸다. 마침내 샐리는 마음을 굳게 먹고, 전면공격을 감행하기로 했다. 그래서 그는 촌사람처럼 변장하고 틸버리가 사는 마을로 숨어 들어가 비밀리에 살펴보자고 알렉에게 제안했다. 알렉은 그 위험스런 계획을 단호하게 저지하고 나섰다.

"당신 무슨 생각을 하고 있는 건가요? 빈털터리라도 되고 싶은 거예요! 당신은 어린아이처럼 금방 발각되고 말 거예요. 당신을 절대 불 가까이로 보낼 수 없어요. 꼼짝 말고 여기에 있으세요!"

"알렉, 나는 해낼 수 있어. 절대 발각되지 않을 거야. 자신할 수 있어."

"샐리 포스터 씨, 그렇게 하려면 사람들한테 틸버리에 대해 물어야 한다는 것을 모르나요?"

"물론이지. 하지만 그것이 어쨌다는 거야? 아무도 내가 누군지 의심하지 않을 거라구."

"잘 들으세요! 언젠가 당신이 묻고 다니지 않았다는 것을 증명해야 할 날이 있을 거예요. 그때는 어떻게 할래요?"

그는 유언의 조건을 잊고 있었다. 아내의 질문에 대답할 수가 없었다. 할말이 따로 없었다. 알렉이 덧붙여 말했다.

"이제 그런 생각은 접어두세요. 다시는 그런 생각을 하지 말아요. 틸버리는 당신에게 덫을 놓은 거예요. 덫이란 것을 모르겠어요? 그는 지금 당신을 감시하고 있어요. 당신이 그 덫에 덜컥 말려들기를 기다리고 있는 거라구요. 하지만 그는 실망하게 될 거예요. 적어도 내가 당신을 감시하는 한 말이에요. 샐리!"

"왜?"

"당신이 살아 있는 한, 백 살이 되는 한이 있더라도, 절대 조사해 볼 생각은 하지 말아요. 약속해요!"

샐리는 못마땅한지 한숨을 내쉬며 대답했다.

"약속해."

그때서야 알렉은 마음을 풀며 말했다.

"초조해하지 말아요. 우리는 지금도 잘 지내고 있어요. 기다릴 수 있어요. 서둘 이유가 없어요. 작지만 죽음처럼 확실한 우리의 수입도 나날이 늘어가고 있어요. 앞으로도 나는 실수를 하지 않을 거예요. 우리 재산은 수천씩, 수 만씩 쌓여가고 있어요. 이 마을에서 우리만큼 재산이 많은 집도 드물 거예요. 우리는 이미 상당한 부자가 되어 있어요. 당신도 알지요?"

"알아, 알렉. 분명히 그래."

"그럼 하나님이 우리를 위해 베풀어주신 것에 감사하고, 그만 좀 안달복달하세요. 하나님의 특별한 도움과 축복이 없었더라도 우리가 이처럼 막대한 재산을 일구었을 것이라고는 생각지 않겠지요?"

샐리는 머뭇거리며 대답했다.

"물론이야. 그렇게는 생각지 않아."

그리고 그는 떨리는 목소리로 덧붙였다.

"하지만 주식에 투자해서 돈을 늘리거나 월 스트리트를 벗겨먹으려고 손을
댄다 해도, 당신이 다른 사람의 어줍잖은 도움을 필요로 할 것이라고는
생각지 않아. 말하자면……."

"제발 그만해요! 당신이 불경한 마음으로 말하지 않았다는 것은 알아요.
하지만 당신은 입을 열기만 하면 사람을 오싹하게 만들어요. 당신 때문에
겁나 죽겠어요. 당신만이 아니라 우리 모두를 위해서라도 그런 식으로
말하지 말아요. 옛날엔 벼락도 두렵지 않았지만, 지금은 천둥소리만
들어도……."

그녀는 더 이상 말을 잇지 못했다. 그리고 울기 시작했다. 그칠 줄을
몰랐다. 그런 모습에 샐리는 가슴이 아팠다. 그는 아내를 껴안고 다독이며
위로했다. 앞으로는 점잖게 말하겠다고 약속했다. 자신을 심하게 질책하며
용서를 빌었다. 그리고 진지한 자세로 자신의 행동을 뉘우치며, 그런
잘못을 빌기 위해서라면 어떤 희생이라도 각오하겠다고 말했다.

그래서 그는 마음속으로 깊이 오랫동안 그 문제에 대해 생각했다. 그리고
최선으로 여겨지는 방향으로 행동하기로 결심했다. 변하겠다고 약속하는
것은 쉬운 일이다. 사실 그런 약속을 몇 번이고 했었다. 그러나 그런
약속이 무슨 쓸모가 있단 말인가? 그런 약속이 영원히 지켜질 수
있었을까? 천만의 말씀이었다. 약속은 일시적일 따름이었다. 그는 자신의
약점을 잘 알고 있었고, 서글픈 심정으로 그것을 자인하고 있는 바였다.
그는 약속을 지킬 수 없었다. 더 확실하고 더 나은 방법을 생각해야 했다.
그리고 그는 그 방법을 생각해 냈다. 오랫동안 한푼씩 모아두었던 소중한
돈을 털어서, 집에 피뢰침을 달았다. 그런 다음 그는 다시 옛날로

돌아갔다.

습관은 놀라운 기적을 만들어내는 법이다. 또한 습관은 너무도 쉽고 너무도 빨리 익숙해지는 법이다. 그런 습관은 무가치한 습관이며, 우리의 뿌리까지 바꾸어놓는 쓸데없는 습관이다. 이틀밤 연속해서 새벽 두시에 잠이 깬다면, 필연적으로 불안해지기 마련이다. 그런 반복이 습관으로 변해 버릴 수 있기 때문이다. 그리고 밤이면 위스키를 들이켜며 시간을 보내게 된다. 그러나 우리는 이런 현상이 보편적 사실이란 것을 알고 있다. 몽상과 공상을 즐기는 습관, 이런 습관에도 금방 물든다. 그런 습관은 커다란 만족감을 안겨준다. 우리는 한가한 시간이 생길 때마다 그런 공상의 세계로 날아간다. 공상에 몰입해, 영혼을 공상 속에 익사시킨다. 그런 무의미한 환상에 도취한다. 꿈 속의 삶과 현실 속의 삶이 어지럽게 뒤얽혀 어느 것이 어느 것인지 더 이상 구별할 수 없을 지경까지 빠져든다. 곧 알렉은 시카고의 일간지와 〈월 스트리트 포인터〉를 구독하게 되었다. 투자하겠다는 일념으로 그녀는 일요일이면 성경을 탐독하듯이 주일 내내 하루도 빼놓지 않고 열심히 그 신문들을 읽었다. 샐리는 알렉에게 감탄할 따름이었다. 알렉은 천부적 재능과 판단력이, 물질과 정신이 복합된 시장에서 증권을 처분하고 예측하는 능력으로 신속하고 재빠르게 발전되어 가는 모습을 유감없이 보여주었다. 샐리는 세속의 주식 시장을 헤쳐나가는 아내의 대담한 용기가 자랑스러웠고, 영혼을 구원하는 일에서도 조심스런 자세를 잃지 않는 아내가 자랑스러웠다. 알렉은 어떤 경우에도 냉정함을 잃지 않았으며, 가끔은 놀라운 용기를 발휘하여 세속의 미래를 향해 돌진하면서도 신중하게 한계를 넘어서지 않으며 지루할 정도로 영혼의 미래를 생각했다.

그녀가 남편에게 설명해 주었듯이, 그녀의 계획은 상당히 합리적이고 단순했다. 그녀가 세속의 미래에 출자했던 것은 투기였고, 영혼의 미래에 출자했던 것은 투자였다. 그녀는 전자에서는 이익을 위해 위험을 무릅썼지만, 후자의 경우에는 아무런 이익을 남기려 하지 않았다―1달러의 가치를 위해서 1백 센트를 투자하고자 했고, 그렇게 투자한 것을 장부에 옮겨놓을 따름이었다.

알렉과 샐리가 상상력을 극대화하는 데는 오랜 세월이 걸리지 않았다. 매일 반복되는 훈련으로 두 기계는 날로 효율성을 더해 갔다. 결과적으로 알렉은 처음 꿈꾸었던 것보다 훨씬 빠른 속도로 상상 속의 돈을 만들어갔다. 샐리가 넘쳐나는 돈을 써대는 능력도 축적되어 가는 긴장감에 뒤지지 않았다. 처음에 알렉은 촉탁 투자가 구체화되는 데 12개월이 필요할 것이라 생각했지만, 그 기간이 9개월로 단축될 수도 있다는 가능성을 마지못해 인정했다. 그러나 그것은 보잘것없는 장난이었고, 보육원의 소꿉놀이였고, 교육도 받지 못했고 경험도 없었고 실제 상황도 아니었던 환상 속의 것이었다. 이런 이점이 곧 현실로 나타났다. 마침내 그 9개월이 구름처럼 흘러갔고, 상상 속의 1만 불 투자는 세 배가 되어 이익금을 등에 지고 집안으로 의기양양하게 걸어 들어왔다.

포스터 부부에게는 너무도 기쁜 날이었다. 그들은 기뻐서 말조차 제대로 할 수 없었다. 말문을 열 수 없었던 또 다른 이유가 있었다. 시장 상황을 유심히 지켜보던 알렉이 첫번째 투기에서 뒤늦게야 이익을 남겼던 것이다. 그녀는 두렵고 온몸이 떨려왔다. 위험을 무릅쓰고 남은 유산 2만 불을 몽땅 쏟아 넣었던 까닭이었다. 그녀는 돈이 조금씩 계속 불어나는 것을 보았다. 그러나 시장에는 언제라도 파산할 위험이 있는 법이다. 마침내 신경이 더 이상 견디지 못하고 터질 것만 같았다. 결국 그녀는 새로운 사업, 이익이 있지만 덜 부담스런 사업에 눈을 돌리기로 했다. 그녀는 상상 속의 중개인에게 상상의 전보로 주식을 팔라는 상상의 주문을 내렸다. 그녀는 4만 불의 이익이면 충분하다고 말했다. 매매는 바로 그날 체결되었고, 촉탄 투자는 커다란 이익을 남겼다. 앞에서 말한 대로, 두 부부는 말을 잊었다. 그들은 그날 밤 정신을 차릴 수 없을 만큼 기쁨에 사로잡혀 앉아 있어야 했다. 자신들이 상상 속의 깨끗한 현금으로 10만 불을 가진 부자라는 사실을 현실로 느껴보려 애썼다. 그러나 그것은 상상일 따름이었다.

마침내 알렉은 이익금마저도 두렵게 느껴졌다. 적어도 이익금이 그녀의 잠을 방해하고, 그녀의 얼굴을 창백하게 만든다는 점에서 두려웠다. 그 첫번째 징후가 실제로 나타나기도 했다. 사실 그날은 기억할 만한 밤이었다. 그들이 부자라는 생각이 그들의 영혼 깊숙이 파고들었다. 그리고 그들은 돈을 실제로 투자하기 시작했다. 우리가 두 몽상가의 눈을 통해서 함께 볼 수 있었다면, 우리는 그들의 조그만 나무집이 사라지고 그 자리에 튼튼한 울타리가 둘러쳐진 2층 벽돌집이 세워지는 것을 보아야 했을 것이다. 3개의 전구가 달린 샹들리에가 거실 천장에 매달린 것을 보아야 했을 것이다. 싸구려 카펫이 미터당 1.5불의 품위 있는 벨기에산 카펫으로 뒤바뀌는 것을 보아야 했을 것이다. 싸구려 화덕이 사라지고, 운모로 창을 단 커다란 난로가 그 자리를 차지하고서 위풍을 자랑하는 모습을 보아야 했을 것이다. 또한 우리는 다른 것들도 보아야 했을 것이다. 마차, 무릎덮개, 실크 중절모 등등을 보아야 했을 것이다. 두 딸과 이웃들은 전과 다름없는 낡은 나무집을 보았을 따름이지만, 그때부터 알렉과 샐리에게는 그 집이 2층 벽돌집이었다. 하룻밤도 지나지 않아 알렉은 상상 속의 연료비를 걱정하지 않았고, "무슨 상관이야? 그 정도의 여유는 있는데!"라는 샐리의 철없는 대꾸를 편안하게 받아들였다.

그들이 부자가 되던 첫날 밤, 그들은 침실로 가기 전에 축하를 해야만 한다고 생각했다. 파티를 열어야 했다. 멋진 생각이었지만, 두 딸과 이웃들에게 어떤 식으로 설명해야 하는가? 그들이 부자라는 사실을 드러낼 수는 없었다. 샐리는 걱정스러웠지만 사실대로 말하려 했다. 그러나 알렉은 냉정을 잃지 않으며, 샐리의 욕심을 허락하지 않았다. 그녀는 비록 그 돈이 들어온 것이나 마찬가지이지만 실제로 들어올 때까지 기다리는 것이 옳다고 말했다. 그녀는 그런 입장을 꿋꿋하게 내세우며, 조금도 양보하지 않았다. 큰 비밀은 지켜야만 하는 것이라고도 말했다. 두 딸을 비롯한 누구에게도 비밀을 말해서는 안 된다고 다짐받았다.

그들은 갈피를 잡을 수가 없었다. 축하를 해야 했고, 축하를 하기로 결정했다. 그러나 비밀이 지켜져야 했기 때문에, 무슨 명분으로 축하를 해야 하는가? 생일이 되려면 3개월이나 남았고, 틸버리에 대한 소식은 없었고, 그는 영원히라도 살 것 같았다. 대체 그들은 무슨 명분으로 축하할 수 있을까? 샐리는 그 문제에 골몰했다. 점점 초조해지고, 머리까지 아파 왔다.

그러나 마침내 샐리가 해결책을 생각해 냈다. 순전히 영감 덕분이었다.

모든 걱정이 한순간에 사라져버렸다. 그들은 아메리카 발견을 축하하기로 했다. 멋진 생각이었다!

알렉은 샐리가 너무도 자랑스러워 입을 뗄 수 없었다. 자기는 결코 그런 생각을 해내지 못했을 것이라고 말했다. 샐리는 아내의 칭찬에 기뻤고 자신의 놀라운 생각에도 으쓱했지만, 더 이상 오만해질 수는 없었다. 그런 축하는 대단한 것이 아니며, 누구라도 그런 축하를 할 수 있을 것이라고 말했다. 샐리의 말에 알렉은 더욱 남편을 자랑스러워하며 말했다.

"맞아요! 누구라도 할 수 있어요……. 누구라도! 호산나 딜킨스도 할 수 있는 거예요. 어쩌면 아델버트 피너즈도 할 수 있을 거예요. 그들이 하는 것을 보는 것만으로 족해요. 그들은 고작해야 40에이커 넓이의 섬을 발견한 일이나 생각해 낼 거예요. 대륙 전체의 발견을 축하한다면, 샐리! 그렇게 하면 그들의 축하 잔치에서 피와 살을 빼앗아오는 것이 될 거예요. 그럼 그들은 축하 잔치를 할 수 없을 거예요!"

귀여운 여인, 그녀는 남편의 재능을 알고 있었다. 애정 때문에 남편의 보잘것없는 재주를 과대 평가했더라도, 그것은 귀엽고 달콤한 범죄일 따름이다. 또한 그렇게 생각한 이유를 따져보면 충분히 용서될 범죄였다.

5

축하 잔치는 잘 진행되었다. 젊은이건 늙은이건 친구들 모두 참석했다. 젊은이들 중에는 플롯시와 그라시에 피너츠, 그리고 그들의 형제로 한창 주가를 높이고 있는 주석 세공인 아델버트, 그리고 최근에 수습 딱지를 뗀 미장공 호산나 딜킨스 주니어도 있었다. 지난 수개월 동안, 아델버트와 호산나는 그웬돌렌 포스터와 클리템네스트라 포스터에게 관심을 보이고 있었다. 두 소녀의 부모도 그것을 알고 은근히 만족해했다. 그러나 그런 느낌이 어느 날 갑자기 사라져버렸다. 그들은 변화된 재정적 상황 때문에 그들의 딸과 젊은 기술자들 사이에 사회적 장벽이 가로놓인 것을 깨달았다. 이제 두 딸은 더 높은 곳을 쳐다볼 수 있었고, 그래야만 했다. 두 딸은 변호사나 상인 계급 아래의 보잘것없는 사람들과 결혼할 이유가 없었다. 부모라면 당연히 두 딸의 결혼에 관심을 가져야 했다. 어울리지 않는 짝을 맺어줄 수는 없었다.

그러나 이런 생각과 계획은 겉으로 드러낼 수 없는 것이었다. 그래서 축하 잔치를 어둡게 만들지는 않았다. 겉으로 드러난 것은 잔잔하고 고상한 만족감이었고, 친구들의 동경과 더불어 감탄까지 불러일으킨 위엄있는 태도 그리고 진지한 처신이었다. 모두가 그런 것을 눈치챘고, 그것에 대해 한마디씩 해댔다. 그러나 누구도 그것의 비밀까지 짐작할 수는 없었다. 그것은 불가사의였고, 미스터리였다. 세 사람이 그 비밀에 근접한 말을 했지만 사실일 줄은 꿈에도 생각지 못했다.

"큰돈이라도 굴러 들어온 것 같아."

바로 그것이었다.

대개의 어머니들은 딸들의 혼사 문제를 관습대로 생각한다. 그런 어머니들은 딸들에게 격식만을 중시하며 요령 없는 말을 늘어놓아, 눈물을 쏟게 하고 감추어진 반항을 불러일으킴으로써 실패를 자초하고 만다. 그런 어머니들은 젊은 기술자들에 대한 관심을 끊도록 요구함으로써 딸들의 결혼에 심대한 타격을 준다. 그러나 이 어머니는 달랐다. 알렉은 실리적이었다. 그녀는 당사자인 젊은이들에게 아무 말도 하지 않았다.
샐리를 제외하고는 누구에게도 말하지 않았다. 샐리는 그녀의 말에 귀를
기울였고, 그 뜻을 이해했다. 이해했을 뿐 아니라 감탄을 거듭했다.
샐리가 말했다.

"좋은 생각이 있어. 결점을 들춰내 가슴에 상처를 주거나 이유 없이
교제를 방해하기보다는 당신이 더 나은 녀석들을 선보여서 우리 딸들이
자연스레 변하도록 하는 거야. 여보, 이런 것이 바로 지혜야. 호도처럼
확실하고 분명한 지혜라구. 당신이 점찍은 녀석이 누구야? 아직 결정하지
못했나?"

그랬다. 그녀는 아직 결정하지 못하고 있었다. 그들은 시장을 좀더
둘러보아야 했다. 그리고 그렇게 했다. 처음에는 떠오르는 젊은 변호사
브랜디쉬와 떠오르는 젊은 치과의사 풀론을 점찍고 의견을 나누었다.
샐리는 그들을 저녁식사에 초대해야만 했다. 그러나 알렉이 지금은 때가
아니니 서둘러서는 안 된다고 말했다. 그들은 두 청년을 눈여겨보며
기회를 기다렸다. 그처럼 중요한 문제는 느긋해서 손해날 것은 없었다.
그것도 지혜였다. 왜냐하면 그로부터 3주가 안 돼 알렉은 결정적인 기회를
포착하여 상상의 10만 불을 40만 불로 늘렸기 때문이었다. 그날 저녁
그녀와 샐리는 구름을 타고 있는 기분이었다. 처음으로 그들은 저녁식사
때 샴페인을 터뜨렸다. 진짜 샴페인은 아니었다. 충만한 상상력만으로도
진짜 샴페인이고도 남았다. 그런 제안을 한 것은 샐리였고, 알렉은
다소곳이 양보했다. 마음속으로 둘은 혼란스럽고 부끄러웠다. 왜냐하면
절제의 화신이었던 샐리가 개조차 눈길을 주지 않고 이성적으로는

생각지도 못했을 앞치마 차림으로 장례식에 참석했기 때문이었다. 한편 알렉 역시 기독교 여성 교풍회(나쁜 풍습이나 습관을 바로 잡기 위해 절제를 우선으로 삼았던 단체—옮긴이) 회원이었다. 그 단체는 강철 같은 미덕과 더할 수 없는 청정함을 시사하는 모든 것이었다. 그러나 과거에만 그랬다. 부자들의 오만이 그런 미덕을 깨뜨리기 시작하고 있었다. 그들은 역사 이래로 수없이 증명되었던 슬픈 진리를 증명해 보이며 살았다. 다시 말해서 원칙은 원대하고 고결하게, 과시적이고 타락한 허영과 해악에서 벗어난다는 것이었지만, 가난은 모든 것을 용서받았다. 이익금만 40만 불이 넘었다. 그들은 결혼 문제를 다시 꺼냈다. 이젠 치과의사와 변호사 얘기는 꺼내지도 않았다. 까닭은 없었다. 두 청년은 더 이상 전도유망하지 않았다. 자격 미달이었다. 샐리와 알렉은 돼지고기 도매업자의 아들과 마을 은행장의 아들을 두고 의논했다. 그러나 결국은 앞의 경우와 마찬가지로, 좀더 시간을 두고 생각해 보고 조심스럽고 확실하게 하기로 결론을 지었다.

또 다시 행운이 찾아왔다. 알렉은 온 신경을 곤두세우고, 위험하지만 큰 기회를 찾아 대담한 투기를 했다. 물론 온몸이 떨리고 엄청난 불안감이 뒤따랐다. 성공하지 못한다면 한푼도 남지 않는 완전한 파산을 의미했기 때문이었다. 곧 결과가 나왔다. 알렉은 다시 한번 기절할 듯 기뻐했다. 목소리조차 떨렸다.

"이제 가슴 졸이던 시간이 끝났어요, 샐리. 우리는 백만장자가 되었어요!"
샐리는 감격해 눈물까지 흘리며 대답했다.

"오, 엘렉트라. 당신은 보석이나 다름없어. 내 심장만큼이나 소중한 여자야.

우리는 이제 진정한 자유를 찾은 거야. 우리도 부자가 되었어. 다시는 인색하게 살 필요가 없어. 클리코 부인처럼 살아보는 거야!"

그리고 그는 스프루스 비어(전나무의 가지나 잎을 넣고 당밀을 발효시켜 만든 음료—옮긴이) 한 통을 꺼내와 제물로 바쳤다.

"비용은 걱정 말라구!"

샐리의 이런 호언에 알렉은 가볍게 나무랐지만, 그녀의 두 눈은 행복에 젖어 있었다.

그들은 돼지고기 도매업자의 아들과 은행가의 아들도 보류해 두었다. 이제 주지사의 아들과 하원의원의 아들을 생각하기 시작했다.

6

이젠 포스터 부부가 상상으로 돈을 늘린 과정을 자세히 쫓는 것조차 피곤할 지경이다. 그것은 경이롭고, 머리가 어지러운 일이었다. 알렉이 손을 대는 모든 것이 요정의 황금으로 변했고, 하늘을 향해 반짝이며 쌓여만 갔다. 백만에 백만이 거듭되었고, 거대한 투자의 물줄기는 천둥처럼 흘러내렸고, 그 규모는 점점 커져만 갔다. 5백만, 1천만, 2천만, 3천만……. 과연 끝이 있을까?

그렇게 환상적인 무아경 속에서 2년이 흘렀다. 상상에 도취된 포스터 부부는 시간이 지나는 것조차 의식하지 못했다. 마침내 그들은 3억 불의 재산을 모았다. 그들은 미국의 모든 거대 기업의 이사가 되었다. 게다가 시간이 흐름에 따라, 재산은 눈덩이처럼 불어났다. 때로는 5배, 때로는 10배, 그들이 계산해 낼 수 없을 만큼 빠르게 늘어났다. 3억 불이 2배가 되었고, 또 2배가 되었고, 또 2배가 되었다.

이제 24억 불이 되었다!

사업은 점점 복잡해져 갔다. 주식을 계산해서 정리할 필요가 있었다. 포스터 부부는 그렇게 느꼈고, 하루가 급박하다고 생각했다. 그러나 그 일을 정확하고 완벽하게 처리하기 위해서는 처음 시작했을 때처럼 한꺼번에 끝내야만 했다. 열 시간이 걸리는 일이었다. 그런데 그들이 단번에 열 시간의 여유 시간을 할애할 수 있을까? 샐리는 하루종일 바늘과 설탕과 옷감을 팔아야 했다. 알렉은 하루종일 요리를 하고, 설거지를 하고, 청소를 하고, 침구를 정리해야 했다. 도와줄 사람도 없었다. 두 딸은 고급 사교계로 진출시키기 위해 아껴두어야 했다. 포스터 부부는 열 시간을 낼 수 있는 유일한 방법을 알고 있었다. 둘 모두 그 말을 꺼내기가 부끄러웠다. 서로 상대가 먼저 입밖에 내기를 기다렸다. 마침내 샐리가 입을 열었다.

"누군가가 먼저 양보해야만 해. 내가 총대를 메겠어. 내가 먼저 말을 꺼내겠어. 상관없어."

알렉의 얼굴이 붉어졌다. 그러나 남편에게 고마워하는 표정이 역력했다. 말할 것도 없이, 그들은 타락했다. 타락해서 안식일을 깨뜨렸다. 오직 그 날만이 그들에게 자유로운 열 시간을 보장해 주었다. 그것은 타락의 길을 향하는 또 다른 발걸음일 따름이었다. 그리고 또 다른 타락이 뒤따를 것이다. 막대한 재산은 그것에 익숙지 못한 사람의 도덕성을 치명적이고 확실하게 좀먹는 유혹거리를 제공한다.

그들은 차양을 내리고, 안식일을 깨뜨렸다. 보유하고 있던 주식을 열심히 끈기있게 조사했고, 목록을 작성했다. 엄청난 이름들이 끝을 모르고 이어졌다. 철도회사에서 시작해서, 해운회사, 정유회사, 전기회사, 전신회사 등등으로 이어졌다.

24억 불 전액이 가장 확실하게 이익을 보장하는 안전한 회사에 투자되어 있었다. 수입만도 연간 1억 2천 불이었다. 알렉은 은근한 만족감을 드러내며 말했다.

"이 정도면 충분하지요?"

"물론이지, 알렉."

"이제 어떻게 할까요?"

"패를 바꿔서는 안 돼."

"사업에서 그만 은퇴할까요?"

"그러자구."

"나도 좋아요. 이제 일은 끝났어요. 앞으로 긴 휴식을 즐기면서 돈을 써보자구요."

"좋았어! 알렉."

"그래요?"

"얼마나 쓸 수 있을까?"

"몽땅."

아내의 대답에 샐리는 온몸을 짓누르던 쇠사슬이 풀리는 기분이었다. 그는 말조차 나오지 않았다. 말로 표현할 수 없는 행복에 젖어들었다. 그 후 그들은 매번 안식일을 깨뜨렸다. 아침 예배가 끝나면, 하루종일 돈을 써댈 새로운 방법을 생각하며 시간을 보냈다. 그렇게 그들은 자정이 넘어서까지

황홀한 낭비를 즐겼다. 매번 알렉은 자선단체와 종교단체에 수백만 불을 아낌없이 베풀었다. 샐리 역시 그만한 돈을 (처음에는) 분명한 명분을 가진 일에 퍼부었다. 적어도 처음에는 그랬다. 나중에는 그 명분들이 점점 뚜렷한 선을 잃어갔고, 결국에는 "잡다한 것"으로 윤곽마저 잃어버렸고, 그리하여 완전히 흔적까지 사라져버렸다─그러나 상관없었다. 왜냐하면 샐리가 허물어져 버렸기 때문이었다. 이런 수백만 불의 지출에는 심각하고도 고통스러운 가계지출이 뒤따라야 했다. 그것은 수지 양초값이었다. 한동안 알렉은 걱정스러웠다. 그러나 얼마 후, 그녀는 걱정을 덜게 되었다. 걱정할 이유가 사라졌기 때문이었다. 처음에는 괴로웠고, 슬펐고, 부끄러웠다. 하지만 아무 말도 하지 않았다. 그래서 방조자가 되었다. 샐리는 계속 양초를 가져왔다. 상점에서 훔쳐오는 것이었다. 한동안 그랬다. 돈에 익숙지 않은 사람에게 막대한 부는 독약과 다름없다. 돈은 도덕성의 살과 뼈를 갉아먹는다.

포스터 부부도 가난했을 때에는 말없이 가져온 양초에도 믿음을 가질 수 있었다. 그러나 그때 그들은…… 그 이상은 말하지 말자. 양초에서 사과까지는 한 걸음에 불과했다. 샐리는 사과를 가져오기 시작했다. 다음에는 비누, 다음에는 메이플 설탕, 다음에는 통조림, 다음에는 그릇이었다. 일단 타락의 길을 걷기 시작하면, 악에서 더 큰 악으로 빠져들기란 너무도 쉬운 일이다!

그러는 동안 포스터 부부의 눈부신 소비행각은 획기적인 전환점을 맞고 있었다. 상상 속의 벽돌집이 마침내는 이중 지붕을 한 화강암 집에 자리를 내주었고, 곧 그 집마저도 훨씬 넓은 집에 자리를 내주었다. 그런 상상은 계속되어 저택으로 변했고, 공기와 장미로 만들어진, 더 호화롭고 더 넓으며 더 멋진 저택이 되어 갔다. 그러나 그런 집도 매번 공기처럼 사라졌다. 마침내 마을에서 멀리 떨어진 외딴 곳으로, 강이 흐르고 계곡이 있는 멋진 전망을 지닌 숲이 울창한 언덕, 주변이 옅은 안개 속에 잠긴 낮은 언덕들로 에워싸인 언덕 정상에서 내려다보이는 화려하고 드넓은 궁전으로 우리 몽상가들이 꿈결처럼 입주하는 위대한 날을 맞이하게 되었다. 모든 것이 꿈속에 잠긴 그들의 사유재산이었다. 궁전에는 제복을 입은 하인들이 우글댔고, 명성과 권력을 지닌 손님들로 가득했다. 국내·외의 세계적인 갑부들의 모습도 보였다. 그 궁전은 떠오르는 태양에서 멀리, 너무도 멀리 떨어져 있었고, 거리를 측량할 수 없는 외딴 곳에 있었다. 뉴포트, 로드 아일랜드, 상류층의 성지, 함부로 입에도 담지 못할 미국 귀족들의 세계에서도 천문학적으로 멀리 떨어진 곳이었다. 그들은 습관적으로 안식일의 일부—아침 예배가 끝난 후—를 그 화려한 궁전에서 보냈다. 남는 시간은 유럽에서 보내거나, 개인용 요트를 타고 세상을 빈둥대며 돌아다녔다. 엿새는 레이크사이드의 지저분한 변두리에 있는 초라하기 짝이 없는 집에서 비참하고 따분한 현실의 삶을 살았고, 일곱번째 날에는 요정의 나라에서 살았다. 이제 그런 삶이 그들의 계획이 되었고, 그들의 습관이 되었다.

그들은 현실의 삶에서는 예전과 다름없이 매섭도록 엄격한 삶을 살았다. 끈기있고, 부지런하며, 조심스럽고, 실리적이고, 검소하게 살았다. 예배에도 충실히 참석했으며, 교회를 위해서도 열심히 일했다. 또한 정신적이고 영적인 힘을 모두 동원해서 고결하지만 지키기 힘든 교회의 교리에 어긋나지 않게 살았다. 그러나 꿈 속의 삶에서 그들은 아무리 변덕스러운 환상의 초대라도 거부하지 않았다. 알렉의 환상은 그렇게 변덕스럽지 않았고 빈번하지도 않았지만, 샐리의 환상은 사방을 헤매고 다녔다. 알렉은 꿈속의 생활에서 그럴듯해 보이는 공식적인 명칭 때문에 성공회 수련회를 넘나들었고, 다음에는 양초와 의식 때문에 고교회파(영국 국교회의 일파로 교회의 의식, 성찬, 권위 등을 중시한다—옮긴이)의 신도가 되었고, 다음에는 추기경과 더 많은 양초를 세우는 가톨릭교도로 자연스레 변해 갔다. 그러나 이런 식의 유람은 샐리의 기호에 전혀 맞지 않았다. 그의 꿈 속 생활은 번뜩이는 흥분이 끊이지 않고 이어지는 것이었다. 변덕스런 변화를 줌으로써 언제나 새롭고 활기찬 삶을 계속했다. 종교적인 부분은 그 나머지였다. 그는 온갖 종교를 섭렵하고 다녔다. 셔츠를 갈아입듯 종교를 바꿨다.

포스터 부부의 이런 환상은 부자가 되었던 초기부터 시작되었고, 재산이 더욱 늘어나면서 조금씩 방탕의 단계로 접어들었으며, 결국에는 지나칠 정도까지 되었다. 알렉은 일요일마다 대학을 한두 개씩 세웠고, 병원도 한두 개씩 세웠다. 게다가 로튼 호텔과 같은 호사스런 호텔을 건립했으며, 엄청나게 많은 교회를 세우기도 했다. 때로는 성당을 세우기도 했다. 한번은 때도 아니게 괜히 흥에 겨워 샐리가 "무지한 중국인들을 설득해 순수한 유교를 위선적인 기독교와 맞바꾸려는 선교사들을 승선시키지 못한 것은 날씨가 춥기 때문"이라는 말을 한 적이 있었다. 이처럼 야만스럽고 잔인한 발언에 알렉은 몹시 가슴이 아팠다. 그녀는 곧바로 울음을 터뜨렸다. 아내가 울자 샐리도 가슴이 미어졌다. 그는 괴롭고 수치스러웠다. 자신이 내뱉은 고약한 말을 되돌릴 수 있다면 세상이라도 내주고 싶었다. 그러나 알렉은 전혀 나무라지 않았다. 그 때문에 그는 더욱 괴로웠다. 그에게 어떤 말을 했는지 돌이켜보라고도 안했다. 그에게 신랄한 비난을 실컷 퍼부어줄 수도 있었다. 그러나 그녀의 관대한 침묵은 신속히 그 효과를 드러냈다. 아내의 침묵에 샐리는 자신을 돌아보았고, 지나온 과거를 영화처럼 거꾸로 돌려보았다. 막대한 재산을 가졌던 지난 수년 동안 그가 살아왔던 삶의 과정을 돌이켜보았다. 지난날을 반성해 보면서 그는 얼굴이 뜨겁게 달아올랐고, 그의 영혼은 수치감에 휩싸였다. 그녀를 보라. 얼마나 맑게 살고 있는가! 언제나 위를 쳐다보고 있지 않은가. 그런데 자신을 돌아보니, 너무도 하찮았고, 천박한 망상으로 가득했고, 너무도 이기적이었고, 너무도 공허했고, 너무도 부끄러웠다. 위를 쳐다보는 법이 없었고, 언제나 아래를, 언제나 아래를 향하고 있었다! 그는 그녀의 삶과 자신의 삶을 비교해 보았다. 그녀의 삶에도 잘못이 있기는 했다. 그는 깊은 생각에 빠져들었다. 그는 무엇이라 변명할 수 있을까? 그녀가 첫 교회를 세웠을 때, 그는 무엇을 하고 있었던가? 향락에 지친 백만장자들을 포커 클럽으로 끌어들여 그들의 궁전을 더럽혔다. 매일 저녁 도박으로 수십만 불을 탕진했다. 그런 것으로 하잘것없는 명성을 얻어보려 했었다.

그녀가 첫 대학을 세웠을 때, 그는 무엇을 하고 있었던가? 돈은 넘치도록 많았지만 성격 파탄자들인 방탕한 인간들과 더불어 향락과 주색에 빠진 삶으로 자신을 오염시키고 있었다. 그녀가 첫 고아원을 세웠을 때, 그는 무엇을 하고 있었던가? 아…… . 그녀가 순결한 성생활을 위한 자선단체를 계획하고 있었을 때, 그는 무엇을 하고 있었던가? 아……. 그랬었다!
그녀가 기독교 여성 교풍회와 더불어 무저항의 행진을 하며 이 땅에서
술병을 추방하고 있었을 때, 그는 무엇을 하고 있었던가? 하루에도 세
번씩 술을 마셨다. 일백 개의 성당을 세운 공로로 그녀가 로마 교황의
초대를 받아 축복을 받고 너무도 영광스럽게 수훈받은 황금 장미로 가슴을
장식할 때, 그는 무엇을 하고 있었던가? 몬테 카를로에서 판돈을 쓸고
있었다.

그는 생각을 멈추었다. 더 이상 계속할 수 없었다. 더 이상 상상하기조차
싫었다. 그는 자리에서 일어났다. 그의 입술에서 굳은 결심이 엿보였다.
그런 비밀스러운 삶을 고백해야만 했다. 더 이상 그런 비밀스런 삶을
살아갈 수는 없었다. 그는 아내에게 모든 것을 이야기하기로 했다.
그리고 그는 그렇게 했다. 아내에게 모든 것을 털어놓았다. 그리고 아내의
가슴에 쓰러져 울었다. 흐느끼며 용서를 빌었다. 크나큰 충격이었다.
그녀는 쇠뭉치로 맞은 듯 비틀거렸다. 그러나 그는 그녀의 남편이었고,
그녀의 심장이었고, 그녀 눈동자의 축복이었고, 그녀에게 가장 소중한
사람이었다. 그녀는 그의 어떤 것도 부인할 수 없었다. 그녀는 그를
용서했다. 그녀는 남편이 완전히 변할 수 있을까 의심스러웠다. 그녀는
남편이 잘못을 뉘우치고는 있으나 완전히 바뀔 수는 없다는 것을 알고
있었다. 남편이 비록 도덕적으로 타락하고 더럽혀졌을지라도, 남편이란
존재가 그녀가 불멸의 신앙으로 떠받들던 우상은 아니었다. 그녀는
남편에게 노예이며 하녀라고 말했다. 그리고 뜨거운 가슴을 열고, 남편을
받아들여 주었다.

7

그 후 어느 일요일 오후, 그들은 꿈속에서 요트를 타고 여름 바다를
항해하고 있었다. 뒷갑판의 햇빛 가리개 아래에 있는 편안한 의자에
기대고 앉았다. 그들은 각자의 생각에 바빠 침묵이 감돌았다. 침묵의
시간은 의식하지 못하는 사이에 점점 길어졌고, 근래 들어서는 점점
빈번해졌다. 둘 사이의 친밀감과 애정도 예전 같지 않았다. 샐리의 끔찍한
고백이 있은 뒤부터 그랬다. 알렉은 그 기억을 머리 속에서 떨쳐버리려
애썼다. 그러나 쉽지 않았다. 부끄럽고 불쾌한 기억이 계속해서 그녀의
고결한 꿈 속 생활을 더럽히고 있었다. 그녀는 일요일마다 남편이
교만하고 역겨운 인간으로 변해 가는 것을 볼 수 있었다. 그런 변화에
눈을 감고 있을 수는 없었다. 최근 들어 그녀는 일요일이면 샐리에게
가능한 한 눈길조차 주지 않았다.

그렇다면 그녀에게는 잘못이 없었던가? 유감스럽게 그녀도 자신의 잘못을
알고 있었다. 다만 그녀는 그 잘못을 남편에게 감추고 있을 따름이었다.
그녀도 남편에게 도의에 벗어난 짓을 하고 있었으며, 그 때문에 마음의
고통을 견디기 힘들었다. 그녀는 약속을 깨뜨렸고, 그 일을 남편에게
감추고 있었다. 강한 유혹을 이기지 못하고 다시 사업을 시작했던 것이다.
그녀는 철도회사, 석탄회사, 철강회사에서 이익을 남기려고 전재산을
과감히 투자했다. 그리고 안식일마다 우연히라도 남편이 그녀의 말에서
무슨 기미를 차리지 않을까 노심초사하고 있었다. 이런 배신에 대한
후회와 가책으로 그녀는 남편의 방탕을 용서하지 않을 수 없었다. 그녀는
남편이 술에 취해 곁에 누워서 만족해하는 것을 지켜볼 때마다 양심의

가책으로 견딜 수 없었다. 남편은 조금도 의심하지 않았다. 그녀를 절대적으로 믿었고, 그녀에게 비장한 믿음을 품고 있었다. 또한 그녀가 지독히도 파괴적인 재앙을 실낱만큼이라도 그에게 안겨 주리라고는 생각지도 못했다.

"저……, 알렉?"

남편의 갑작스런 부름에 그녀는 곧 정신을 가다듬었다. 그녀는 집요하게 괴롭히던 생각에서 벗어날 수 있어 기뻤다. 그녀는 옛날의 부드러움이 듬뿍 담긴 목소리로 대답했다.

"예, 여보."

"알렉, 우리가 실수를 하고 있다고 생각해, 말하자면 당신이. 결혼 문제 말이야."

그는 일어나 앉았다. 뚱뚱한 개구리 같았고, 청동 부처처럼 자비로운 얼굴이었다. 그리고 잔뜩 진지한 어조로 계속했다.

"생각해 보라구. 벌써 5년이 넘었어. 당신은 처음부터 똑같은 생각을 계속하고 있어. 당신은 벌써 다섯 계단을 올라서 신랑감을 찾고 있어. 이제 우리 딸들을 결혼시킬 수 있겠구나 생각하면, 당신은 언제나 더 큰 것을 생각했어. 물론 그때마다 나는 실망을 맛보아야 했지. 내 생각에 당신 욕심이 지나친 것 같아. 언젠가는 우리도 버림받게 될 거야. 처음에는 치과의사와 변호사를 퇴짜놓았어. 그 정도는 괜찮았어. 당연한 결과였어. 다음에는 은행장의 아들과 돼지고기 도매상 상속자를 거절했지. 그것도 옳았고, 당연했어. 다음에는 하원의원 아들과 주지사 아들을 버렸어. 솔직히 말해서 그때도 기분은 굉장히 좋았어. 다음에는 상원의원 아들과

미국 부통령 아들이었어. 그때도 옳은 결정인 것 같았어. 그까짓 명성이
영원하지는 않을 테니까. 그래서 당신은 귀족으로 눈을 돌렸지. 그때서야
나는 우리가 벼락부자가 된 것이라 생각했지. 내 생각이 맞았어. 마침내
우리도 배타적인 상류계급에 뛰어들게 되었어. 유서깊고, 존경받고, 입에
담기조차 황공스럽고, 150년의 역사를 가진 뼈대있는 가문, 한 세기 전의
고약한 소금과 가죽 냄새를 떨쳐버린 뒤로는 손에 물 한 방울 묻히지 않고
사는 가문을 끌어들였지. 그리고! 바로 결혼이었어. 그런데 성사되지
않았어. 유럽 출신의 진짜 귀족이 나타났지만, 당신은 즉각 혼혈이라고
거절해 버렸어. 정말 실망스런 순간이었다구, 알렉! 그때부터 계속 줄을
이었지. 남작 때문에 준남작을 거부했고, 자작 때문에 남작을 버렸어. 또
백작 때문에 자작을 거절했고, 후작 때문에 백작을 버렸어. 이제는 공작
때문에 후작을 거절했어. 알렉, 이제 제발 결정을 내리자구! 이제 그만하면
됐어. 공작 넷이 결혼을 청하고 있어. 네 나라의 공작이 말이야. 모두가
건강하고 사지 멀쩡하고 유서 깊은 가문의 자제들이야. 파산해서 빚으로
꼼짝을 못 하는 것이 흠이지만, 우리가 감당해 낼 수 있어. 자, 알렉. 더
이상 미루지 마. 이제는 결정을 하자구. 크게 생각해. 애들이 결정하도록
내버려 두자구!"
알렉은 남편의 긴 비난을 흡족한 미소를 지은 채 듣고만 있었다. 그녀의
눈빛이 더욱 반짝거렸다. 가슴 벅찬 승리의 기운이 엿보이는 눈빛이었다.
그녀는 최대한 목소리를 낮췄다.
"샐리, 왕실은 어때요?"
억! 알렉의 질문에 샐리는 순간 멍청해져서 갑판 위로 쓰러지며 닻걸이에

정강이를 부딪히고 말았다. 그는 잠시 정신을 차릴 수 없었다. 그러나 곧 정신을 가다듬고, 발을 절면서 아내 곁으로 다가앉았다. 그의 흐릿한 눈빛에서, 아내를 향한 애정과 동경이 다시 되살아나는 것을 읽을 수 있었다.

그는 감정을 억누르지 못하고 말했다.

"정말 대단해! 알렉, 당신은 정말 대단한 여자야. 이 세상에서 가장 위대한 여자야! 당신의 크기를 도저히 짐작조차 할 수 없어. 당신의 깊은 생각을 짐작조차 못 하겠어. 지금까지는 내가 당신을 평가할 자격이 있다고 생각해 왔어. 이런 내가 말이야! 내 생각에만 빠져 있지 않았더라면, 당신이 그토록 외롭게 고군분투하고 있다는 것을 진작에 알았을 텐데. 오, 여보. 내가 너무 성급했었어. 그 이야기를 좀 해주겠어?"

남편의 칭찬에 잔뜩 고무된 알렉은 입술을 그의 귀에 대고, 한 왕자의 이름을 속삭였다. 샐리는 숨조차 쉴 수 없었다. 그의 얼굴은 흥분으로 번들거렸다.

"저런! 최고의 남편감이야! 그는 도박장, 묘지, 주교, 성당, 그런 모든 것을 가지고 있어. 어떤 면에서 보아도 최고야. 다섯 배는 남는 장사야. 적지만 유럽에서 가장 견실한 재산가이고, 묘지만 해도 세계에서 가장 묻히기 힘든 곳이야. 자살한 사람이 아니면 누구도 묻지 못하는 곳이야. 맞아, 언제라도 남편감은 바꿀 수 있는 거야. 그 나라 땅은 얼마 넓지 않아. 하지만 그런 것은 문제가 아니야. 묘지만도 8백 에이커야. 그 밖으로 42에이커의 땅이 더 있어. 군주라는 사실, 그것이 중요한 거야. 땅은 별것 아니야. 땅은 충분히 있어. 사하라 같은 땅은 필요도 없어."

알렉의 얼굴이 불그스레 달아올랐다. 그녀는 깊은 행복감에 잠겨 말했다.

"샐리, 생각해 봐요. 유럽의 왕실 출신이 아니면 절대 결혼하지 않았던
가문이에요. 우리 손자들이 왕위에 오를 거예요!"

"물론 그렇게 될 거야, 알렉. 왕홀도 갖게 될 거야. 지금 내가 지팡이를
휘두르듯, 우리 손자들은 왕홀을 자연스럽고 태연하게 휘두르게 될 거야.
엄청나게 남는 거래야, 알렉. 그런데 그가 우리 청을 받아들일까?
거부하지는 않을까? 설마 돈으로 그 사람을 붙잡은 것은 아니겠지?"

"그럼요, 나를 믿어요. 그는 빚에 쪼들리는 사람이 아니에요. 오히려
엄청난 재산을 가지고 있어요. 다른 남자도 마찬가지예요."

"누군데?"

"엄청난 사람이에요.
지그문트-지그프리트-라우엔펠트-딘켈스피엘-슈바르첸베르크 블러트부르스
대공이에요. 카체니아메르 대공의 상속자 말예요."

"저런! 설마!"

알렉이 대답했다.

"내가 여기에 앉아 있는 것만큼이나 사실이에요. 맹세할 수 있어요."

샐리는 행복감이 극에 달했다. 그는 아내를 가슴 깊이 껴안으며 말했다.

"놀라울 따름이야. 너무 멋져! 과거 364개의 독일 공국 중에서 가장 역사가
깊고 가장 신분이 높은 공국 중의 하나이고, 비스마르크가 정권을 잡았을
때에도 왕실의 재산을 유지할 수 있었던 몇 안 되는 공국 중의 하나야.
나는 그 땅을 알아. 가본 적이 있어. 제강소도 있고, 양초 공장도 있고,
군대도 있어. 상비군이야. 보병과 기병으로 되어 있어. 보병 셋에 말이

하나야. 알렉, 너무 오래 기다렸어. 매번 상심하면서 희망을 뒤로
미루어왔어. 하지만 하나님은 내가 지금 얼마나 행복한지 아실 거야. 너무
행복해. 이런 일을 해낸 당신에게도 감사해. 그런데 결혼식은 언제지?"

"다음 주 일요일."

"좋았어. 이 결혼식은 문자 그대로 군주의 결혼식답게 치르고 싶어.
신랑측이 모두 왕실 가문이니 당연한 거야. 내가 아는 바에 따르면, 왕족,
오로지 왕족에게만 허락된 결혼 예식이 있어. 바로 귀천결혼(貴賤結婚.
왕족과 평민 여성과의 결혼—옮긴이)이란 거야."

"무슨 뜻인가요?"

"나도 몰라. 어쨌든 왕족만이 할 수 있는 결혼이야. 왕족만이."

"그럼 그런 결혼식을 요구하겠어요. 내가 끝까지 고집하겠어요.
귀천결혼이 아니면 절대 안 돼요."

"그럼 결정된 거야!"

샐리는 기쁨에 들떠서 두 손을 비비며 덧붙여 말했다.

"미국 역사상 처음일 거야. 알렉, 뉴포트 전체가 떠들썩해질 거야."

그리고 그들은 침묵에 잠겼다. 꿈의 날개를 펴고 땅끝까지 날아갔다.
왕관을 쓴 모든 왕과 그 일족들을 초대하여 무료 항해권을 나누어주기
위해서였다.

8

그 후 사흘 동안 포스터 부부는 구름 속에 머리를 들이민 채 하늘을
걸어다녔다. 주변을 하나도 분명하게 인식할 수 없었다. 모든 것이 베일을

덮어쓴 것처럼 희미하게 보였다. 그들은 꿈속에 잠겨 있었다. 종종 옆에서 떠드는 소리마저 들리지 않았다. 소리를 들었어도, 무슨 뜻인지 알 수 없었다. 그들은 건성으로 입에서 나오는 대로 대답했다. 샐리는 당밀을 킬로그램 단위로 팔았고, 설탕을 야드 단위로 팔았다. 양초를 찾는 손님에게 비누를 주었다. 알렉은 고양이를 세탁했고, 더러워진 천에 우유를 먹였다. 모두가 어리둥절해했다. "포스터 부부에게 대체 무슨 일이 생긴 거야?" 하고 투덜대기 시작했다.

사흘째 되던 날, 드디어 사건이 벌어졌다! 모든 것이 행복하게 바뀌었다. 48시간 동안 알렉의 상상력은 끝을 모르고 발휘되었다. 위로, 위로, 더 위로! 원가점을 넘어섰다. 더 위로, 위로, 위로! 원가점을 넘어섰다. 더 위로, 위로, 위로! 원가점을 5포인트, 10포인트, 15포인트, 20포인트! 거대한 투기에서 순익만 20포인트였다. 알렉의 상상 속의 중개인이 상상 속의 먼 거리에서 미친 듯이 소리치고 있었다.

"팔아요, 팔아! 제발 팔아요!"

알렉은 샐리에게도 그 놀라운 소식을 알려주었다. 샐리도 똑같이 말했다. "팔아! 팔아버려! 제발 욕심부리지 마. 당신은 지금도 엄청난 부자야! 팔아, 팔라구!"

그러나 그녀는 강철 같은 의지를 보였다. 조금도 꺾이지 않았다. 그녀는 죽는 한이 있더라도 5포인트가 더 올라갈 때까지 팔지 않을 것이라고 말했다. 치명적인 결정이었다. 바로 다음 날, 역사적인 주가 대폭락이 시작되었다. 기록적인 폭락이었다. 걷잡을 수 없는 폭락이었다. 월 스트리트의 바닥이 꺼져내렸다. 황금주식이라 일컬어지던 것들이 다섯 시간 만에 95포인트가 떨어졌다. 백만장자들이 바워리 거리(뉴욕에서 싸구려 술집과 떠돌이로 유명한 빈민가—옮긴이)에서 빵을 구걸하는 것이 눈에 띄었다. 알렉은 두 주먹을 불끈 쥐었고, 모든 주식을 팔려고 내놓았다. 마침내 반응이 있었다. 그녀는 무력하게 그 거래에 응해야 했다. 상상 속의 중개인은 그녀의 주식을 팔아치웠다. 그리고 상상 속의 중개인이 사라졌다. 상상 속의 그녀도 흔적 없이 사라졌다. 그녀는 남편의 목에 매달려 울면서 소리쳤다.

"내가 잘못했어요. 나를 용서하지 말아요. 견딜 수가 없어요. 우리는 이제 가난뱅이가 됐어요! 거지가 된 거라구요. 너무 비참해요. 결혼도 무산될 거예요. 모든 것이 사라졌어요. 이제 우리는 치과의사도 사위로 맞을 수 없을 거예요."

샐리는 아내에게 신랄한 비난을 퍼부었다.

"당신에게 제발 팔라고 사정했잖아. 그런데 당신은……."

그는 더이상 말을 잇지 못했다. 가슴을 치며 후회하는 아내에게 더 상처를 주고 싶지 않았던 것이다. 샐리는 남편답게 차분한 목소리로 다시 말했다.

"기운을 잃지 마, 알렉. 모든 것을 잃지는 않았어. 실제로 당신은 그 노인네가 주겠다는 유산에서 한푼도 투자하지 않았어. 그저 상상일 뿐이었어. 우리가 잃은 것이라곤 당신의 비길 데 없이 현명한 판단으로 일구었던 미래에서 이익을 거두지 못했다는 것이야. 자, 기운내! 눈물을 거두라구. 우리에겐 아직도 3만 불이 고스란히 남아 있어. 지금까지 쌓은 경험으로, 그 돈으로 2년 내에 해낼 수 있는 일을 생각하도록 해! 그 결혼이 완전히 물거품이 된 것은 아니야. 그냥 연기됐을 뿐이야."

너무도 고마운 말이었다. 알렉은 남편의 말이 진실이라는 것을 알았다. 그
효과는 금세 드러났다. 그녀는 눈물을 그쳤다. 용기를 다시 찾았다. 두
눈을 반짝이며, 벅찬 가슴으로, 한 손을 높이 들고 맹세하듯 말했다.

"지금 이 자리에서 맹세하건데……."

그러나 그녀는 맹세를 끝낼 수 없었다. 손님이 찾아왔기 때문이었다.
손님은 〈위클리 사가모어〉의 편집장이자 사장이었다. 그는 이승에서의
여행을 거의 끝마쳐가고 있던 할머니를 도리상 찾아뵙기 위해
레이크사이드를 우연히 찾게 되었다. 그러던 차에, 지난 4년 동안 다른
일에 너무 몰입해 있느라 신문 구독료를 지불하지 않고 있던 포스터
부부를 찾아오게 된 것이었다. 6불이 미납이었다. 그 일이 아니었더라면,
그는 대대적인 환영을 받을 수 있었을 것이다. 당연히 틸버리 씨에 대해
알고 있을 것이고, 행운이 따라준다면 그가 이미 죽었다는 이야기도 해줄
사람이었기 때문이었다. 물론 그들은 어떤 질문도 할 수 없었다. 그런
질문은 유산을 포기하는 것이나 마찬가지였다. 그러나 그들은 그 문제
주변에서 맴도는 대화를 하면서도, 희망을 가질 수는 있었다. 그러나
바라던 목적을 얻을 수 없었다. 눈치 없는 편집장은 그들이 계속 집적대는
이유를 알지 못했다. 그러나 마침내 실패를 거듭하던 그들에게 행운이
찾아와 주었다. 은유적 수사가 반복되던 대화중에 편집장이 하소연하듯
소리쳤다.

"아이고, 틸버리 포스터만큼이나 힘들구먼!"

그 순간 포스터 부부는 벌떡 일어섰다. 편집장은 그들의 놀란 모습에
미안한 표정을 지으며 말했다.

"나쁜 뜻은 아니었소. 그저 우리들끼리 하는 말이오. 농담일 뿐이오. 다른
뜻은 전혀 없어요. 혹시 선생의 친척이오?"

샐리는 타오르는 갈망을 꾹꾹 눌렀다. 그리고 최대한 무관심한 어조로
대답했다.

"난…… 그 사람이 누군지도 몰라요. 하지만 그 사람에 대해 들어보기는
했지요."

편집장은 안도의 한숨을 내쉬었다. 그리고 원래의 차분함을 되찾았다.
샐리가 덧붙여 말했다.

"그 사람……. 그 사람……. 별일 없나요?"

"별일 없냐구요? 황천으로 간 지 벌써 5년이나 됐습니다!"

포스터 부부는 슬픈 듯이 몸을 부르르 떨었다. 그러나 오히려 기쁨을 감춘
슬픔으로 보였다. 샐리는 애매하게 그리고 망설이며 말했다.

"그래요, 인생이란 그런 거지요. 누구도 피할 수 없어요. 부자에게도
예외는 없지요."

편집장이 웃었다.

"선생 말에 틸버리도 포함된다면, 선생 말은 틀렸소. 그는 한푼도
없었어요. 마을 돈으로 그 사람을 묻어줬을 정도예요."

포스터 부부는 한동안 얼어붙어 있었다. 완전히 얼어붙어 있었다. 그리고
창백해진 얼굴로, 죽어 가는 목소리로 샐리가 물었다.

"정말입니까? 선생 말이 정말입니까?"

"그럼요! 나도 장례 집행인의 하나였으니까요. 그는 손수레 하나밖에 남긴
것이 없었어요. 손수레를 나에게 남겨주었지요. 하지만 바퀴도 없었고,

낡아서 쓰지도 못하는 것이었지요. 오히려 빚을 남겼지요. 그래서 내가
그를 위해 조그만 부고 기사를 썼지만, 기사가 넘쳐 빠지고 말았답니다."
포스터 부부는 듣고 있지 않았다. 그들의 잔은 이미 채워져 있었다. 더이상
담을 수가 없었다. 그들은 고개를 숙인 채 앉아 있었다. 아무 감각도
없었다. 그저 가슴만이 찢어질 따름이었다. 그렇게 한 시간이 흘렀다.
그들은 여전히 고개를 숙인 채 꼼짝 않고 앉아 있었다. 적막감만이 흘렀다.
손님은 이미 떠나고 없었다. 그들은 그것마저 의식하지 못했다.
마침내 그들이 움직이기 시작했다. 고개를 힘들게 들었다. 지친 표정이
역력했다. 서로의 얼굴을 꿈꾸듯이 망연자실하게 쳐다보았다. 그리고
두서도 없이 어린애처럼 서로에게 뭐라고 중얼대기 시작했다. 그러다가
간혹 깊은 침묵에 빠져들었다. 말을 제대로 끝내지도 못했다. 그러나 그런
것조차 깨닫지 못하는 것이 완전히 정신을 잃은 것 같아 보였다. 때때로
긴 침묵에서 벗어나면, 그들에게 무슨 일이 벌어졌다는 흐릿한 의식을
순간적이나마 갖는 것 같았다. 그리고 말없이 뜨거운 근심으로, 그리고
서로를 위로하고 동정하는 마음으로 그들은 서로의 손을 가볍게
쓰다듬었다. 그들의 다정한 모습은 이렇게 말하는 것 같았다.
"내가 당신 곁에 있어. 당신을 버리지 않을 거야. 함께 이번 일을 딛고
일어서는 거야. 언젠가는 이 고통에서 벗어나 잊게 될 거야. 언젠가는 무덤
같은 평화를 찾을 수 있을 거야. 참고 견디어야 해. 오래가지는 않을 거야."
그러나 그들은 머리 속으로 밤을 보내며 또 2년을 살았다. 언제나
이리저리 많은 생각을 거듭하고, 모호한 후회와 우울한 꿈에 싸여 있었다.
그러나 한마디도 말하지 않았다. 어느 날 둘은 동시에 해방을 맞았다.

샐리의 황폐한 마음에서 한순간 어둠이 걷혔다. 그 틈에 샐리가 말했다.
"건전하지 못한 방법으로 벼락부자가 된 것이 잘못이었어. 우리에게
조금도 득이 되지 않은 거야. 쾌락이 순간적인 것처럼 말이야. 그 때문에
우리는 없지만 단란하고 행복했던 삶을 내팽개쳤어. 다른 사람들이 우리를
본보기로 삼도록 해주어야 해."
그리고 샐리는 두 눈을 감고, 잠시 침묵에 잠겼다. 죽음의 냉기가 그의
심장을 타고 기어왔다. 의식이 뇌 속에서 점점 사라지고 있었다. 그는
투덜대듯 중얼거렸다.
"돈이 그 양반을 비참하게 만들었던 거야. 그래서 우리에게 복수를 했던
거야. 그 양반에게 해 될 일은 전혀 하지 않은 우리에게 말이야. 그
양반에게는 꿈이 있었어. 비열하고 교활한 생각으로 우리에게 3만 불을
남겨준 거야. 우리가 그 돈을 불리려다가 종국에는 삶을 망치고 상심하게
될 거라는 것을 알고 있었어. 그런 생각이 아니었다면, 그는 우리에게
넘치는 욕심이나 유혹거리를 남겨주지 않았을 거야. 그가 조금이라도 착한
사람이었다면 그렇게 했을 거야. 하지만 그에게는 관용도, 동정심도
없었어……."

맘대로 안 되는 유일한 것

1

한 젊은이에게 착한 요정이 바구니를 들고 찾아와 말했다.

"여기 선물이 있다. 하나만 가져라. 깊이 생각해서 지혜롭게 선택하도록 해라. 자, 지혜롭게 골라라! 이 중에서 단 하나만이 가치 있는 것이니까."

선물은 다섯 가지였다. 명성, 사랑, 돈, 쾌락, 죽음이었다.

젊은이가 말했다.

"생각할 게 뭐 있어."

그는 쾌락을 택했다.

그리고 그는 세상으로 나아가 탐닉할 쾌락을 찾아다녔다.

그러나 쾌락은 언제나 순간적이었고, 실망을 안겨주었다.

게다가 헛되고 무의미했다. 쾌락이 하나씩 사라질 때마다 그는 속는 기분이었다.

마침내 그가 말했다.

"이렇게 해서 많은 세월을 헛되이 보내고 말았어. 내게 다시 선택할 기회가 주어진다면, 좀더 현명하게 선택할 거야."

2

요정이 다시 나타나서 말했다.

"이제 선물이 네 개 남았다. 한 번 더 선택하도록 해라. 자, 기억해라. 시간은 날아가는 화살과도 같은 것이다. 이것들 중에서 하나만 소중한 것이다."

젊은이는 깊이 생각했다. 그리고 사랑을 택했다. 그러나 요정의 눈에 맺힌 눈물을 보지 못했다.

많은 세월이 흘렀다. 그 사람은 텅 빈 집에 덩그렇게 놓인 관 옆에 앉아 있었다.

그는 혼잣말로 중얼거렸다.

"모두가 떠나버렸어. 나만 남겨두고 말이야. 이제 그녀도 이 관 속에 누워 있어. 내 곁에 마지막까지 남아주었던 가장 소중했던 사람이었는데. 왜 이렇게 쓸쓸한 일만 거듭되는지 모르겠다. 사랑도 믿을 수 없어. 행복했던 시간보다 천 배나 많은 슬픔의 시간을 남겨주었어. 정말 사랑이 저주스러워!"

3

요정이 말했다.

"다시 고르도록 해라. 세월이 너에게 지혜를 주었을 것이다. 틀림없이 그랬을 것이다. 이제 선물은 세 개만 남았다. 이 중 오직 하나만이 가치 있다는 것을 명심하고 신중하게 선택하도록 해라."

그는 오랫동안 곰곰이 생각했다. 그리고 명성을 선택했다. 요정은 한숨을 내쉬며 멀리 떠나갔다.

세월이 흘렀고, 요정이 다시 찾아왔다. 시들어 가는 시간 속에 외토리로 앉아 생각에 잠겨 있는 그의 등 뒤에 조용히 내려섰다. 요정은 그의 생각을 알고 있었다.

"내 이름이 세상을 가득 채웠고, 모든 사람이 입술이 닳도록 나를 칭찬했었어. 그 동안은 나에게 부러울 것이 없었어. 하지만 그 시간은 너무도 짧았어! 질투가 시작되었고, 비난이 뒤따랐고, 그 후에도 비방과 증오와 학대가 차례로 계속되었어. 다음에 찾아온 조롱은 종말의 예고편이었어. 마지막으로 동정을 보내왔지만, 그것은 결국 명성의 장례식을 의미하는 것이었지. 오! 유명해진다는 것은 괴롭고 고통스런 것이야. 최고조에 달했을 때에는 무자비한 공격의 대상이 되는 것이고, 명성을 잃게 되었을 때에는 경멸과 동정의 대상이 되는 것이야."

4

요정의 목소리가 들렸다.

"다시 한 번 선택해라. 이제 선물은 두 가지가 남았다. 절망하지 말아라. 처음에도 가치 있는 것이 하나 있었지만, 지금도 그것이 남아 있다."

그가 소리쳤다.

"그래, 돈이 바로 힘이야! 지금까지 나는 아무것도 몰랐던 거야. 이제 내 인생도 살 만한 것이 될 거야. 이제부터 돈을 써대면서 눈이 휘둥그레질 정도로 살아볼 거야. 나를 모욕하고 경멸했던 사람들이 더러운 것을 가리지 않고 내 앞에서 무릎을 꿇고 기게 될 거야. 내 허기진 마음을 그들의 질투심으로 가득 채울 거야. 세상의 모든 호사품을 갖게 되고, 세상의 온갖 즐거움을 만끽하고, 기분을 맞춰줄 모든 것을 즐기고, 내 몸뚱이를 만족시켜줄 모든 것을 가질 거야. 살 거야. 무조건 살 거야. 복종심도 사고, 존경심도 사고, 명예도 살 거야! 그래서 이 몹쓸 세상이 장식품처럼 시장에 내놓는 인생의 가짜 훈장들을 몽땅 사버릴 거야. 그 동안 나는 너무 많은 시간을 헛되이 보냈어. 지금까지 잘못 선택했던 거야. 하지만 잊어버려야지. 지금까지 바보처럼 살았던 거야. 그럴듯해 보였던 것을 가장 좋은 것이라 착각했던 거야."

그리고 3년이란 짧은 세월이 지났다. 그 남자는 초라한 다락방 아래 앉아 떨고 있었다. 그는 몹시 여위었고, 안색도 파리했고, 눈도 움푹 들어가 있었다. 입고 있는 옷마저도 누더기와 다름없었다. 그는 말라빠진 빵을 뜯어먹으며 중얼거렸다.

"세상의 모든 선물이 저주스러워! 모두가 거짓이었고, 겉만 멀쩡한 속임수였어! 한결같이 이름이 잘못 붙여진 것들이야. 그것들은 선물이 아니라, 잠시 빌려준 것일 뿐이었어. 쾌락, 사랑, 명성, 돈, 이런 것들은 고통, 슬픔, 수치, 빈곤이란 영원한 현실을 일시적으로 감추어주는 수단일 따름이야. 요정의 말이 맞았어. 요정의 보물 창고에는 소중한 것이 딱 한 가지만 있다고 했어. 무가치하지 않은 것은 오직 하나뿐이야. 그 소중한 것에 비할 때, 다른 것들이 얼마나 천박하고 초라하고 무가치한 것인지를 이제야 깨달았어. 그것의 가치는 측량할 길이 없어. 너무도 소중하고, 감미롭고, 다정한 것이야. 내 몸을 힘들게 만드는 고통, 내 정신과 마음을 갉아먹는 슬픔과 수치심을 영원히 계속되는 평온한 잠에 빠져들게 해주는 것이야. 그것을 가져다줘! 나는 지쳤어. 이제 편안히 쉬고 싶어."

5

요정이 왔다. 선물을 네 가지만 들고 왔다. 죽음이란 선물은 없었다.
요정이 말했다.

"죽음은 이미 내 어머니의 귀염둥이에게 선물로 주었다. 그 아이는 아무것도 몰랐지만, 나를 믿고 나에게 선택해 달라고 말했지. 하지만 너는 나에게 선택해 달라고 부탁하지 않았어."

"오, 이제 나는 어떻게 해야 합니까! 이제 나에게 남은 것은 무엇입니까?"

"네가 당연히 받아야 할 것이지. 늙은이라 불리는 까닭 모를 모욕이야."

유머와 위트와 코믹의 차이

내가 이야기를 이야기답게 할 줄 아는 사람이라고 우길 생각은
없다. 난 그저, 여러 해 동안 둘째가라면 서러워할 이야기꾼들과
어울려 날마다 노닥거린 적이 있었던 덕에 어깨 너머로
이야기하는 방법을 배운 사람일 뿐이다. 이야기에도 여러
종류가 있지만, 그 중에서 가장 어려운 것이 유머러스한
이야기이다. 지금부터 이 어려운 이야기에 대한 이야기를 좀 해
보련다.

유머러스한 이야기가 미국인이라면, 코믹한 이야기는 영국인,
위트 있는 이야기는 프랑스인에 비유할 수 있다. 유머러스한
이야기는 이야기하는 "방법"에 좌우되는 반면, 코믹한 이야기와
위트 있는 이야기는 "소재"에 좌우된다. 유머러스한 이야기는
상당히 길게 늘려도 되고, 듣는 이가 즐거워만 한다면 옆길로
새어나가도 되고, 특별히 어디서 끝내야 한다는 규칙도 없다.

그러나 코믹한 이야기와 위트 있는 이야기는 짧막해야만 하며, 핵심을 찌르면서 끝내야 한다. 유머러스한 이야기는 조용히 낄낄대게 만들지만, 코믹한 이야기와 위트 있는 이야기는 폭발적인 웃음을 자아낸다. 유머러스한 이야기는 엄밀히 말하면 예술 작품이다. 아주 고급스럽고 섬세한 예술이다. 따라서 예술가만이 유머러스한 이야기를 할 수 있다. 그러나 코믹한 이야기와 위트 있는 이야기에는 예술이 필요 없다. 누구나 할 수 있다. 유머러스한 이야기—주의하시길, "입말"을 뜻하는 것이지 "글말"을 뜻하는 것이 아니다—를 하는 예술은 미국에서 창조되었고, 미국을 고향으로 삼는다. 유머러스한 이야기는 심각하게 해야 한다. 웃기는 이야기가 나올 거라는 낌새도 못 채도록 최선을 다해야 한다. 그러나 코믹한 이야기는 웃기는 이야기를 해주겠다고 미리 알려주고서, 열띤 기분으로 시작해서 이야기가 끝나면 가장 먼저 웃음을 터뜨린다. 멋지게 성공해 좌중의 웃음을 유발할 때면, 엄청 즐거워하며 이야기의 "핵심"을 되풀이하고, 이 사람 저 사람 얼굴을 훑어보고 박수를 끌어 모으면서 똑같은 이야기를 되풀이하게 된다. 옆에서 보기에 안쓰러워진다. 물론 장황하고 짜임새가 없는 유머러스한 이야기는 대개, 핵심이든, 초점이든, 똑딱단추든, 여러분이 뭐라고 부르든 상관없을 그런 것으로 끝난다. 그렇게 되면 듣는 사람은 긴장하기 마련이다. 대개는 이야기꾼이 자기는 핵심이 무엇인지 모르는 척, 의도적으로 얼렁뚱땅 핵심을 비켜가 듣는 사람의 관심을 핵심에서 따돌리는 방법을 쓰기 때문이다. 아르테무스 워드(Artemus Ward)는 그런 트릭을 제대로 사용했다. 눈치 느린 사람들이 그의 조크에 걸려들면 어느 대목에서 웃어야 좋을지 몰라 순진하게 놀란 눈으로 쳐다만 볼 것이다. 단 세트첼(Dan Setchell)은 그보다 먼저 그런 트릭을 썼다. 그리고 오늘날에는 나이(Nye)와 라일리(Riley)가 그런 트릭을 쓰고 있다.

그러나 코믹한 이야기를 하는 사람은 핵심을 얼렁뚱땅 넘기지 않는다. 그 대목에서 목소리가 커진다. 언제나 그렇다. 그래서 영어든 프랑스어든 독일어든 이탈리아어든 그런 이야기를 글로 표현할 때에는 이탤릭체로 하고 요란한 느낌표를 붙인다. 때로는 괄호까지 동원해서 설명을 덧붙이기도 한다. 바로 이런 짓 때문에 정말 짜증이 나고, 조크를 포기하고 더 멋진 걸 찾고 싶어진다.

이제부터 1,200~1,500년 동안 전세계에서 유행했던 짤막한 이야기를 통해서 코믹하게 이야기하는 법을 소개하려 한다. 코믹한 이야기는 이런 식으로 한다.

부상당한 군인

전쟁터에서 있었던 일이다. 한창 전투중에 다리에 총을 맞은 한 군인이 옆을 지나가던 병사에게, 총상을 입어 다리를 잃었다며 후방으로 옮겨달라고 부탁했다. 너그러운 전사의 후예는 부상당한 군인을 어깨에 짊어지고 후방으로 달리기 시작했다. 탄환과 포탄이 사방에서 날아왔다. 그때 포탄 하나가 부상당한 병사의 머리를 날렸다. 그러나 전사의 후예는 그것도 모른 채 계속해서 달렸다. 잠시 후, 한 장교가 그를 불러세워 물었다.

"자네 그 시체를 짊어지고 어디로 가는가?"

"후방으로 갑니다, 장교님. 이 친구가 다리를 잃었습니다!"

장교가 놀라서 물었다.

"뭐라고, 다리를? 자네는 머리를 다리라고 하나?"

그제야 병사는 깜짝 놀라서 부상병을 내려놓고 내려다보았다. 마침내 그가 입을 열었다.

"장교님, 장교님 말씀이 맞습니다."

그리고 잠시 후 덧붙였다.

"하지만 이 친구가 저한테 다리를 잃었다고 했습니다!!!!!"

여기에서 이야기꾼은 폭발적인 웃음을 터뜨리고 또 터뜨린다. 숨을 헐떡이고, 소리를 지르고, 숨이 컥컥 막히도록 핵심을 반복하고 또 반복한다. 이런 코믹 이야기는 기껏해야 1분 30초 정도면 족하다. 결국 이야기할 가치가 없는 이야기인 셈이다. 이런 이야기를 유머러스한 이야기로 바꾸어 하면 10분 정도가 걸리고, 마치 제임스 위컴 라일리(James Whitcome Riley)가 이야기하는 것처럼 내가 들어본 이야기 중에서 가장 재미있는 이야기로 둔갑할 수 있다.

그는 이런 이야기를 생전 처음 들어본 우둔한 늙은 농부처럼 이야기하는 사람이다. 그는 이 이야기가 말도 못 하게 재미있는 이야기라 생각하고서 이웃에게 들려주려고 애쓴다. 그러나 그는 이야기를 완전히 기억하지 못한다. 그래서 모든 것을 뒤집어놓고, 원본에는 있지도 않은 장황한 설명을 곁들이고 늘리면서 계속해서 우왕좌왕 옆길로 빠진다. 이처럼 의도적으로 어떤 부분을 생략하고 대신에 필요도 없을 것 같은 이야기를 끼워넣거나, 때때로 사소한 실수를 하면서 그런 실수를 수정하기 위해 이야기를 멈추기도 하고 때로는 그런 실수를 하게 된 이유까지 설명하거나, 잊은 것을 나중에야 기억해 내고 이야기 순서를 맞추기 위해 되돌아간다거나, 부상당한 병사의 이름을 말해주지 않았다는 것을 기억해 내고 그 이름을 생각해 내려고 적당한 대목에서 이야기를 멈추거나, 아니면 태연스레 병사의 이름이 실제로는 전혀 중요하지 않다는 둥, 어쨌든 병사의 이름을 알면 더욱 좋겠지만 그런 것은 본질이 아니라는 둥, 이런 식으로 이야기를 풀어간다.

이야기하는 사람은 순진한 척해야 하고, 스스로 즐겁고 행복한 기분에 젖어 있어야 한다. 또 자신의 감정을 억누르고 웃음이 터지는 것을 자제하기 위해서 가끔씩 이야기를 멈추어야만 한다. 감정은 억누르고 있지만, 속으로는 낄낄대면서 그의 몸은 젤리처럼 요동을 친다. 그렇게 10분의 시간이 지나면, 청중은 배꼽이 빠질 정도로 웃음을 터뜨리고 눈물까지 흘리게 된다.

늙은 농부의 단순함과 순진함, 그리고 성실함과 무지한 모습은 완벽하게 꾸민 것이다. 그리고 그 결과는 철저하게 유쾌하고 맛깔스런 연기이다. 이것이 바로 예술이다—섬세하고 아름답고, 오직 대가만이 해낼 수 있는 예술이다. 그러나 기계 같은 이야기꾼은 곧이곧대로 이야기할 따름이다. 내 주장이 맞는다면, 부적절하고 모호한 것을 하나로 꿰어가는 것, 그리고 그런 것이 모호하다는 것을 전혀 의식하지 못하는 척하는 것이 바로 미국식 예술의 기본이다. 두번째 특징은 핵심을 은근슬쩍 넘어가는 것이다. 세번째 특징은 겉으로는 전혀 모르는 척하면서 꼭 들어맞는 말 한 마디를 흘리는 것이다. 네번째이자 마지막 특징은 순간적인 멈춤이다.

아르테무스 워드는 세번째와 네번째 특징을 능란하게 써먹는다. 그는 생각만 해도 멋진 것 같은 이야기를 처음에는 의기양양하게 시작한다. 그리고 곧 자신감을 잃어버리고, 정신이 나간 것처럼 잠시 멈춘 후에는 혼잣말처럼 전혀 어울리지 않는 말을 불쑥 던진다. 그러나 바로 그 말이 광산을 폭발시키도록 의도된 말이고, 실제로 그런 효과를 발휘한다. 예를 들어, 그는 잔뜩 흥분해서 열띠게 "옛날 뉴질랜드에서 한 남자를 알게 되었는데, 그 사람의 머리에는 이가 하나 없었습니다"라고 시작한다. 여기에서부터 그의 열기는 사그라진다. 그리고 침묵 어린 사색이 뒤를 잇는다. 그리고 그는 꿈속에서 자신에게 말하는 것처럼 "그런데 그 남자는 내가 알았던 어떤 사람보다 북을 잘 쳤습니다"라고 말한다.

멈춤의 기교는 어떤 종류의 이야기에서도 무척이나 중요한 속성인 동시에 빈번하게 사용되는 기술이기도 하다. 기품 있고 섬세한 기술이기도 하지만, 동시에 불확실하고 곧잘 신뢰를 배반하는 기술이기도 하다. 왜냐하면 적절한 길이, 넘쳐서도 안 되고 모자라도 안 되는 정교함이 필요하기 때문이다. 그렇지 않으면 멈춤의 기교는 원래의 의도를 실패로 돌아가게 만드는 골칫거리가 되어버린다. 멈춤이 지나치게 짧으면 강한 인상을 주려는 핵심을 잃게 되고, 반대로 멈춤이 지나치게 길면 청중도 곧 반전이 있을 것이란 추측을 할 시간을 벌게 된다. 그렇게 되면 청중을 웃길 수 없다.

기차역에서 나는 간혹 흑인들에게 유령 이야기를 해주곤 했다. 그때마다 나는 이야기가 막바지로 치달을 때 멈춤의 기교를 사용했고, 멈춤의 기교는 전체 이야기에서 가장 중요한 핵심이었다. 내가 적절한 시간만큼 멈추었다면, 끝맺는 말에 충분한 효과를 주어 감수성이 강한 소녀로 하여금 외마디 비명을 지르면서 자리에서 벌떡 일어나도록 할 수 있었을 것이다. 바로 그것이 내가 목표로 삼았던 것이기도 했다. 다음 이야기는 "황금팔"이란 이야기로, 말하듯이 쓰여진 것이다. 이것으로 여러분도 혼자서 이야기하는 방법을 훈련해 볼 수 있을 것이다. 이야기를 멈추는 동안에는 시선을 딴곳으로 돌리고, 시간을 적절히 측정해야 한다는 것을 유념해야 한다.

황금팔

옛날에 한 가난한 남자가 살고 있었다. 그는 아내를 잃고 마을에서 떨어진 한적한 초원에서 혼자 살고 있었다. 아내가 죽었을 때, 그는 그 시체를 이 초원으로 가져와 묻었다. 그런데 아내에게는 황금팔이 있었다. 어깨 아래로 팔 하나가 모두 단단한 황금으로 되어 있었다. 그는 힘이 장사였다. 정말 힘이 좋았다. 그런데 그날 밤 그는 그 황금팔이 갖고 싶어서 도저히 잠을 이룰 수가 없었다.

자정이 되자 그는 더 이상 견딜 수 없었다. 그래서 자리를 박차고 일어나, 등불을 들고 부인의 시체를 묻어둔 곳으로 달려갔다. 그는 황금팔을 얻기 위해서 눈보라를 뚫고 무덤을 파기 시작했다. 눈으로 덮인 무덤을 계속해서 삽질했다. 있는 힘을 다해 삽질했다. 그러다 갑자기 삽질을 멈췄다. (여기에서 멈춤의 시간을 꽤 길게 가져야 한다. 놀란 표정을 지으면서 귀에 손을 대고 무슨 소리를 듣는 척한다.) 그리고 "이게 뭔

소리여?"라고 말했다.

그리고 그는 귀를 기울였다. 귀를 쫑긋했다. 바람 소리였다(여기에서 이를
한데 모아 바람 소리를 흉내내야 한다).

"휘이…… 이…… 잉……."

무덤 뒤에 뭔가가 있었다. 사람 목소리가 들렸다. 바람 소리에 뒤섞인 사람
목소리가 분명히 들렸다. 하지만 무슨 말인지 구분할 수가 없었다.

"휘……이……잉……. 누…… 가…… 내…… 화…… 앙…… 금……
팔…… 을…… 가…… 져…… 갔…… 지?" (이때 목소리를 심하게
떨어야만 한다.)

그는 온몸을 사시나무 떨듯이 떨었다.

"저…… 오, 저…… 어!"

바람에 등불이 꺼졌다. 게다가 눈보라마저 몰아쳐 얼굴까지 차갑게 얼었다.
그는 무릎으로 기다시피 해 집을 향해 도망치기 시작했다. 제정신이
아니었다. 여전히 사람 목소리가 들려왔다. (멈춤) 목소리가 그를
뒤쫓아오고 있었다.

"휘…… 이…… 잉……. 누…… 가…… 내…… 화…… 앙…… 금……
팔…… 을…… 가…… 져…… 갔…… 지?"

집이 눈앞에 보였다. 그런데 또 그 목소리가 들렸다. 이번엔 더 가까이에서
들렸다. 어둠과 비바람을 뚫고서 그의 바로 뒤까지 쫓아온 것 같았다.
(여기에서 바람 소리와 목소리를 다시 한 번 반복한다.) 집에
도착하자마자, 그는 곧바로 위층으로 달려 올라가 침대 속으로 뛰어들었다.
머리부터 발끝까지 온통 벌벌 떨고 있었다. 그런데 그 목소리가 또 들렸다!

끈질기게 쫓아왔다! (멈춤. 그리고 잔뜩 겁난 표정으로 무슨 소리를 듣는 자세를 취한다.) 계단을 올라오는 소리가 들렸다! 뚜벅— 뚜벅— 뚜벅. 마침내 그 소리는 방안까지 들어왔다!

곧 그 소리의 임자가 침대 옆에 우뚝 섰다! (멈춤) 그리고 고개를 숙여 그를 내려다보았다. 그는 숨조차 제대로 쉴 수 없었다. 그리고— 그리고 뭔가 차가운 것이 느껴졌다. 얼굴 바로 오른쪽이었다! (멈춤) 목소리의 임자가 그의 귀에 바싹 대고 말했다.

"누…… 가…… 내…… 화…… 앙…… 금…… 팔…… 을…… 가…… 져…… 갔…… 지?" (하소연하듯이 구슬프게 꾸며야 한다. 그런 다음 애처로운 표정을 지으며, 가장 멀리 떨어진 청중—어린 여자아이라면 더욱 좋다—을 물끄러미 쳐다본다. 그렇게 되면 깊은 침묵 속에서 공포 분위기가 조성되기 시작한다. 이렇게 적당한 정도의 멈춤을 가진 다음, 그 여자아이를 향해 갑자기 뛰어가면서 "바로 네가 가졌지!"라고 소리친다. 멈춤의 시간이 적당했다면, 여자아이는 깜짝 놀라 소리치면서 신발까지 벗어두고 도망치고 말 것이다. 무엇보다 중요한 것은 멈춤의 시간을 적절히 조절하는 것이다. 실제로 멈춤의 폭을 조절하는 것이 가장 어렵고 짜증나고 불확실한 부분이다.)

죽어도 죽지 않는 사내

이 저명한 흑인 남자의 생애에서 가장 극적인 부분은 죽음과
더불어 시작되었다. 말하자면, 그의 전기에서 결코 빼놓을 수
없는 이야기가 그의 첫번째 죽음과 동시에 시작되었다는
뜻이다. 그때까지 그는 알려진 바가 거의 없는 사람이었다.
그러나 그의 죽음과 동시에 우리는 그에 대한 소식을 끝없이
들어야 했고, 그 새로운 소식은 일정한 간격을 두고 어김없이
들려왔다.

그는 무척이나 파란만장한 삶을 살았던 사람이었다. 나는 그의
삶이 우리나라의 전기문학에 덧붙여져야 할 만큼 소중하다고
생각했다. 그래서 믿을 만한 소식통으로부터 자료를 수집하여
조심스레 대조하는 작업을 해왔다. 그 결과를 지금 여기다
공표하려고 한다. 나는 이 글이 내 조국의 청소년 교육에
필요한 참고자료가 되길 바라는 뜻에서 조금이라도 의심나는

부분은 철저하게 배제했다.

그 유명한 사람—워싱턴 장군의 몸종—의 이름은 조지였다. 만방에 이름을 드날렸던 주인을 반 세기나 충실하게 섬겨왔고, 그 오랜 세월 동안 장군의 보살핌과 신뢰를 한몸에 받았던 그는, 자신이 흠모해마지 않았던 주인이 포토맥 강변의 평화로운 무덤에서 영원히 쉴 수 있도록 안장하는 마지막 슬픈 의무를 다해야 했다. 그로부터 10년의 세월이 흐른 후인 1809년 그도 죽음의 길을 찾아 떠나, 그를 알고 있던 모든 사람들을 슬프게 했다. 그날 보스턴 관보(官報)는 그의 죽음을 다음과 같이 기록하고 있다.

고 워싱턴 장군의 총애받던 몸종 조지가 지난 화요일 버지니아 리치몬드에서 95세의 나이로 하나님을 부르심을 받았다. 그는 생을 마감하는 순간까지도 총기를 잃지 않고 지난 시절을 모두 기억하고 있었다. 그는 워싱턴이 두번째로 대통령에 취임하던 자리를 함께 지켰고, 그의 장례식에도 참석했었다. 또한 그 당시에 있었던 모든 사건을 또렷이 기억하고 있었다.

이때부터 워싱턴 장군의 충직한 몸종에 대한 소식은 1825년 5월 그가 다시 죽을 때까지 전혀 들리지 않았다. 그날 필라델피아의 한 신문은 그 슬픈 소식을 다음과 같이 전하고 있다.

지난 주 조지아 주 메이콘 시에서, 워싱턴 장군이 총애하는 몸종이었던 조지란 흑인이 95세의 나이로 하나님을 부름을 받았다. 그는 죽기 바로 직전까지도 전혀 흐트러진 모습을 보이지 않았다. 그는 워싱턴의 두번째 취임식, 워싱턴 장군의 죽음과 장례식, 콘윌리스의 굴복, 트렌튼 전투, 포지 계곡에서 겪은 역경까지, 모든 것을 또렷하게 기억하고 있었다. 고인은 메이콘 시민의 애도 아래 장지로 옮겨졌다.

1830년 7월 4일, 1834년과 1836년에도, 조지는 그날 강단에 올랐던 연사들의 뜨거운 주제가 되어야 했다. 1840년 11월, 그는 또 한 번의 죽음을 맞았다. 그 달 25일에 발행된 세인트 루이스의 〈리퍼블리컨〉지는 다음과 같은 기사를 내보냈다.

혁명의 증인이 죽음을 맞이하다

한때 워싱턴 장군이 총애하던 몸종이었던 조지가 이 도시의 존 리번워스 씨의 집에서 95세의 나이로 어제 사망했다. 그는 죽음을 맞이하던 순간까지 온전한 정신을 유지하고 있었고, 워싱턴 대통령의 두 번의 취임식과 사망, 콘윌리스의 항복, 트렌튼 전투와 몬머스 전투, 포지 계곡에서 겪은 애국 독립군의 역경, 독립선언문의 공포, 버지니아 주 하원의원들 앞에서 행했던 패트릭 헨리의 연설, 그리고 감동을 불러일으킬 만한 과거의 많은 사건들을 또렷이 기억하고 있었다. 백인 중에서도, 이 노령의 흑인만큼이나 많은 눈물을 흘리게 했던 사람은 거의 없었다. 장례식에도 많은 조문객들이 참석했다.

그 후 10~11년 동안, 조지란 인물에 대한 소식은 7월 4일의 축제일이 다가오면 이 나라 각지에서 이따금씩 들려왔고, 강단에서도 그를 추어세우는 강연이 끊이지 않았다. 그러나 1855년 가을, 그는 또 한 번의 죽음을 맞아야 했다. 캘리포니아의 신문들은 그 사건을 다음과 같이 보도하고 있다.

조지(과거 워싱턴 장군의 충직한 몸종)가 마침내 95세를 일기로 3월 7일 더치 플랫에서 사망했다. 그는 마지막 순간까지 기억이 또렷했다. 그는 흥미로운 과거사를 담은 놀라운 보물창고였다. 워싱턴 대통령의 두 번의 취임식과 사망, 콘월리스의 굴복, 트렌튼 전투와 몬머스 전투와 번커 언덕 전투, 독립선언문의 공포, 브래드독의 패배까지도 정확하게 기억하고 있었다. 조지는 더치 플랫에서 한껏 존경을 받으며 살고 있었다. 고인의 장례식에 참석한 조문객만도 1만여 명으로 추정된다.

문제의 인물, 조지가 마지막으로 사망한 때는 1864년 6월이었다. 현재까지 확인한 바에 따르면, 그때 그는 영원한 죽음을 맞이한 것으로 추정된다. 미시건 주의 신문들은 그 슬픈 사건에 대해서 다음과 같이 언급하고 있다.

또다른 혁명의 자취가 떠나다
유색인으로 한때 조지 워싱턴이 총애하던 몸종이었던 조지가 95년이란 장수를 누린 끝에 지난 주 디트로이트에서 사망했다. 죽음을 맞이하던 순간까지, 그의 총기는 전혀 흐려지지 않았다. 그는 워싱턴의 두 번의 취임식과 사망, 콘월리스의 굴복, 트렌튼 전투와 몬머스 전투와 번커 언덕 전투, 독립선언문 공포, 브래드독의 패배, 보스턴 항구 차 투척 사건, 그리고 최초 이주자들의 상륙 사건을 또렷하게 기억하고 있었다. 그는 많은 아쉬움을 남긴 채 일생을 마감했고, 수많은 조문객들에 둘러싸여 무덤으로 향했다.

이렇게 충직한 늙은 하인은 사라졌다! 우리는 그가 다시 나타날 때까지 더 이상 그를 만나지 못할 것이다. 그는 길고도 찬란했던 사망의 경력을 이렇게 끝냈고, 영원한 안식을 얻은 사람들이 잠들어 있듯이 이제 평화롭게 잠들어 있다. 그는 모든 점에서 나무랄 데가 없는 사람이었다. 그는 역사를 수놓았던 어느 유명인보다 오랜 삶을 살았고, 나이를 먹을수록 기억은 더욱 또렷해져 갔다. 그가 다시 죽기 위해 살아난다면, 그는 아마도 미국 대륙을 발견했던 당시까지 기억해 낼 것이다. 그가 언론의 악평이 따라잡지 못한 불분명한 곳에서 한두 번 사망했을 수는 있을지라도, 앞서 말한 그의 간단한 이력이 대체적으로 사실이라고 믿는다. 내가 인용했던 그의 사망기사들이 공통적으로 저지른 한 가지 실수를 나는 찾아냈다. 그런 실수는 바로잡아야만 한다. 신문기사들은 한결같이 조지가 95세에 사망했다고 말하고 있다. 이런 일은 있을 수가 없다. 한두 번 정도는 그 나이에 사망했을지도 모른다. 하지만 무한히 계속해서 똑같은 나이에 사망할 수는 없다. 그가 처음 사망했을 때의 나이가 95세였다고 가정한다면, 그가 마지막으로 사망했던 1984년에는 151세가 되어야 한다. 그러나 그의 나이는 그의 기억을 따라가지 못했다. 마지막으로 죽었을 때, 그는 1620년 경에 있었던 최초의 이주자들이 상륙하던 모습을 또렷이 기억했다. 그가 그 장면을 목격했을 때의 나이는 20세 안팎이었을 것이다. 따라서 워싱턴 장군의 몸종은 마지막으로 일생을

마쳤을 때 260세 내지는 270세 부근이었다고 주장하는 편이 오히려 맞는
셈이다.

문제의 주인공이 확실히 우리 곁을 떠났는지 확인해 보기 위해서, 나는
시간의 정확한 폭을 따져본 후에 그의 전기를 자신 있게 발표한 것이며,
슬픔에 잠긴 국민들에게 그 소식을 겸손한 마음으로 전달하려는 것이다.

추신―나는 이 악명 높은 늙은 사기꾼이 알칸사스에서 또 다시
사망했다는 소식을 신문에서 보았다. 알려진 그의 사망 소식만 해도
이번으로 여섯번째이며, 언제나 다른 장소이다. 워싱턴 장군 몸종의 사망
소식은 더 이상 새로운 것이 아니다. 그 매력도 이제는 식어버렸다.
사람들도 이제는 그 소식에 신물을 낸다. 이제 그만둘 때가 되었다.
선의였겠지만 잘못된 길을 택한 그 흑인은 여섯 마을에 공식적으로 매장
비용을 청구하지 않았지만, 수만 명의 선량한 사람들을 속여서 무덤까지
그를 따라오게 했다. 물론 조문객들도 특별한 명예가 자신들에게 주어지고
있다는 환상을 버리지 못했을 것이다. 그러나 이제 그를 영원히 잠들게
해주자. 또한 미래의 어느 때에 워싱턴 장군의 충직했던 유색인 몸종이
또다시 죽었다는 소식을 세상에 발표하는 언론은 엄격한 검열을 받아야 할
것이다.

두 살바기 꼬마의 농담

요즘 어린아이들은 거의 다 "짱인 것"을 가리킬 때 듣기 거북할
정도로 버릇없는 말을 쓰는 것 같다. 특히 입을 다물고 있으면
좋을 것 같은 때에 더 그런 기분을 느끼게 한다. 그런 톡톡
튀는 말들만 주워 모아 실은 표본 같은 요즘 출판물을
살펴보면, 요즘 어린이는 바보 멍청이보다 나을 것이 없다는
생각이 든다. 부모들도 어린이보다 나을 것이 없다. 바로
부모들이 우리를 어리둥절하게 하는 유치하고 어리석은
말장난으로 채워진 책을 만들어내는 장본인이기 때문이다.
내가 개인적인 악의에서 비롯된 의심을 품고 이런 말을 하는 게
아니다. 오히려 뜨거운 가슴으로 진실을 말하고 있다. 솔직히
말해서, 재능 있는 많은 어린이들에 대한 이야기를 들을 때면
무척이나 짜증스럽다. 내가 어렸을 때에는 그렇게 톡톡 튀는
말을 좀처럼 쓰지 않았다. 나도 한두 번은 그런 말을 써보려 한

적은 있었으나, 반응이 영 신통치 않았다. 가족들도 내가 내 나이에
어울리지 않는 말투를 쓰리라곤 상상도 못 했기 때문에, 그런 짓을 할
때면 호된 꾸지람을 받기도 했고 엉덩이를 얻어맞기도 했다.

만약 내가 아버지 앞에서 요즘 세대인 네 살짜리 어린애가 거침없이
뱉어내는 그런 낱말을 몇 개라도 입밖에 냈을 때 나에게 일어났을 일을
상상해 보면, 온몸에 소름이 돋고 피가 거꾸로 돌아가는 느낌이다. 우리
아버지는 내 껍질을 벗겨내는 것으로 당신의 의무를 다했다고 생각했을
테고, 그런 범죄적 차원의 체벌을 결코 용서받을 수 없는 죄에 대한
관대한 처분 정도로나 여기셨을 분이다.

우리 아버지는 엄하고 웃음이 없는 분이셨다. 그리고 되바라진 것을
몹시도 싫어하셨다. 아버지 듣는 데서 못된 말을 했다면, 아버지는 나를
박살내고 말았을 것이다. 우리 아버지는 정말로 그렇게 하실 양반이었다.
그럴 기회가 있다면, 틀림없이 그렇게 하고도 남았을 것이다. 그러나
나에게는 먼저 스트리키닌(일종의 흥분제―옮긴이)을 꿀꺽 삼키고 못된 말을
나중에 써먹을 정도의 충분한 판단력이 있기 때문에, 그런 일은 벌어지지
않았다.

그런데 내 깨끗한 기록은 단 한 번의 신소리 때문에 그 광채를 잃고
말았다. 우연히 그 소리가 아버지 귀에 들어가고 말았다. 아버지는 나를
죽일 듯한 기세로 온 동네를 샅샅이 뒤지며 나를 잡으러 다녔다. 내가
좀더 철이 들었더라면, 아버지의 그런 행동이 타당한 것이라 이해했을
것이다. 그러나 나는 너무 어렸기 때문에 내가 한 짓이 얼마나 나쁜
짓인지 전혀 알 수가 없었다. 나는 그 전에도 소위 "짱인 것"이라

일컬어지는 말을 한 적이 있었다. 그러나 신소리 정도는 아니었다. 어쨌든 그 사건 때문에 아버지와 나는 심각한 지경에까지 이를 뻔했다.

아버지와 어머니, 에프라임 삼촌 내외, 그리고 한두 사람이 더 모여 앉아 이야기를 나누고 있었다. 화제는 내 이름을 바꾸는 것이었다. 나는 어른들 옆에 누워서 여러 가지 모양의 고무 고리를 씹어보면서 어느 것을 택할까 고심하고 있었다. 이를 갈기 위해서 어른들의 손가락을 씹는 데도 신물이 났고, 이가 훨씬 빨리 자랄 수 있는 비법을 터득하여 다른 것까지도 얻어내고 싶었기 때문이었다. 여러분도 이를 갈기 위해서 유모의 손가락을 씹는 게 얼마나 불쾌한 일이고, 엄지손톱에 대고 이를 가는 게 얼마나 힘들고 귀찮은 일인지 경험한 적이 있을 것이다. 그런 인고의 노력을 바치고도 결국 아무것도 얻어내지 못하면, 이가 절반 정도 났을 때 여러분의 이가 여리고 성 안에 있기를 바라지 않았던가? 나에게는 이런 모든 일들이 바로 어제 일어난 일처럼 기억에 생생하다. 실제로 바로 어제 이런 일을 경험한 아이들도 있을 것이다. 여하튼 이건 본론에서 벗어나는 이야기고, 나는 어른들 옆에 누워서 고무 고리를 고르고 있었다. 그리고 시계를 보고, 그로부터 1시간 25분이 흐르면 내 나이가 두 살이 된다는 걸 알고 있었다. 하지만 나에게 아낌없이 베풀어진 축복에 비해선 너무도 한 일이 없다는 생각이 들었다.

아버지가 말했다.

"아브라함이란 이름이 좋겠다. 우리 할아버지 함자도 아브라함이었으니까."

어머니가 말했다.

"아브라함, 좋은 이름이에요. 좋아요. 아브라함이란 이름을 지어주죠."

내가 말했다.

"아브라함이란 이름은 대통령에게 어울리는 이름이에요."

아버지는 얼굴을 찡그렸다. 어머니는 기쁜 표정을 지었다. 숙모가 말했다.

"정말 똑똑하구나!"

아버지가 말했다.

"이삭이란 이름도 괜찮고, 야곱이란 이름도 괜찮아."

어머니도 박수를 치며 말했다.

"더 좋은 이름이 없을 것 같아요. 그럼 이삭이나 야곱이란 이름도
추가하구요."

내가 말했다.

"좋아요. 이삭이든 야곱이든 두 분을 위해서라면 좋아요. 그런데 저 딸랑이
좀 주세요. 이 고무 고리를 하루종일 씹고 있을 수는 없잖아요."

그러나 훗날 책으로 내기 위해서 내 말을 기록해 두는 사람은 아무도
없었다. 나는 그런 현실을 알고 있었기 때문에 내가 직접 기록해 두었다.
그렇지 않으면 내 말이 완전히 잊혀질 것이기 때문이었다. 지적으로
뛰어난 재능을 보였던 다른 아이들처럼 관대한 격려를 받기는커녕, 나는
화가 치민 아버지의 잔뜩 찌푸린 얼굴을 보아야 했다. 어머니도
금방이라도 눈물을 터뜨릴 것처럼 불안해했다. 숙모의 얼굴에서도 내가
너무 지나쳤다고 생각하는 표정을 읽을 수 있었다. 나는 고무 고리를 힘껏
씹으며 심술을 참았다. 그리고 아무도 몰래 딸랑이로 아기고양이의
머리통을 쥐어박곤 입을 꾹 다물고 있었다.

이번에는 어머니가 먼저 말했다.

"사무엘이란 이름도 무척 듣기 좋아요."

나는 폭풍이 다가오는 것을 느낄 수 있었다. 어떤 것도 그 폭풍을 막을 수 없었다. 나는 딸랑이를 살짝 내려놓았다. 그리고 삼촌의 은시계, 옷솔, 장난감 개, 병정 인형, 그리고 내가 잘 갖고 놀던 물건들, 이리저리 뜯어보며 생각에 잠겼던 물건들, 재미있는 소리를 냈던 물건들, 건전한 즐거움을 위해 두들기고 때리고 깨뜨려 보았던 물건들을 하나씩 아기침대 안으로 던져 넣었다. 그리고 외투를 입고, 작은 모자를 썼다. 손톱만큼이나 작은 신발을 한 손에 들고, 다른 손에는 막대사탕을 들었다. 그리고 마루로 기어나갔다.

"이제는 비바람이 폭풍우로 변하더라도 모든 준비를 끝냈어."

나는 전열을 가다듬어 크고 단호한 목소리로 말했다.

"아버지, 저는 받아들일 수 없어요. 사무엘이란 이름을 받아들일 수 없어요."

"이놈!"

"아버지, 제 뜻은 분명해요. 절대로 받아들일 수 없어요."

"왜냐?"

"그 이름에서는 견딜 수 없는 혐오감이 느껴져요."

"이놈! 말도 안 되는 소리 하지 마라. 얼마나 많은 위대하고 훌륭한 사람들이 사무엘이란 이름을 가지고 있었는데."

"아버지, 저는 금시초문입니다. 예를 들어 보세요."

"뭐라고! 예언가 사무엘이 있지 않느냐! 위대하고 훌륭한 분이 아니었더냐?"

"그렇다고 생각지 않습니다."

"이놈! 하나님께서 직접 그 분의 목소리로 사무엘이라고 불렀다."

"맞습니다. 하지만 하나님은 사무엘을 불러오기 위해서 두 번씩이나 그
이름을 불러야 했습니다."

그리고 나는 달아났다. 준엄한 노인께서도 나를 쫓아 달려왔다. 아버지는
다음날 정오가 되어서야 나를 잡을 수 있었다. 아버지와의 대화가 끝난 후,
나는 사무엘이란 이름을 인정해야 했고, 호된 매질과 따끔한 교훈을
들어야 했다. 이런 합의를 통해서 아버지의 분노는 가라앉았고, 내가
조금이라도 비뚤게 나갔다면 영원히 돌이킬 수 없었을 오해의 웅덩이가
메워졌다. 그러나 이 조그만 사건으로 판단해 보건대, 오늘날 "두
살바기들"이 공공연히 말해 대는 노골적이고 천박한 낱말을 내가 아버지
앞에서 썼더라면, 과연 우리 아버지는 나를 어떻게 하셨을까? 만약
그랬더라면 우리 집안에서 유아살해 사건이 벌어지고도 남았을 것이다.

진짜 허풍 맛

다음 글은 보스턴의 〈애드버타이즈〉에 실린 기사에서 발췌한
것이다.

마크 트웨인에 대한 한 영국인의 비평

마크 트웨인의 유머에서 가장 성공적인 부분은 그의 유머를 전혀
올바르게 평가해 주지 않은 사람들을 겨냥한 글에서 찾아볼 수
있다. 우리는 마크 트웨인이 신문기자들의 기사 작성 태도를
멋들어지게 풍자한 글에서 몸서리치는 짜릿함을 즐기는
캘리포니아 사람들을 자주 만날 수 있다. 그리고 우리는 《해외의
죄없는 사람들》이란 그의 저작을, 애처롭게도 "아담의 무덤
앞에서 눈물을 흘릴 수 있는 사람만이 죄없는 사람임에
틀림없다(영어 "idiot"는 "바보" 혹은 "죄없는 사람"이라는 두 가지 뜻이
있다—옮긴이)"는 짤막한 글과 함께 돌려주었던 펜실베이니아의

성직자에 대한 이야기도 들었다.

그러나 마크 트웨인은 지금도 자신의 정력적인 성과에 훨씬 멋들어진 활약을 덧보태고 있다. 지난 10월 8일자 〈새터데이 리뷰〉는 영국에서 출판된 마크 트웨인의 여행기를 간략하게 소개하는 서평을 싣고 있다. 우리는 이 유머리스트가, 그가 지닌 힘을 칭송하는 그 기사를 읽으면서 즐거워하는 모습을 상상해 볼 수 있다. 사실 이 기사는 그 자체로도 흥미진진하여, 그가 틀림없이 이 기사 전문을 자신의 비망록에 옮겨둘 것 같다.

(이 기사를 여기 이렇게 소개했으니 〈새터데이 리뷰〉에 실린 기사의 전문도 다시 소개하지 않을 수 없다. 나 역시도 그렇게 맛깔나는 글은 절반도 흉내낼 수 없을 것이기 때문에, 꼭 그렇게 하고 싶었다. 이 영국인의 비평을 읽고서도 권위를 내세우려는 융통성 없는 개가 내 곁에 있다면, 나는 과감히 그 개를 문 밖으로 쫓아내버릴 것이다.)

(런던의 〈새터데이 리뷰〉에서 발췌)

신간 안내
《해외의 죄없는 사람들》
여행기, 저자 마크 트웨인.
호튼 출판사, 1870년, 런던.

맥컬리 경은 너무 일찍 죽었다. 우리는 이 엉뚱하기 짝이 없는 책의 마지막

페이지를 넘겼을 때 그런 사실을 더욱 절실하게 느껴야 했다. 맥컬리 경은 너무 일찍 죽었다. 왜냐하면 그를 제외하고는 어느 누구도 이 작가의 오만함, 건방짐, 뻔뻔스러움, 거짓말, 그리고 무엇보다도 무지막지한 무지를 완벽하고 폭넓게 공정한 입장에서 평가할 수 없기 때문이다.

《해외의 죄없는 사람들》을 별난 책이라 평가하는 것도 엄청 소심한 언어로 표현한 것일 따름이다. 이것은 마치 마테호른(스위스와 이탈리아 국경에 있는 4,505미터 높이의 산―옮긴이)을 아담한 산이라 표현하고, 나이아가라를 "멋지다" 혹은 "귀엽다"고 표현한 것이나 다름없다.

"별난"이란 말은 너무도 무기력한 낱말이어서, 그런 표현으로는 이 책의 오만방자함을 제대로 담아낼 수 없다. 따라서 우리는 이 책과 그 저자에 대해서 간단히 소개하고, 평가는 독자에게 맡기려 한다. 인정(人情)과 양식을 겸비한 영국 학생은 마크 트웨인이란 인물이 다음에 기술한 것들을 능히 해낼 수 있는 사람으로 상상해 보기 바란다. 그런 일을 할 뿐 아니라, 믿어지지 않을 정도로 무분별하게 그런 것들을 한 권의 책으로 조용하고 말없이 출판까지 할 수 있는 사람이다.

예를 들어, 그는 파리에서 면도를 하기 위해 이발소를 찾았다. 이발사가 면도기를 들고 그에게 보여주었던 "제초작업"의 첫단계가 그의 "가죽 혁띠"를 푸는 것이었단다. 그래서 의자에서 벌떡 일어나야 했다고 말하고 있다. 지나칠 정도로 과장된 표현이다. 플로렌스에서 그는 거지들 때문에 너무나 짜증스러워, 광적인 복수심으로 한 거지를 붙잡아 잡아먹는 척했다. 물론 이런 이야기는 사실이 아닐 것이다. 또 그는 콜롯세움의 더럽고 곰팡이 낀 쓰레기 더미 속에서 발견했다고 주장하는 1천 7백 년 혹은 1천 8백 년 묵은 연극

프로그램에 대해서도 상세히 설명한다. 그러나 이런 글에 대해서는, 주철로 만든 프로그램조차도 그런 환경에서는 그렇게 오랜 세월을 견딜 수 없다고 지적하는 것으로 충분할 것이다.

그리스에서 그는 어떤 사건을 피해 두려움에 질려 달아나야 했던 일을 간단하게 속여넘긴다. 그는 그 달아났던 일을, 냉정하고 오만하게 "우리는 피라에우스를 향해 옆걸음질쳤다"고 왜곡된 표현으로 은근슬쩍 넘겨버린다. "옆걸음질쳤다!" 사실이었을 것이다. 그는 에페수스에서 겪었던 일도 서슴지 않고 그런 식으로 넘어간다. 당시 그가 타고 있던 노새가 정상적인 길에서 벗어났단다. 그래서 그는 노새에서 내려 노새의 목을 붙잡고 다시 길로 끌어올려야 했다. 그는 노새에게 올바른 길을 가르쳐주고 다시 노새에 올라타서는, 그 동물이 다시 길을 떠날 만큼 회복될 때까지 마음 편히 잠이 들었단다. 또 그와 배를 같이 탔던 승객들 중에는 한창 나이라 식간의 허기를 비누와 뱃밥으로 달래는 습관이 있는 어린이가 있었다고도 말한다.

팔레스타인에 이르러서는, 사막에서 여름을 보내기 위해서 식량을 짊어지고 무려 11마일을 여행하는 개미에 대해서 말한다. 그러나 그 나라의 정경을 묘사하면서는 개미의 그런 이동이 불가능함을 보여준다. 또한 무척이나 흔히 있는 일인 것처럼, 예루살렘에서는 백주대낮에 한 회교도를 고드프리 드 부이용의 검으로 두동강냈으며, 그 자가 개인 소유의 묘지를 가진 사람이었다면 더 많은 피를 보게 해주었을 것이라고 말한다. 이런 글들은 눈곱만큼의 관심마저 기울일 가치가 없다. 트웨인이 아니더라도 예루살렘에서 그런 짓을 한 외국인은 누구를 막론하고 사람들에게 에워싸여 필경 목숨을 잃어야 했을 것이다.

그런데 그는 왜 계속 이런 소릴 하는가? 안하무인으로 분노를 불러일으키는 거짓말을 그는 왜 되풀이하는가? 이 의문에 적합한 해답을 찾아보자. 그는 "콘스탄티노플의 성 소피아 성당에서는, 껌과 진흙과 끈적거리고 더러운 것에 두 발이 달라붙어, 그날 밤 장화를 벗겨내려고 구두 주걱을 2천 번 이상 사용해야 했다. 그 때문에 어떤 기독교인은 발뒤꿈치 살갗이 벗겨지기도 했다"고 말하고 있다. 말도 안 되는 소리다. 이런 글은 순 거짓말이다. 거짓말이란 말 이외에는 달리 표현할 길이 없다.

이처럼 터무니없는 거짓말로 얼룩진 책, 입을 다물지 못하게 만드는 거짓말의 화수분인 《해외의 죄없는 사람들》이 미국의 중·고등학교와 대학에서 교과서로 채택되었다는 사실에서, 독자들은 미국이란 나라에 팽배해 있는 야만적인 무지에 경악하지 않을 수 없을 것이다. 그의 거짓말이 독자를 왜곡시킨다면, 그가 무지하고 무분별하다는 이유만으로도 그 책을 불태워 그를 경멸하기에 충분하다.

그는 또 어떤 곳에서는 살해당한 사람의 시체가 달빛에 갑자기 드러나는 것을 보고 너무 놀라 창틀까지 깨고서 창 밖으로 뛰어내렸다고 한다. 그리고 그는 유치할 정도로 순박하게 "다행히 상처를 입지는 않았지만 끔찍하게 놀랐다"고 말하고 있다.

루크레지아 보르지아(1480~1519. 이탈리아의 페라레 공작의 세번째 부인으로 예술과 문학을 적극 후원했다. 빅토르 위고가 그녀의 이름을 딴 제목으로 희곡을 쓰기도 했다―옮긴이)가 무대 밖의 실제인물이란 사실조차 몰랐던 그 바보 때문에 우리 인내는 한계를 넘어선다. 그는 외국어라고는 몰랐다. 그러나 이탈리아 사람들이 자기네 나라 언어만을 사용한다고 비난할 정도로 순진하다. 그

증거로 그는 이탈리아 사람들이 자기네 나라 출신의 위대한 화가의 이름을 "빈시(Vinci)라고 쓰고서 빈치(Vinchy)라고 발음한다"고 말한다. 이렇게 치유불가능한 무지에서 비롯된 순박함으로 "외국인들은 항상 발음보다는 더 멋진 문자를 가지고 있다"고 덧붙인다.

로마에서 그는 필립 네리 성자의 가슴이 하나님을 향한 사랑으로 불타올라 그의 갈비뼈를 태웠다는 전설을 그대로 믿어버린다. 이름 뒤에 주줄이 학위를 내건 분께서 그 전설을 확인해 주었다는 이유만으로 믿어버린다. 그리고 마음씨 착한 이 얼간이는 "만약 그렇지 않았다면, 필립이 저녁으로 무엇을 먹었을까 궁금했을 것이다"고 말한다.

이 책의 작가는 독가루를 개에서 시험해 보려고 카네의 동굴까지 멀고도 피곤한 여행을 한다. 그는 실험을 위한 준비를 교묘하게 끝내지만, 대상으로 삼을 개가 없다는 사실을 나중에야 깨닫는다. 조금만 지혜로웠다면, 그런 일을 자기만의 비밀로 덮어두었을 것이다. 그러나 그 천진한 인간은 모든 것을 드러낸다. 그는 폼페이에서 발굴된 2천 년 전의 바퀴 자국에 발을 다친다. 그리고 다음 구역에서 땅 위로 파헤쳐진 숯이나 다름없는 시체를 말끄러미 내려다보고 옛날 교통경찰의 시체일 것이라 생각하고선, 두려움을 씻어내고 명랑함을 되찾는다.

다마스커스에서는 3천 년의 역사를 자랑하는 아나니아스 우물을 찾아간다. 그 물이 "어제 판 우물만큼이나 시원하고 맑은 것"을 알고서는 어린아이처럼 놀라고 즐거워한다. 성지에서는 어려운 아랍어와 히브리어로 성경에 나온 명칭들을 필사적으로 흉내내 보지만, 결국에는 "철자법의 편이성"이란 핑계로 그곳들을 볼드윈스빌, 윌리암스버그 등등으로 불러대고 만다.

우리는 지금까지 이 저자의 놀라운 단순성과 순박함에 대해서 거리낌없이
이야기해 왔다. 그러나 그의 엄청난 무지까지도 그런 식으로 처리해 버릴
수는 없다. 솔직히 이건 어디에서 시작해야 할지를 모르겠다. 설사 어디에서
시작해야 하는지를 안다 하더라도 끝낼 곳을 모르게 될 것이다. 한 가지 예를
들어 보이겠다. 단 한 가지로 족하다. 그는 로마에 이를 때까지 마카엘
안젤로가 죽은 사람인지조차 몰랐다! 로마에 도착해서도, 어디론가 기어
들어가 부끄러운 무지를 감추려 하기보다는 안젤로가 죽어서 다행히
고민거리가 해결되었다는 경건한 만족감을 드러내 보인다.

독자 여러분도 이 저자가 자신의 무지함을 드러내보이는 부분을 쉽게 찾아낼
수 있을 것이다. 이 책은 엄청나게 많은 부분에서 거짓말을 하고 있으며, 또한
그런 거짓말을 너무도 자신만만하게 기술하고 있기 때문에 위험천만한 책이라
하지 않을 수 없다. 그럼에도 불구하고 이 책이 미국의 학교에서 교과서로
채택되어 있다.

이 가련한 실수투성이 바보는 옛 거장들의 숭고한 창조물 사이를 어슬렁대며,
유치한 수준의 예술지식을 우아하게 가꾸어보려 한다. 여행가로서 보여줄 수
있는 당연한 태도이다. 그러나 그가 보여주었던 자세는 어땠던가? 그렇게
해서 그는 무엇을 얻어냈는가? 위대한 이탈리아 예술에 그는 어느 정도까지
친숙해졌는가? 그리고 어느 정도까지 그 예술품들을 소화해 낼 수 있었는가?
그의 글을 읽어보자.

"사자와 거닐며 하늘을 쳐다보는 수도사를 보게 되면, 그가 마가 성자라는
것을 알 수 있다. 책과 연필을 들고 하늘을 조용히 쳐다보며 낱말 하나를
생각해 내려고 고심하는 수도사를 보게 되면, 그가 마태 성자라는 것을 알 수

있다. 바위에 앉아 하늘을 조용히 올려다보며 다른 짐은 없이 옆구리에 사람
해골을 끼고 있는 수도사를 보게 되면, 그가 제롬 성자라는 것을 알게 된다.
왜냐하면 제롬 성자는 언제나 짐을 벗고 가볍게 날아다녔기 때문이다. 하늘을
우러러보고 있지만 별다른 특징이 없는 수도사들을 보게 되면, 그들이
누구냐고 묻고 싶어진다. 우리는 겸손한 마음으로 배우기를 원하기 때문에
그렇게 한다.”

그리고 나서 그는 자기가 직접 보았던 몇몇 작품들에 대한 오만 가지
모사품들을 열거하고, 모사품들을 “더 많이” 보면서 더 폭넓은 경험을 갖게 될
때 “그 작품들에 깊은 관심을 갖게 될 것”이라고 덧붙이는 본연의 우둔함을
보여준다. 천박한 시골뜨기!

우리가 이 책을 주목할 만한 책이라 말하는 것에 누구도 이의를 제기하지
않을 것이다. 남을 쉽게 믿고 교육받지 못한 사람들이 이 책을 읽게 될
경우에는 치명적일 것이다. 우리는 그 점을 이미 충분히 보여주었다고
생각한다. 병든 정신의 소유자가 의도적으로 사악한 마음을 품고 이 책을
썼다는 사실이 페이지마다 분명히 드러난다. 이렇게 우리의 판단을 기록으로
남겼으니, 이제 자비로운 마음으로 평을 끝낼까 한다. 하나 덧붙일 것은 이런
책에서도 이점을 찾을 수 있다는 것이다. 저자가 유럽은 젖혀두고 자기
나라에 대해 말할 때에는 언제나 흥미롭고 교육적인 면모를 보여준다.
캘리포니아와 네바다의 금광과 은광 지역의 삶에 대한 이야기, 초원의
인디언들과 서부의 사막 그리고 그들의 야만적 습성에 대한 이야기, 화약통에
흙과 두세 숟갈 정도의 구아노(바다새의 똥이 퇴적되어 만들어진
천연비료—옮긴이)를 섞어 채소를 재배하는 이야기, 세금을 피하기 위해서 밤을

이용해서 손수레로 소형 무기를 운반하는 이야기, 훔볼트 광산에서 암소와 노새 같은 동물들이 밤에 산길을 내려와 주민들을 놀라게 한 이야기 등은 우리에게 전혀 새로울 뿐만 아니라 알아둘 가치가 있는 것들이다. 저자가 이런 이야기를 좀더 많이 들려주지 않고 있는 것이 못내 아쉽다. 그의 책은 잘 쓰여졌고 흥미롭기 그지 없다. 따라서 그만큼 가치있는 것이라 아니할 수 없다.

(그로부터 한 달 후)

최근에 나는 여러 통의 편지를 받았고, 수많은 신문기사들을 읽었다. 한결같이 한 주제에 관련된 것이었고, 한결 같은 논조였다. 여기에 정직하게 그것들을 소개하겠다. 하나는 뉴욕의 한 신문기사이고, 하나는 옛 친구의 편지이고, 하나는 나와 일면식도 없었던 뉴욕의 한 출판업자의 편지이다. 나는 그들이 찬사를 보내고 있는 기사(〈갤럭시〉 12월호에 실렸고, 내 책《해외의 죄없는 사람들》에 대한 런던의 〈새터데이 리뷰〉에 실린 비평처럼 위장했던 기사)가 실제로는 한 줄도 빠짐없이 내가 쓴 것이라는 사실을 밝혀두면서, 그들의 비평을 흥미롭게 살펴보려 한다.

〈헤럴드〉는 마크 트웨인의 《해외의 죄없는 사람들》에 대한 런던 〈새터데이 리뷰〉의 "진지한 비평"이 보기 드물게 풍부한 유머를 담고 있다고 지적한다. 우리는 〈헤럴드〉를 읽기 전만 해도, 모든 사람이 똑같은 목소리로 그렇게 말했듯이 〈새터데이 리뷰〉의 서평이 "진지한 것"이라고 생각했다. 그러나

〈헤럴드〉를 자세히 읽고 난 이후, 그 서평이 마크 트웨인의 〈뛰어오르는
개구리〉에 버금갈 만큼 근래에 보지 못한 유머와 풍자로 가득한 글이라는
사실을 알게 되었다.

(내가 이런 찬사를 매일 받는 것은 아니다.)

나는 당신의 글이 상당히 훌륭하다고 생각했었다. 그러나 〈갤럭시〉의 서평을
읽고 난 후, 그 동안 내가 얼마나 멍청했는지를 깨달았다. 내 제언을 받아줄
용의가 있다면, 당신에게 《해외의 죄없는 사람들》의 다음 판부터 그 서평을
추가하라고 제언해 주고 싶다. 당신의 유머 실력에 자신이 있다면 별도의
장을 마련하는 것도 괜찮은 생각일 것이다. 그 기사는 내가 지금까지 읽은 것
중 가장 재미있는 것이었다.

(이상은 한 출판업자의 강력한 권고였다.)

내 친구, 런던의 서평가는 어리석지도 않고, 그런 척만 하지 사실은 "진지한"
사람은 아니라는 것이 내 생각이다. 그러나 그는 당신의 책에 대해서는
공정한 평가를 내리고 있다. 〈갤럭시〉에 실린 그의 서평을 읽었을 때, 그가
마음에서 우러나는 웃음을 터뜨리고 있는 모습을 상상할 수 있었다. 그러나
그는 지금 가톨릭과 구세대 교단의 사람들을 옹호하고, 고상한 척하고 구습을
떨치지 못한 보수적인 양반들을 옹호하는 글을 쓰고 있다. 이런 글로 그는
당신이 고상한 양반들을 풍자하는 데 기꺼이 도움을 주려 했던 것 같다.

하지만 겉으로는 당신을 뒤흔들어놓으려는 듯한 속임수를 쓰고 있다. 그도
뛰어난 유머리스트임에 틀림없다.

(너무도 감사하고 핵심을 뚫어본 글이다. 나는 평생의 친구이자 동료인
그에게 모자를 벗어들고 절을 할 따름이다. 그리고 두 발과 두 손을 활짝
펴고 진심어린 마음으로 "당신은 나의 자랑스런 친구다"고 고백한다.)

나는 그 서평을 쓴 사람에게 유죄를 선고한다. 그렇다고 물리적 체형을
뜻하는 것은 아니다. 나는 보스턴의 〈애드버타이저〉의 짤막한 기사를
통해서 내 책의 영국판에 대한 진지하고도 신랄한 비평이 런던의
〈새터데이 리뷰〉에 실렸다는 것을 알게 되었다. 꿈뜨고 지루한 고슴도치
같은 영국 식인귀의 문학적 아침거리가 되었다는 생각은 결코 기분 좋은
일은 아니었다. 나는 집으로 돌아가 그 서평을 희화화해서 흥얼대며
읽어보았다. 내가 〈새터데이 리뷰〉에 실린 실제 서평을 읽은 것은 내가
뒤바꿔쓴 서평을 인쇄업자에게 우편으로 보낸 뒤였다. 그러나 실제 서평을
보았을 때, 나는 그 서평이 저속하고 형편없는 글솜씨에 악의적이지만
정말로 진지하고 열심히 쓴 글이라는 생각이 들었다. 위에서 인용했던
신문기사를 썼던 신사분은 그런 악의적 서평에 좌우되지 않았다고 말할 수
있다.
만약 지금이라도 누군가 내 글을 의심한다면, 나는 그를 죽여버리고 말
것이다. 아니, 그를 죽이지는 않을 것이다. 그의 돈을 빼앗아버릴 것이다.
20대 1의 확률로 그와 내기를 할 것이다. 뉴욕의 출판업자들에게는

화형이란 따끔한 맛을 보여주어야 한다. 내가 문제의 서평을 쓴 사람에 대해 한 말도 빈말이 아니다. 이번 일로 나는 큰돈을 벌게 될지도 모른다. 그런 제안에 기꺼이 내기라도 걸고 싶기 때문이다. 더 큰 몫을 원하는 사람에게 나는 그가 요구하는 모든 것을 줄 수도 있다. 하지만 돈을 과감히 걸기 전에 "확실한 것"이라 일컬어지는 것에 내가 판돈을 거는지 미리 알아보야 할 것이다. 그렇게 하려면, 먼저 공공도서관으로 달려가 10월 8일자 런던의 〈새터데이 리뷰〉에 실려 있는 실제 기사를 면밀히 읽어보아야 할 것이다.

당치 않게도, 일부 사람들은 내가 "속임수에 넘어간" 사람이라 생각했다!

추신—가장 맛깔난 기사를 소개해야 한다는 의무감을 떨치기 힘들다. 즐겁고 유쾌한 자신감이 엿보이면서도, 쉽고 우아하며 철학적으로 세심하게 써내려간 기사 말이다. 바로 신시내티의 〈인콰이어러〉에 실린 기사가 그렇다.

맛있다는 시가만큼이나 그 가치가 불확실한 것은 없다. 애연가 열 중에 아홉은 50센트짜리 파르타가—그 값조차 모르겠지만—보다는 25센트로 세 배를 살 수 있는 평범한 국산품을 더 좋아한다. 신시내티의 담뱃잎에 익숙해져 있는 입천장에 파르타가의 향기는 별 감동을 주지 못한다. 유머라는 것도 그렇다. 뛰어난 유머일수록 그 뜻이 제대로 이해되지 못할 위험성이 훨씬 크다. 마크 트웨인조차도 자신의 《해외의 죄없는 사람들》이란 책에 대한 한 영국 신문의 서평에 속아넘어 가고 말았다. 마크 트웨인은 결코 상스러운 유머리스트가 아니다. 그러나 그 영국인의 유머는 그보다 훨씬 세련된 것이어서 마크 트웨인마저도 진정인 것으로 착각하여 "대단히 당혹해했을 것"이다.

배우려는 자세가 없는 사람은 자신의 생각만을 고집한다. 이제부터, 훌륭하다는 것을 알지만 겁내야 할 몇 가지 이유 때문에, 예를 들어 미국인 썼다는 이유 때문에 어떤 면에서 대단한 것이라 평가받지 못할 기사를 쓰게 될 때, 나는 영국인이 그 기사를 썼고, 런던의 어떤 신문에서 베낀 것이라고 주장하게 될 것이다. 그러고 나서야 나는 등을 기대고 느긋하게 앉아, 진심어린 찬사를 즐기게 될 것이다.

(신문 기사 계속)

마크 트웨인은 그의 《해외의 죄없는 사람들》에 대한 〈새터데이 리뷰〉의 서평이 전혀 진지한 것이 아니었다는 것을 마침내 알게 된다. 그는 철저하게 속아넘어 갔다는 생각에 깊은 실의에 빠진다. 그에게 남은 한 가지 길을 택한다. 지난 호 〈갤럭시〉에서, 그는 그 서평을 자신이 직접 썼으며, 그 서평을 〈갤럭시〉에 실어 대중에게 판매했다고 주장한다. 아주 교묘한 술책이지만, 불행히도 진실이 아니다. 어떤 독자라도 우리 신문사에 전화를 거는 수고를 마다지 않는다면, 우리는 10월 8일자 〈새터데이 리뷰〉에 실린 원문을 보여줄 용의가 있다. 비교해 보면, 원래의 서평이 〈갤럭시〉에 실린 것과 전혀 다르지 않다는 것을 확인할 것이다. 이제 마크 트웨인에게 남아 있는 최선의 길은 속임수에 넘어갔다는 것을 인정하고, 더 이상 이번 일을 언급하지 않는 것이다.

위에서 인용한 신시내티의 〈인콰이어러〉는 거짓말을 하고 있다. 증거를 찾아보자. 〈인콰이어러〉가 대리인을 통해서라도 〈갤럭시〉에 "비교해 보면, 원래의 서평이 〈갤럭시〉에 실린 것과 전혀 다르지 않"은 서평을 게재한 10월 8일자 런던의 〈새터데이 리뷰〉를 보내줄 수 있다면, 나는 그 대리인에게 현찰로 5백 달러를 내주겠다. 게다가 내가 〈갤럭시〉에 실은 서평의 단락과 문장에서 완전히 다른, 《해외의 죄없는 사람들》에 대한 장문의 서평을 게재한 10월 8일자 〈새터데이 리뷰〉의 원문을 어느 때, 어느 자리에서라도 써낼 수 없다면 〈인콰이어러〉의 대리인에게 현찰 5백 달러를 또다시 내주겠다. 뉴욕 브로드웨이 500번지의 쉘든 출판사를 내 "보증인"으로 내세운다. 〈인콰이어러〉의 허가를 받은 뉴욕 사람이라면 즉각 관심을 보이게 될 것이다. 〈인콰이어러〉로서는 위의 기사에 한심스럽고 의도적인 거짓은 전혀 없었다고 쉽게 증명해서 커다란 이익을 얻어낼 수 있을 것이다. 과연 그들은 창피스럽게 그 거짓을 꿀꺽 삼켜버릴 것인가 아니면 〈갤럭시〉의 사무실로 대리인을 보낼 것인가? 내 생각에 신시내티 〈인콰이어러〉의 편집진은 어린애들이 운영하고 있음에 틀림없다.

원숭이 후예의 발랄한 효도

뉴욕 엘미러의 토머스 비처 목사가, 아담을 위한 기념관을
건립하자는 내 제안을 흔쾌히 받아들였다는 이야기를 누군가
〈트리뷴〉지에 흘렸다. 그러나 여기엔 그 이상의 숨은 이야기가
있다. 처음엔 장난삼아 한 말이었는데, 일이 점점 구체화되었던
것이다.

아주 오래 전, 그러니까 30년 전이었다. 5~6년 전에 발간된
다윈의 《인간의 계통》이란 책이 불러일으킨 엄청난 분노의
불길이 여전히 종교계의 설교대와 온갖 간행물을 장식하고
있었을 때였다. 인류의 기원을 찾아 그 원류까지 추적했던
다윈이 아담이란 존재를 단번에 사라지게 만들어버렸던 것이다.
우리에게는 원숭이와 "잃어버린 고리"(진화 과정에서 유인원과
인간의 중간에 존재했다고 가상되는 동물─옮긴이)와 그 밖의

다양한 종류의 조상들이 있었지만, 아담은 아니었다.

엘미러에서 비처 목사와 다른 친구들과 농담을 주고받던 중에, 나는
세상이 아담을 버리고 원숭이를 받아들일 가능성이 있으며, 세월이 흐르면
아담이란 이름까지도 지상에서 완전히 잊혀질지도 모른다고 말했다. 그런
불행한 재앙을 막아야만 했고, 기념관 건립이 제격인 것으로 생각되었다.
엘미러 시도 아담을 위해 좋은 일을 함과 동시에 시의 명성도 높일 수
있는 절호를 기회를 놓치지 말아야 했다.

그런데 전혀 예상치 못했던 일이 벌어졌다. 은행가 둘이 우리를 찾아와서,
아담의 기념관 건립을 책임지겠다고 제안했던 것이다. 재미로 그러자는
것도, 감상적인 비애 때문에 그러자는 것도 아니었다. 그 기념관에서 얻을
상당한 상업적 이익을 계산했던 까닭이었다. 그 전까지는 그런 계획이
전적으로 장난으로 여겨졌는데, 그것에 계산이 정확한 상업성이
끼어들면서 문제가 완전히 달라져버렸다.

은행가들은 기념관을 두고 나와 상의하기 시작했다. 우리는 여러 번
만났다. 그들은 2만 5천 달러라는 거금을 들여서 불멸의 기념관을
만들겠다고 제안했다. 어떤 도움도 없이 산이나 바위보다 더 오랫동안
보존되어야 할 이름을 지키기 위해서 마을 한가운데 우뚝 세워진
괴상망측한 기념관은 지구 끝까지 엘미러를 광고해 줄 것이고, 구름같이
구경꾼을 끌어들일 터였다. 아담을 위한 지구상의 유일무이한 기념관이 될
것이고, 누군가 은하수에 기념관을 또 하나 세울 때까지는 그 어떤 것도
아담의 기념관만큼이나 많은 이익을 창출하고 감동을 불러일으키지 못할
터였다.

지구 방방곡곡에서 사람들이 몰려들 것이고, 이 기념관을 보려면 서둘러 차에서 내려야 할 터였다. 아담의 이 기념관을 보지 않고는 세계일주를 끝냈다고 말하지 못할 터였다. 엘미러는 메카가 될 것이었다. 순례단을 위한 특별 선박 여행이 기획될 것이고, 대륙을 관통하는 철도회사에서도 특별 순례 열차를 마련하게 될 것이었다. 기념관에 대한 많은 책들이 발간될 것이고, 여행자들 모두가 기념관을 사진에 담을 터였다. 또한 기념관을 찍은 사진이 나폴레옹의 얼굴만큼이나 유명해져서 지구 어디에서나 판매될 것이었다.

한 은행가가 5천 달러를 출자하기로 약속했다. 다른 은행가도 그 정도는 출자했던 것 같다. 그러나 그 금액이 얼마였는지 정확하게 기억할 수는 없다. 우리는 설계를 부탁했다. 몇 가지 일은 파리에서 불러온 사람들에게 맡겼다.

처음에—아직 농담 단계로 세부계획조차 마련되지 않았을 때—나는 겸손하면서도 열정적이며 애원조의 탄원서를 의회에 보내, 위대한 합중국이 인류의 아버지에 대한 한없는 감사를 표하기 위한 증거로서, 그리고 후손들이 그의 존재를 의심하며 방치했던 암울한 굴욕의 시절에도 위대한 합중국만은 그를 향한 충성심을 지켰다는 징표로서 정부가 앞장서서 그 기념관을 건설하도록 할 생각이었다. 나는 그 탄원서가 곧바로 상달되어야만 한다고 생각했다. 비록 수많은 욕설과 냉소와 저주의 대상이 되겠지만, 그 대신 우리의 계획을 널리 알려 우리의 입장을 한결 유리하게 만들 수 있을 것이라 생각했다. 그런 생각에 나는 탄원서를 당시 의원이던 조셉 R. 홀리 장군에게 보냈다. 그는 내 탄원서를 대신

제출하겠다고 말했다. 그러나 그는 그렇게 하지 않았다. 그는 내 탄원서를 읽고 나서 두려움을 느꼈다고 변명했던 것으로 기억한다. 내 탄원서가 너무 진지하고, 감정을 뒤흔들며, 지나치게 감상적이어서, 의회에서 내 탄원서를 진담으로 받아들일 염려가 있다는 것이었다.

우리는 기념관 건립 계획을 실현시켰어야 했다. 커다란 어려움이 없었다면, 우리의 계획을 그런 대로 실현시킬 수 있었을 것이다. 그랬다면 지금쯤 엘미러는 이 세상에서 가장 유명한 도시가 되어 있을 것이다.

최근 들어 나는 아주 평범한 사람이 아담의 기념관에 대한 계획을 우연히 언급하게 되는 책을 쓰기 시작했다. 그런데 〈트리뷴〉지가 지난 30년 동안 잊혀져 있던 농담의 흔적을 우연히 듣게 된 것이다. 정신적 교감이 분명히 관계된 것이다. 이상하게 들릴 것이다. 그러나 정신적 교감이란 종잡을 수 없는 괴물은 언제나 이상한 것이다.

12

사탄의 인간적인 충고

〈하퍼스 위클리〉 편집자에게,

하퍼스 위클리의 아무개 여러분들, 쓸데없는 인사말은
생략하겠습니다.

미국 국세청은 매년 나에게는 꼬박꼬박 기부금을 받아가면서,
왜 록펠러 씨에게는 기부금을 징수하지 않는 것입니까? 앞으로
내 책에서 증명해 보이겠지만, 어떤 시대에나 막대한 성금의
4분의 3은 속죄의 헌금입니다. 그런데 그 조항이 록펠러 씨의
기부금에 적용될 때, 그 독침은 대체 어찌된 것입니까?
미국 국세청은 묘지에서 주로 재정을 충당합니다. 말하자면,
유산입니다. 속죄의 헌금이란 이름으로, 양심의 가책을 받은
탈세자들이 익명으로 내는 세금 말입니다. 새로운 범죄를

위해서 과거의 의도적이었던 범죄를 자백하는 것입니다. 고인의 세금은 결국 상속자들에 대한 약탈이기 때문입니다. 그럼 유산이란 언제나 쌍방의 입장에서 범죄의 하나이기 때문에 국세청은 유산에 대한 과세를 포기해야만 하는 것일까요?

이야기를 계속해 봅시다. 분노한 마음으로 양심의 가책 없이 집요하게 조사를 하게 된다면, 록펠러 씨의 세금은 위증—법정에서 그에게 불리한 것으로 판명될 위증—으로 돌이킬 수 없이 더럽혀지고 말 것입니다. 그렇게 되면 우리는 미소를 짓게 될 것입니다. 느긋하게 앉아서 말입니다. 왜냐하면 매년 국세청 직원 앞에서 위증하지 않는 부자는 이 넓은 나라에 하나도 없기 때문입니다. 그들 모두가 위증이란 빵을 두껍게 뒤집어쓰고 있습니다. 말하자면 얼굴에 철판을 깔고 있는 것입니다. 만약 위증 않는 부자가 한 사람이라도 있다면, 나는 내 박물관을 그에게 맡기고 공룡 같은 월급을 주겠습니다.

그 정도는 법의 위반이 아니라, 절세를 위한 의례적인 회피일 따름이라고 말씀하시겠습니까? 정 원하신다면 그렇게 교묘한 구분으로 편안함을 찾으십시오. 지금 당장은 말입니다. 그러나 시간이 흘러 여러분이 나를 찾아오면 나는 여러분에게 아주 흥미로운 것을 보여드릴 생각입니다. 그렇게 회피한 사람들로 가득한 지옥을 보여드릴 생각입니다! 때로는 공공연히 법을 위반하는 사람들이 사방에서 출현합니다. 물론 나는 그런 사람들도 언제나 환영합니다.

다시 본론으로 돌아갑시다. 나는 부자인 위증자들이 아주 빈번하게 미국 국세청에 기여하고 있음을 여러분에게 상기시켜 드리려 합니다. 그 돈은

개개인의 소득세에서 조금씩 좀도둑질한 돈입니다. 따라서 그 돈은
죄인들의 임금이며, 따라서 그 돈은 내 돈입니다. 따라서 그 세금을 낸
사람은 바로 나입니다. 결국 내가 앞에서 말한 그대로입니다. 국세청은
매일 나에게서 세금을 걷어가는데, 왜 록펠러 씨에게서는 세금 징수를
포기하는 것입니까? 록펠러 씨가 나만큼이나 착하기 때문인가요?
그렇다면 법정에서 심판을 받아보도록 합시다.

사탄

소녀 유감

착한 소녀라면 시시한 일로 골이 나서 선생님에게 입을
삐죽거리는 짓을 해서는 안 된다. 선생님이 무지무지 화가 나면
그 앙갚음이 되돌아올 수도 있으니까.

만약 너는 톱밥을 넣은 헝겊인형을 갖고 있는데 친구는 운
좋게도 값비싼 도자기 인형을 갖고 있더라도, 친구에게
다정하게 대해야 한다. 그리고 양심에 걸리는 일이라면, 힘으로
네 인형을 친구 인형과 바꾸려 해서도 안 된다. 착한 아이라면
충분히 해낼 수 있는 일이다.

남동생의 풍선껌을 절대 힘으로 **빼앗으려** 해서도 안 된다.
그렇게 하기보다는 물레방앗간에서 놀다가 근처 강에 돈이
떠내려오는 것을 보면 꼭 건져주겠다는 약속으로 동생을
옭아매는 편이 훨씬 낫다. 그러면 그 나이에 어울리게 꾸밈없이
순박한 동생은 네 제안이 완벽하게 공정한 교환이라 생각할

것이다. 너무도 그럴싸한 이런 거짓말은 전세계의 둔한 어린이들을
유혹하여 재정 파산에 빠뜨린다.

동생의 버릇을 고쳐줄 필요가 있다 하더라도 절대 진흙으로 혼내 주어서는
안 된다. 어떤 이유로도 진흙을 던져서는 안 된다. 그러면 동생의 옷을
더럽힐 수 있기 때문이다. 오히려 살짝 데게 만드는 편이 더 낫다. 그렇게
해도 원하는 결과를 얻을 수 있다. 네가 동생에게 가르치는 교훈에 동생이
즉각적인 반응을 보이는지를 확인하라. 그래야 네가 준비했던 뜨거운 물이
동생의 더러움을 씻어내 줄 수 있을 것이기 때문이다. 덤으로 동생의
살갗에 있던 점까지도 없애줄지 모른다.

어머니가 네게 무언가를 시킬 때, 하지 않겠다고 대답하는 것은 옳지 못한
일이다. 어머니가 시킨 일은 일단 먼저 하고 나서, 깊이 생각하고 판단한
결과에 따라 그 문제를 조용히 처리하는 것이 훨씬 나은 방법이고, 그래야
어머니와 더욱 친해질 수 있다. 네가 배불리 먹을 수 있고, 아픈 척해서
수업을 빼먹고 집에서 쉬는 특권을 누리는 것은 전적으로 다정한 부모님
덕택이다. 그러므로 부모님이 지나치게 너를 괴롭히기 전까지, 너는
부모님의 작은 편견을 존경해야만 하며, 부모님의 작은 변덕에 비위를
맞추어야만 하며, 부모님의 작은 약점을 참고 견디어야만 한다.

착한 소녀라면 어른들의 말씀에 언제나 복종해야 한다.

어른들이 너에게 먼저 억지소리를 하지 않는 한, 너도 어른들에게
말대꾸를 해서는 안 된다.

죽음의 시학

필라델피아에는 아주 기분 좋은 관습이 하나 있다. 죽음을
알리는 부고에 덧붙여지는 짤막한 시, 사람을 위안해 주는 시가
바로 그것이다. 필라델피아에서 발간되는 일간지 〈레저〉를
읽는 독자라면 죽은 생명에 헌정된 가슴저린 애도시에서
수차례 감동을 맛보았을 것이다. 필라델피아에서는 어린아이의
죽음도 엄숙한 장례 절차를 따르지만, 더 주목할 것은
〈레저〉지에 실리는 관례적인 위안의 시이다. 이처럼
필라델피아에서는 죽음이란 것이 감미로운 시로 장식되어
가려짐으로써 그 두려움이 절반은 씻겨나간다.
예를 들어 〈레저〉 최근호에서 내가 보았던 부고란을 보자(아래
내용은 가명으로 함).

부고

호크스—이달 17일. 클라라(21개월 이틀). 에프라임 호크스와 로라 호크스
부부의 딸.

네 아름다운 목소리를 더 이상 들을 수 없네,
함박웃음 짓는 아이를 볼 수 없네,
내 목을 감싸안는 작은 팔이 없네,
내 무릎 위에 올라올 발이 없네.

내 뺨을 적시는 입맞춤이 없네,
그 입술이 내 앞에서 꼭 다물려 있네.
하나님, 당신이 아니라면 누구에게
클라라를 양보할 수 있겠나이까?

이렇게 애도된 어린아이는 아주 만족스런 죽음을 맞이할 수 있을 것이다.

같은 날 〈레저〉지에서 나는 다음과 같은 부고문을 보았다. 앞에서와
마찬가지로 가명을 사용하기로 한다.

베케트—이달 19일 일요일 오전. 조지(1년 6개월 닷새). 조지 베케트와 줄리아
베케트의 아들.

네 아름다운 목소리를 더 이상 들을 수 없네,

함박웃음 짓는 아이를 볼 수 없네,

내 목을 감싸안는 작은 팔이 없네,

내 무릎 위에 올라올 발이 없네.

내 뺨을 적시는 입맞춤이 없네,

그 입술이 내 앞에서 꼭 다물려 있네.

하나님, 당신이 아니라면 누구에게

조니를 양보할 수 있겠나이까?

인용한 이 두 시가 불러일으키는 감동은 죽음의 슬픔을 직접 경험해야 했던 당사자들의 마음과 너무도 유사하며, 그들이 그런 슬픔을 표현하기 위해 사용했을 언어와 놀랄 만큼 일치하고 있다.

같은 날, 같은 신문에서 나는 다음과 같은 부고를 보았다(마찬가지로 가명을 사용했다).

  와그너—이달 10일. 퍼거슨(4주 하루). 윌리엄 와그너와 마사 테레사 와그너의 아들.

  네 아름다운 목소리를 더 이상 들을 수 없네,

  함박웃음 짓는 아이를 볼 수 없네,

내 목을 감싸안는 작은 팔이 없네,
내 무릎 위에 올라올 발이 없네.

내 뺨을 적시는 입맞춤이 없네,
그 입술이 내 앞에서 꼭 다물려 있네.
하나님, 당신이 아니라면 누구에게
퍼거슨을 양보할 수 있겠나이까?

이상하게도, 똑같이 반복되는 시적 표현이 우리를 사로잡는다. 우리가 〈레저〉지를 들고 어린 클라라를 위한 시를 읽게 될 때, 우리는 그 영혼을 향해 설명하기 힘든 슬픔을 느끼게 된다. 그 아래로 이어진 어린 조니를 위한 시를 읽게 되면, 우리의 슬픔은 더욱 짙어지고, 현실 같은 고통을 경험하게 된다. 더 나아가서 어린 퍼거슨을 위한 시까지 읽게 되면, 낱말 하나하나에 가슴이 저리고, 가슴이 산산이 찢기는 듯한 고통을 느끼게 된다.

같은 날 신문에서 나는 다음과 같은 부고를 보았다(역시 가명을 쓰기로 한다).

웰치—이달 5일. 메리 C. 웰치(29세). 윌리엄 B. 웰치의 아내. 캐서린 마크랜드와 조지 마크랜드의 딸.

사랑하는 어머니, 자상하신 어머니,

이제 우리만을 남겨두고 멀리 떠나셨습니다.

이제 그만 우세요. 눈물은 헛된 것이랍니다.

어머니는 고통을 벗으셨습니다.

여보, 잘 있어요. 아이들아, 잘 있거라.

하나님을 진정 두렵게 섬기세요.

그리고 우리 하늘나라에서 다시 만나요.

평화와 기쁨과 사랑이 있는 하늘나라에서.

이보다 감미로운 부고시가 어디에 있겠는가? 어떤 격정적인 사건 기록도
살아남은 가족의 심정을 표현한 이 시의 첫 4행보다 더 간결해질 수
없으며, 작별인사와 사후의 부탁을 표현한 마지막 4행보다 더 함축적일 수
없을 것이다. 덕분에 우리는 더 슬기로워지고, 더 부드러워지며, 더
선량해지게 된다.

또 다른 예를 보자.

볼―이 달 15일 아침. 메리 E. 존과 사라 F. 볼의 딸.

사랑스런 희망 속에 감도는 감미로운

변화가 찾아오게 될 때

천사들은 내 침대 주변을 맴돈다

내 영혼을 고향으로 날려보내기 위해.

다음 시는 누가 보기에도 가장(家長)을 위한 의례적인 시이다.

번즈—이 달 20일. 마이클 번즈(40세).

세상에서 가장 사랑하는 아버지, 당신은 우리 곁을 떠났습니다.

당신의 빈자리를 절실히 느낍니다.

하나님은 우리에게서 당신을 앗아갔지만,

그분은 우리의 모든 슬픔을 치유해 주실 겁니다.

다음 시에 대해서는 단순하지만 흥미로운 이야기를 할 수 있다. 이 시는 필라델피아에서 오랫동안 결핵을 앓다가 세상을 하직한 고인들을 위해 보편적으로 인용되는 시인 듯하다(〈레저〉지는 이 시로 네 명의 고인을 애달프게 추모한다).

브롬리—이달 29일. 필립 블롬리(향년 50세). 결핵으로 사망.

그는 쓰라린 고통을 오랫동안 견디어야 했습니다.

의사들도 포기하고 말았습니다.

마침내 그의 신음소리를 들은 하나님의 은총으로,

그는 고통에서 벗어났습니다.

그 친구는 죽음으로 우리 곁을 떠났습니다.
우리는 그토록 빨리 헤어지리라 생각지 않았습니다.
이제 염려스런 배려가 고통의 원인을
우리의 뜨거운 가슴속으로 더 깊이 침잠시키고 있습니다.

이 시는 아무리 되풀이 읽어도 아름다움을 잃지 않는다. 오히려
〈레저〉에서 이 시를 읽을 때마다 경외감이 새록새록 커진다.

마지막으로 한 가지 예만 더 들겠다.

도블—이달 4일. 사무엘 퍼빌 워싱턴 도블. 생후 나흘 만에 사망.

우리의 귀여운 새미는 떠났습니다.
그의 작은 영혼이 날아갔습니다.
우리가 너무도 사랑했던 귀여운 아들이
지금 죽은 채 잠들어 있습니다.

아버지의 눈에 맺힌 눈물과
어머니의 에이는 가슴만이
헤어짐의 고통이

얼마나 힘든 것인지 말해줍니다.

어법을 올바로 지키며 어떻게 이보다 절실하게 표현할 수 있을까?
고인에게 운명을 감수하도록 다독거려 기꺼이 하늘나라로 가도록 만들 수
있는 이 이상의 표현이 있을 수 있을까? 아마도 없을 것이다. 송가(頌歌)의
힘은 어떤 것으로도 측정할 수 없다. 시에는 육체적인 고통과 죽음조차
묵묵히 받아들이고, 완성을 향해 치닫도록 만드는 힘이 있다. 그 힘이
필라델피아의 부고시에서 최고조로 발휘되고 있다.
내가 소개한 이런 관습은 이 나라의 모든 도시에서 받아들여야 할
관습이다.

이런 이야기가 전해져 온다. 옛날에 꽤 명성을 날리던 인사가 죽었다. T.
K. 비처 목사에게 장례 예식을 집전해달라는 부탁이 들어왔다. 비처
목사는 생존해 있는 사람에게든 죽은 사람에게든 간에 무의미한 찬사를
극도로 혐오하는 목사였다. 그는 당사자가 실제로 지녔거나 지니고 있는
장점만을 절제되고 소박한 언어로 표현할 뿐, 당사자가 지녔으면 좋았을
장점에 대해서는 절대 언급하는 법이 없었다. 고인의 친구들은 성대한
장례식을 준비했다. 그러나 그들은 고인에게 충분한 찬사가 주어지지 않을
수도 있다는 불안감을 느꼈던 것이 틀림없었다. 그래서 그들은 열정적인
상상력과 대백과사전을 동원해서 고인에 대해 남김 없이 언급되도록 멋진
제목과 글귀를 준비했다. 그리고 그것을 단에 올라서는 목사에게
건네주었다. 그것들은 일종의 참고자료였을 따름이었다. 목사가 단에 서서

고인의 친구들이 꼼꼼히 작성한 애도문을 커다란 목소리로 하나도 빠뜨리지 않고 또박또박 읽어 내려가자, 그들은 놀라서 입을 다물 수 없었다. 목사는 애도문을 끝까지 읽고 나서 조문객들을 뚫어지게 쳐다보며 의미심장한 목소리로 말했다.

"이 사람은 어떤 일에나 끼여들려고 했던 멍청이였을 것이오. 자, 기도합시다!"

그들은 놀라지도 못하고 멍해져 버렸다.

이처럼 진실에서 조금도 양보하지 않으려는 태도 때문에, 그 목사는 다음과 같이 시공을 초월한 부고시면 충분할 것을 쓸데없는 설교를 하려 했던 바보였다고 말할 수 있다. 비길 데 없이 "평범한 것"에 만족하고, 엄숙할 만큼 평화롭고, 너무도 흐뭇하고 순박하며 진실된 무엇이 있기 때문에, 슬픔에 젖어 오열하고 달콤한 희열이 등줄기를 따라흐르는 것을 느끼지도 못한 채 그 글귀를 읽을 수 있었던 그 목사는 돌로 만들어진 사람임에 틀림없다. 멋진 글귀를 조합한 그 시가 순수하고 진지했던 것이라고 덧붙일 필요조차 없다. 그 시를 작성한 사람은 유행에 따라 모방을 했을 것이다. 그러나 셰익스피어조차도 그만큼이나 흉내내지 못할 만큼 훌륭한 것이었다.

그런데 부고시를 내보냈던 〈레저〉지의 편집자도 부고시가 보물단지이자, 도서관과 문학박물관이 보여줄 수 있는 최고의 완벽한 결실이란 걸 모르고 있었다. 편집자는 그 두려운 시인들—왜냐하면 그런 시인들은 유령처럼 갑자기 출현하는 존재이기 때문이다—의 요구를 감히 거절할 수 없었다. 편집자는 그들의 부고시를 남는 공간 아무 곳에나 편리하게 끼워넣었고,

그 때문에 수치심을 느꼈다. 하지만 골칫거리였던 "요청에 의한 게재"가 대대적인 성공을 거두자, 편집자는 독자들이 부고시를 우습게 여기면서 읽고 싶은 충동을 느끼기 않기를 바랐다.

다음은 M. A. 글레이즈가 사무엘과 캐서린 벨크내프의 자녀들의 사망을 애도하며 지은 시이다.

친구들과 이웃들 모두가 가까이 다가와
내가 말하는 것에 귀를 기울인다.
당신의 귀여운 자녀들을 어릴 때,
멀리 떠나도록 두지 말라.

그러나 항상 그 서글픈 운명을 생각하라.
그 운명은 '63년에 있었다.
네 아이가 놀고 있던 집에 불이 났었다.
끔찍히도 두려웠을 그들의 고통을 기억하라.

그들의 어머니가 외출했다.
네 아이만 집에 남겨두고서.
집에 불이 붙었고, 쓰러져내렸다.
어머니가 돌아오기 전에.

그들의 애처로운 비명소리를 이웃들이 들었다.

곧 "불이야"라는 외침이 있었다.

그러나 아! 이웃들이 아이들에게 손을 뻗기 전에,

그 어린 영혼들은 천국으로 날아갔다.

그들의 아버지는 전쟁터에 불려갔었다.

그리고 전쟁터에서 목숨을 잃었다.

그러나 그가 떠날 때에는 전혀 생각지도 못했다.

그러나 그들은 다시 만날 것이다.

이웃들은 간혹 아내에게 말했다.

아이들만 내버려두지 말라고.

어린아이들을 돌보아줄

누군가를 데려다놓지 않고는.

가장 큰 아이가 여섯 살도 안 되었다.

막내는 겨우 11개월이었다.

그러나 어머니는 종종 그들만을 남겨두었다.

나는 이웃에게 그런 말을 들었다.

이제 그녀는 아이들만 남겨두었던

그곳을 눈물 없이 어떻게 볼 수 있을까.

소중히 돌보았어야 할 어린 자녀들 중에서

이제는 보아줄 아이가 하나도 남지 않았다.

오, 어린 자식들의 뼈가 묻힌
그곳을 그녀는 어떻게 볼 수 있을까.
그러나 그녀는 자식들의 목소리를 듣는다.
"하나님은 자비로워, 우리를 하늘로 데려가셨다."

그녀가 무릎을 꿇고 기도한다.
하나님에게 용서를 바란다.
그녀는 다른 삶을 살게 되리라.
그 생명이 남아 있을 때까지.

그녀의 남편, 그녀의 자식들까지
하나님은 고통과 번뇌에서 벗겨주셨다.
그녀는 변하여, 새 길을 걷게 되리라.
그리고 그녀도 그들에게 가게 되리라.

하나님의 성스러운 의지가 있을 때
오, 그녀를 준비시키리라.
그녀의 하나님과 평화 속의 친구들을 만나도록.
그리고 이 근심의 세상을 떠나도록.

15

위험한 침대

매표소 직원이 물었다.

"사고보험에 가입한 표도 구입하시겠습니까?"

"아니오."

나는 잠시 생각해 본 후 다시 대답했다.

"그럴 필요 없을 것 같소. 오늘은 종일 기차 여행을 하겠지만 내일은 안할 거요. 그러니 사고보험에 든 내일 표 한 장 주시오."

매표소 직원은 어리둥절한 표정을 지으며 말했다.

"하지만 사고보험에 드시는 것이 좋을 텐데요. 기차로 여행하실 거라면…… ."

"기차로 여행할 때에는 필요 없소. 집에서 침대에 가만히 누워 있는 것이 나로서는 제일 두려운 일이오."

나도 보험이란 문제를 깊이 생각해 본 적이 있었다. 작년에 나는 거의 기차로만 2만 마일을 여행했었다. 또 그 전해에는 절반은 배로, 절반은 기차로 2만 5천 마일 이상을 여행했었다. 또 그 전해에는 기차로만 1만 마일 정도를 여행했었다. 여기저기 잠깐 다녀왔던 여행까지 포함한다면, 3년 동안 6만 마일을 여행한 셈이다. 그러나 사고는 한 번도 없었다.

꽤 오랫동안 매일 아침 혼자서 이런 생각을 하기는 했었다.
"지금까지는 아무 사고도 없었어. 그래서 이번 여행에는 사고를 당할 가능성이 그만큼 더 높아진 거야. 나도 대비를 해야겠어. 이번에는 사고보험에 가입한 표를 사는 거야."
그러나 그날 나는 허탕을 쳤다. 관절이 삐긋하거나 뼈가 부러지지 않고 무사히 그날 밤 침대에 누울 수 있었던 것이다. 나는 아침마다 공연한 걱정을 하는 일에도 이제 신물이 나서, 무려 한 달 동안이나 유효한 사고보험 티켓을 사고서는 혼자 중얼거렸다.
"한꺼번에 30일 분이나 사는 인간이 어디 있겠어!"
그러나 내가 잘못 생각한 것이었다. 나의 제비뽑기는 매번 허탕이었다. 나는 매일 기차 사고가 났다는 기사를 읽을 수 있었다. 신문마다 사고 소식을 뿌옇게 도배하고 있었다. 그러나 사고는 번번이 나를 비켜갔다. 나는 보험회사에 상당한 돈을 뿌렸지만 당첨된 적이 없었다. 의심이 일었다. 그래서 내 주변에 그런 복권에 당첨된 사람이 있는지 조사하기 시작했다. 보험회사를 살찌게 해준 사람은 엄청 많았지만, 사고를 만나서 단돈 1센트라도 받은 사람은 전무했다. 사고보험 티켓을 사는 일은

그만두었지만 조사는 그만두지 않았다. 그러나 그 결과는 간담을 서늘하게
만드는 것이었다.

죽음은 기차 여행에 있는 것이 아니라 집에서 도사리고 있었던 것이다.

나는 통계자료를 뒤지고 다녔다. 그리고 기차 사고를 표제로 다룬 선정적
신문들을 종합한 결과, 지난 12개월 동안 3백 명 가량이 기차 사고로
목숨을 잃었다는 사실에 아연실색하지 않을 수 없었다. 특히 이리선은
가장 많은 희생자를 낸 것으로 악명이 높았다. 그 철로에서만 46명 아니면
26명이 죽었다. 어느 쪽인지 정확히 기억나지는 않는다. 그래도
사망자수가 다른 철로에 비해서 2배였다는 것만은 확실히 알고 있다.
그러나 그 사실 자체만으로도 이리선이 무척이나 긴 철로이며, 이 나라의
다른 어떤 철로보다도 많은 일을 해내고 있음을 의미했다. 따라서
사망자가 2배였다는 사실은 그렇게 놀랄 것만은 아니다.

좀더 세밀히 따져보니, 이리선은 뉴욕과 로체스터 사이를 매일 8량의
기차로 16회 운행했고, 하루 평균 6천 명의 승객을 실어날랐던 것으로
나타났다. 6개월이면 뉴욕의 인구와 같은 1백만 명의 승객을 실어나른
셈이다. 따라서 이리선이 6개월 동안 실어나른 1백만 명 중에서는
13~23명이 사망했다. 그런데 같은 기간 동안, 뉴욕의 1백만 시민 중에서
1만 3천 명이 침대에서 죽음을 맞았다! 살이 떨리고 머리카락이 곤두서는
일이다. 나는 소리쳤다.

"이거 끔찍한 일이로군! 위험은 기차 여행에 있는 것이 아니라, 죽음을
불러들이는 침대를 너무 믿는 데 있는 거야. 다시는 침대에서 자지

말아야겠군."

이것은 이리선의 실제 길이를 절반 이하로 환산하여 계산한 것이다.
따라서 전체 선로는 적어도 하루 평균 1만 1천 명 내지 1만 2천 명을
실어날랐던 것이 분명했다. 현재 보스턴에서 출발하는 많은 짧은 선로들은
이리선의 거의 절반만큼의 승객을 수송하는 선로들이 대부분이다. 또한
북부지방에 뻗어 있는 많은 선로들도 엄청난 승객들을 실어나르고 있다.
따라서 이 나라의 모든 선로는 하루 평균 2천 5백 명의 승객을 수송했을
것이란 계산이 거의 정확하다고 추정할 수 있다. 이 나라에는 846개의
철로가 있으므로 846×2,500=2,115,000이란 계산이 나온다. 따라서 미국의
철로는 하루에 2백만 이상의 승객을 수송하고 있으며, 일요일은 세지
않더라도 1년이면 6억 5천만 명이 된다. 미국의 철로 회사도 분명히
그렇다고 말한다. 이에 대한 의문이 있을 수 없다. 그들의 자료 출처는
분명히 내 산수 계산을 넘어선다. 나는 자료를 철저히 뒤지고 다녔다.
그리고 미국에는 그렇게 많은 사람이 살지 않는다는 사실을 알아냈다. 6억
1천만을 뺀 수, 즉 4천만 정도가 살고 있었다. 그들은 같은 사람을 몇
번이고 중복해서 계산했던 것이다.
샌프란시코의 인구는 뉴욕 인구의 8분의 1이다. 샌프란시스코에서는
1주일에 60명이 사망했고, 뉴욕에서는 1주일에 5백 명이 사망했다.
다행이랄까……. 그렇다면, 샌프란시스코에서는 1년에 3,120명이 사망하고,
뉴욕에서는 8배, 다시 말해서 2만 5천 내지 2만 6천 명이 사망하게 된다.
두 지역의 보건시설은 동일하다. 따라서 우리는 이런 계산이 미국
전체에서 유효할 것이라 가정할 수 있게 된다. 그렇다면 1백만 명 당 2만

5천 명이 매년 사망하게 된다는 결론이 나온다. 그 수는 우리나라 전 인구의 40분의 1에 해당한다. 결국 미국에서만 매년 1백만 명이 죽는다. 그 1백만 명 중에서 1만 내지 1만 2천 명이 칼에 찔려죽거나, 총에 맞아죽거나, 물에 빠져죽거나, 교수형을 당하거나, 독살당하거나, 그 밖의 유사한 폭력으로 목숨을 잃는다. 또 등유 램프와 치마에 불이 붙어 죽기도 하고, 석탄광산에 매몰되어 죽기도 하고, 지붕에서 떨어져 죽기도 하며, 교회법이나 도서실의 규칙을 위반해서 맞아죽기도 하며, 특허약을 복용해서 죽기도 하고, 여러 가지 형태로 자살을 하기도 한다.

이리선에서는 23명 내지 46명이 죽는다. 다른 845개의 선로에서도 각각 3분의 1명의 사망자를 낸다. 1백만에서 위의 수를 빼면, 그 합계가 놀랍게도 987,631명에 달한다. 그 많은 사람들이 침대에서 자연스레 죽음을 맞이하고 있는 것이다!

여러분은 그런 침대에서 행운을 누리고 있기 때문에 나를 기꺼이 용서해줄 것이다. 나로서는 철로가 여간 반가운 것이 아니다.

모든 사람에게 내가 충고하고 싶은 것은 "할 수만 있다면 집에 잠자지 말라!"는 것이다. 그러나 당신이 어쩔 수 없이 집에 있어야만 한다면, 보험에 가입한 기차표를 사서 밤을 꼬박 세우라고 말해주고 싶다. 조심해서 지나칠 것은 없는 법이다.

이제야 여러분은 내가 이 글의 앞에 썼던 식으로 매표소 직원에게 대답했던 이유를 알게 되었을 것이다.

이 글의 도덕적 교훈은 미국의 철로회사의 운영에 대해, 지각없는 사람들이 필요 이상으로 불평하고 있다는 것이다. 일년 내내 밤낮 없이 1만 4천에 달하는 다양한 유형의 기차들이 생명을 싣고, 죽음을 각오하고 이 땅에서 굉음을 울리며 달리고 있다는 것을 생각할 때, 불가사의한 것은 그들이 12개월 동안 3백 명을 죽이는 것이 아니라, 3백 명의 3백 배를 죽이지 않고 있다는 것이다.

내 사랑 허영덩어리 인간

때로는 상당히 빈정댄 말이 계속해 사용되면서 멋진 말로
둔갑하여 관용어로 굳어지는 경우가 있다. 그리고 그 말이
끈질긴 생명을 유지하여 지질학시대의 종말과 더불어 끝을
맺기도 한다.

헨리 1세 왕자가 도착한 다음날, 나는 한 영국인 친구를 만났다.
그는 두 손을 비벼대며 즐거워 어쩔 줄 모르겠다는 듯이 속내를
털어놓았다. 오랫동안 앓던 상처의 아픔을 덜어주는, 위안이
되기에 충분할 정도로 즐거운 빛이었다.
"나는 짜증스러울 정도로 진리인 옛말을 지금까지 곧이곧대로
믿어 왔어. 지금까지 한번도 반박할 기회가 없었던 것처럼
말이야. '영국인은 국왕을 몹시도 사랑한다.' 하지만 이제부터
나는 대꾸할 거리가 생겼어. 말하자면, '미국인은 어떤가?'라고

말이야."

말도 안 되는 말이 통용될 수 있다는 것은 흥미로운 일이다. 아마도 그런 말을 최초로 한 사람은 새로운 발견을 해냈다고 생각할 것이다. 또 그런 말을 다른 사람에게 한 사람도 똑같은 생각을 할 것이다. 그리고 그 말은 바람을 타고 날아다니며, 온갖 곳에서 대대적인 환영을 받는다. 희귀하고 세심한 발견의 단편으로만이 아니라, 철저하게 진실이며 깊은 지혜가 담긴 말이라고 찬사를 받는다. 따라서 그 말은 누구나 인정하는 교훈을 담은 세계의 명언집의 한 자리를 차지한다. 그 후에는 누구도 그 말이 그런 특혜를 받을 자격이 있는 것인지 따져볼 생각을 하지 않는다. 나는 확고부동한 위치를 차지하고 있는 두 가지 격언이 이런 예에 속한다고 생각한다. 그 두 가지 격언이 나에게 안겨주는 답답함은 내 친구 영국인과 그의 군주에 대한 사랑에서 절감하는 답답한 심정과 크게 다르지 않다. 그 하나는 미국의 전지전능한 달러에 대한 동경을 말하는 것이며, 다른 하나는 돈으로 작위를 사려는 미국 백만장자 여자들의 야심을 말하는 것이다.

전지전능한 달러를 숭배하는 사람은 단지 미국인만이 아니다. 모든 인류가 그렇다. 인류는 한아름의 조개껍질, 한 궤짝의 옥양목, 한 통의 놋쇠 고리, 한아름의 강철 낚싯바늘, 집안 가득한 흑인 노예, 울타리 가득한 가축, 사십여 마리의 낙타와 당나귀, 공장, 농장, 건물, 철도회사 공채, 은행 채권, 쌓아둔 현금 등등을 언제나 동경해 왔다. 결국 부와 존경과 독립을 상징해 주는 것, 세상에서 가장 소중한 것, 모든 사람이 부러워하는 것을 지녔다는 자신감을 줄 수 있는 사람은 언제나 동경의 대상이었다. 미국인의 달러에 대한 욕심이 다른 나라 사람들보다 유난스럽다고 생각하는 사람은 멍청이가 틀림없다.

부자인 미국 여자는 작위를 산다. 사실이다. 그러나 그런 여자들이 그런 말을 만들어 내지는 않았다. 미국이 발견되기 수백 세기 전부터 전해오는 케케묵은 전통일 따름이다. 유럽 여자도 예전과 마찬가지로 지금도 작위를 기운차게 쫓아다닌다. 돈으로 작위를 손에 넣을 수 없을 때에는, 돈 없는 남편을 사버린다. 그것은 "지참금"일 따름이다. 거래가 아니다. 신부의 상품화는 미국을 제외하고 모든 땅에서 보편화되어 있다. 어느 정도 우리에게도 존재하기는 하지만, 관습이라 일컬을 정도는 아니다.

"영국인은 국왕을 몹시도 사랑한다."

이런 사랑의 본질과 원천은 무엇인가? 나는 이 말을 다음과 같이 표현하는 것이 더 정확하다고 생각한다.

"국민은 국왕을 몹시도 부러워한다."

말하자면, 국민은 국왕의 위치를 부러워한다. 왜 부러워할까? 두 가지 이유 때문이라 생각한다. 그 권력과 그 명성 때문이다.

우리가 직접 보고 경험함으로써 충분히 가늠하고 이해할 수 있는 권력에는 언제나 명성이 뒤따른다. 사실 그런 것을 지닌 사람들을 향한 우리의 부러움은 다른 어떤 민족만큼이나 깊고 열정적이다. 국왕과 개인적인 교제도 없고 국왕에 대해 들어본 적도 없이 시골뜨기가 되기보다는 국왕이 되고 싶은 마음이 훨씬 클 것이다. 따라서 유럽의 큰 도시에서 오랫동안 살아 보았고 국왕이 차지하는 위치가 얼마나 큰지 잘 알고 있는 보통의 미국인보다 영국인이 국왕이란 지위에 대해 더 깊은 부러움을 갖고 있다는 주장은 인정할 수 없다.

헨리 왕자를 먼발치에서라도 보려고 온갖 불편을 무릅쓰고 모여든 1만 명의 미국인들 중에서, 거의 2백 명 정도를 제외하고는 모두가 호기심 때문에 그 자리에 있었을 것이다. 그들은 그토록 자주 입에 오르내리던 인물을 한 번 보려는 욕구에 불타고 있었다. 그들은 그를 부러워한다. 그러나 그들이 부러워하는 것은 왕이라는 지위가 가진 권력이 아니라 명성이다. 왜냐하면 그들은 권력이나 명성이란 것에 대해 모호하고 불분명하게 알고 있기 때문이다. 비록 환경과 조건 탓일 수는 있지만, 그들은 그런 것들을 가볍게 혹은 현실적이지 않은 것이라 생각하는 데 길들여져 있다. 따라서 그들은 그런 것들을 목숨을 다해서 부러워할 정도로 가치 있는 것이라 생각지 않는다.

그러나 그 가치를 철저하게 이해하고 있는 어떤 미국인(다른 나라 사람이어도 좋다)이 절대 권력과 명성을 한몸에 지닌 인물을 생전 처음으로 만나게 된다면, 호기심과 즐거움이 부러움이란 또 다른 감정과 뒤섞이기 마련이다. 어느 때라도, 미국 땅 어느 곳에서라도, 당신은 낯선 사람에게 행복감을 안겨줄 방법이 있다. "저기 가는 신사분을 보셨습니까? 저 분이 바로 록펠러 씨입니다"라고 말해 보라. 그러면 지나가던 모든 사람이 그 사람을 쳐다보게 될 것이다. 그때 그 사람의 눈을 보라. 그 눈에 비친 것이 바로, 그 사람이 이해하는 권력과 명성이란 것이다.

계급이란 제도를 이해하게 되면, 우리는 언제나 그 계급을 손에 넣고 싶어하게 된다. 어떤 사람이 유명하다면, 우리는 언제나 그를 만나보고 싶어한다. 그가 우리에게 관심을 보여준다면, 우리는 기를 쓰고 그 순간을 기억하려 할 것이며, 기회가 닿을 때마다 그 사실을 언급하게 될 것이다. 때로는 친구에게, 친구가 아니면 낯선 사람에게라도 말하려 할 것이다.

그럼 계급이란 무엇이고, 명성이란 무엇인가? 손쉽게 왕이나 귀족을 생각하게 된다. 아니면 군, 예술, 문학 등등에서 세계적으로 유명한 사람을 떠올릴 것이다. 그러나 그런 생각은 잘못이다. 계급은 위로는 황제부터 아래로는 쥐잡이꾼에 이르기까지 위계가 있기 마련이다. 또한 각 단계마다 뚜렷한 구분이 있으며, 최고의 지위에는 복종과 부러움이 당연히 뒤따른다. 계급상 최고의 지위에 오른 사람을 숭배하는 것은 모든 인류가 누리는 소중한 특권이다. 그 특권은 민주주의 국가에서나 군주국가에서나 자발적으로 기꺼이 누려진다. 심지어는 우리가 부당하게 하등동물이라 일컫는 그런 동물의 세계에서도 그렇다.

중국의 황제는 4억에 달하는 백성의 숭배를 받고 있다. 그러나 중국민을 제외한 나머지 사람들은 중국 황제에게 무관심하다. 기독교의 황제도 그 신민들과 그 영토 밖의 기독교인들의 숭배를 받는다. 그러나 그 역시 중국에서는 무관심한 존재일 따름이다. 1등급 왕은 폭넓은 숭배를 받는 왕이다. 2등급 왕은 1등급보다 못한 숭배를 받는 왕이다. 3등급, 4등급, 5등급 왕은 조금씩 숭배의 정도가 감소되는 왕이다. 한편 12등급(잔지바르〔아프리카 동해안의 섬으로, 현재 탄자니아의 일부—옮긴이〕의 술탄), 15등급(술루〔필리핀의 민데나오 섬과 보르네오 섬 사이의 섬—옮긴이〕의 술탄), 22등급(사모아의 반추장)의 왕은 그들이 다스리는 땅 밖에서 전혀 숭배받지 못하는 왕이다.

이번에는 최고의 지위에 오른 사람들을 살펴보자. 모두가 개인적인 존경을

표하는 집단을 갖는다. 해군에 그런 집단이 많다. 해군 장관과 해군
참모총장부터 시작해서 조타수까지 내려간다. 그 아래로 내려갈 수도 있다.
왜냐하면 수병들 사이에도 집단이 있을 수 있고, 각 집단마다 전투력이나
힘이나 대담성이나 언변에서 두드러져 조직의 동경이나 부러움을 받는
수병이 있을 것이기 때문이다. 육군에서도 마찬가지이다. 문학계나
언론계도 마찬가지이다. 출판계도 물론이다. 낚시계에서도, 스탠더드
오일에서도, 유에스 스틸에서도 그렇다. 특급호텔을 비롯한 모든 등급의
호텔에서도 그렇다. 권투선수들도 마찬가지이다. 꼬마들로 이루어진
갱단에서도 물론이다. 한 녀석이 나머지 녀석들을 철저히 다루고 있기
때문이다. 쉽게 말해서 사모아에서는 왕이고, 유럽 왕족에서는
바닥이겠지만 동경과 부러움을 받기는 마찬가지이다.

이처럼 권력과 명성, 그것으로 얻어지는 명예를 추구하는 인간의 심성에는
애처로운 면이 없지 않다. 물론 흥미롭고 기분 좋은 면도 있다. 1등급 왕은
황제가 그를 위해 베풀어준 연회나 군인들의 열병식에서 행복해한다.
그리고 집으로 돌아가 여왕과 자식들을 개인 접견실에 불러놓고, 황제가
그를 위해 베풀어준 혜택에 대해 자랑한다.

"황제께서 친구처럼 내 어깨를 잡아주셨다. 친구처럼, 한 가족처럼 말이다.
상상이나 할 수 있겠니! 모두가 그 장면을 보았어. 황홀했다. 너무도
황홀했다!"

7등급 왕은 2등급 왕이 그를 위해 베풀어준 간단한 식사와 경찰
퍼레이드에도 감격해한다. 그도 집으로 돌아가, 가족들을 모아놓고 말한다.
"폐하께서 나를 개인 접견실로 안내했어. 같이 담배를 피우면서 담소를

나누었지. 아주 다정한 관계처럼 말이야. 담소를 나누고, 웃고, 잡담하고, 마치 같은 침대에서 태어난 것처럼 말이다. 대기실에 있던 하인들이 모두 보았지. 너무 행복했었다!"

16등급 왕은 13등급의 왕이 제공하는 변변찮은 환대에도 행복해한다. 그 역시 집으로 돌아가, 가족들에게 자랑한다. 그의 전임 왕들만큼이나 겉만 번지르르한 환대에 감격하고 기뻐한다.

황제, 왕, 예술가, 농부, 주요인사, 하찮은 사람…… 최하층에 이르기까지 우리는 모두가 비슷하고, 모두가 똑같다. 속마음은 똑같다. 옷을 벗어 던지면, 누가 누구라고 아무도 구분해 말할 수 없다. 우리에게 주어지는 순수한 마음의 찬사와 존경심에서, 우리에게 쏟아지는 관심에서 자부심을 느끼는 것은 우리 모두가 한 마음이다. 황제부터 아래에 이르기까지 아무도 그런 자부심을 거부하지 않는다. 인간은 그렇게 만들어져 있다. 손님이 우리에게 보이는 관심을 뜻하는 것은 아니다. 단지 아첨이 동반된 관심을 뜻할 따름이다. 우리 기분을 맞추어 주는 관심을 끌어당기는 근원을 싫어할 사람은 없다. 그럴 정도로 보잘것없는 근원은 없기 때문이다. 예를 들어, 어린 꼬마가 더럽고 흉측하게 생긴 개를 두고, "그 놈은 나에게 곧바로 다가왔어. 그래서 머리를 쓰다듬어 주었지. 그런데 나를 제외하고는 아무도 자기를 건드리지 못하게 했어"라고 말하면서, 남들보다 뛰어났다는 자부심으로 눈동자가 춤추는 것을 본 적이 있을 것이다. 당신도 종종 그런 경험을 했었다. 그 꼬마가 공주였다면, 그 버려진 개는 찬사와 더불어 그에 버금가는 칭송을 그 꼬마에게 주었던 것이 아니겠는가? 그렇다. 꼬마 공주는 어른이 되어 옥좌에 앉아서도,

그때를 기억하게 될 것이며 만족한 웃음을 흘리며 그 사건을 떠벌이게 될 것이다.

매력적이었고 사랑을 독차지했던 독일의 공주이자 시인이었으며, 루마니아의 여왕이었던 카르멘 실바는 어렸을 때 숲과 들의 꽃들이 "그녀에게 이야기했던 것"을 지금도 기억하고 있다고 최근에 발표한 책에 적고 있다. 다람쥐들도 그녀와 그녀의 아버지를 전혀 두려워하지 않으며 소중한 경의를 표해 주었다고도 말한다. "다람쥐 한 마리가 날카로운 이빨 사이에 도토리를 물고, 아버지 곁으로 달려갔다." 이런 말은 "그 놈은 나에게 곧바로 다가왔어. 그래서 머리를 쓰다듬어 주었지"라는 말과 다를 바 없다. "다람쥐는 아버지의 장화에 비친 자기의 모습을 보고 무척이나 놀라는 것 같았다. 반들거리는 가죽 속의 자기 모습을 바라보며 한참을 있었다." 그리고 제 갈 길을 갔다.

그리고 새! 그녀는 "의무"를 망각한 채 새의 먹이를 창틀에 놓지 않았음에도 "새들이 대담히도 내 방으로 들어왔다"는 기억에 자랑스러워한다. 그녀는 야생의 새들을 기억했다. 머리 위의 왕관을 망각할지언정, 새들이 그녀를 찾아왔다는 자부심은 잊지 않는다. 또한 말벌과 꿀벌이 그녀의 친구였다고 자랑한다. "나는 말벌이나 꿀벌에 한번도 쏘인 적이 없었다"고 말하며, 그들과의 우아했던 친분관계를 잊지 않는다. 여기에서 우리는 버려진 개가 보여주었던 관심 때문에 친구들 사이에서 뛸 수 있었던 기쁨을 맛보았던 꼬마의 자부심과 유사한 것을 엿보게 된다.

"말벌들이 활개치던 최악의 여름이었다. 야외에서 점심을 먹던 우리

주변은 말벌들로 가득했다. 모두가 쏘였지만, 나는 건드리지도 않았다."
현재 여왕이라는 최고의 지위에 올랐음에도 30년 전 숲 속의 미물들이
그녀에게 보여주었던 남다른 관심을 즐거이 기억하고 있는 것에서, 우리는
특별한 관심과 경의와 차별은 신분과 권력을 뛰어넘어 그 자체로 특권임을
깨닫게 해준다.

우리 모두가 그런 것들을 좋아한다. 철도역 직원이 다른 사람들의 표는
검사하면서 나는 무사통과시켜 줄 때마다, 내 기분은 황제가 어깨에 손을
얹어주었을 때 "모두가 이것을 보고 있어"라고 느꼈던 1등급 왕의 기분과
다를 바 없다. 버려진 개가 다른 아이들에게는 짖어대면서 자기에게만
머리를 들이밀 때 느꼈던 꼬마의 기분도 마찬가지였을 것이다. 또한
말벌이 자기를 제외한 모든 사람들을 쏘았을 때 공주가 느꼈던 기분도
그랬을 것이다. 4년 전, 나도 비엔나에서 그런 경험을 했었다. 지금도
생생히 기억하고 있다. 황제가 곧 지나갈 길이라며, 모자를 쓴 경찰이 나를
포함해서 오십여 명의 행인을 막고 있었다. 경비대 대장이 상황을
둘러보던 중, 갑자기 그 경찰에게 화를 버럭 내며 소리쳤다.
"자네는 마크 트웨인 씨도 몰라보나? 그 분은 나오시도록 해드려!"
4년 전 일이었다. 그러나 그 순간 내 마음속에 불끈 일었던 자부심을
잊으려면 4백 년은 지나야 할 것 같다. 주변 사람들의 얼굴에 그려진
나에게 대한 공경심을 읽었을 때, 나는 단추를 여미지 않을 수 없었다.
또한 그들의 표정에 떠오른, 궁금해하고 원망하는 빛에서 "대체 마크
트웨인이란 작가가 누구야?"라는 뜻을 읽을 수 있었다.

"나는 바로 코앞에서 그 사람을 보고 있었어. 손을 뻗으면 만져볼 수도 있었어."

이런 말을 당신은 지금까지 헤아릴 수 없이 들어보았을 것이다. 그런 말을 할 수 있다는 자체로도 남들과는 다르다는 자랑거리이다. 그를 부럽게 만들어 주며, 돋보이게 만들어 준다. 그는 자부심을 느끼며, 얼굴이 빨개지도록 행복해한다. 그가 누구 곁에 그토록 가까이 있었던 것일까? 그 대답은 전 계층을 망라한다. 왕일 수도 있고, 악명 높은 강도일 수도 있고, 기상천외하게 살해당해 유명해진 이름 없는 사람일 수도 있다. 어쨌든 그 순간만은 대중의 관심을 사로잡은 사람이면 충분하다.

"나는 그 현장에 있었어. 내 눈으로 직접 보았다구."

남들의 부러움을 불러일으키는 말이다. 그곳은 전쟁터, 결혼식장, 대관식장, 점보 코끼리가 기차에 받혀 사망한 현장, 배터리 공원에 제니 린드가 도착하는 장면, 대통령과 헨리 왕자의 접견, 살인광의 추적, 터널 속의 참변, 지하철의 폭발 현장, 유명한 개 싸움터, 번개에 맞은 마을 교회 등등을 가리킬 수 있다. 말하자면 헨리 왕자의 무언가를 보았던 사람이면 누구라도 그렇게 말할 수 있다. 그 자리에 없었던 사람, 헨리 왕자의 뒤통수도 못 보았던 사람은 비웃음을 흘린다. 그것을 특권으로 승화시킨다. 그 특권을 최대한 이용한다. 그런 점에서 다른 사람들과는 다르다는 사실을 부각시키려 한다. 미국의 민족적 우월감이 부풀려지고 농축되어 굳어지면, 헨리 왕자의 모습을 보았던 사람들의 자부심마저 헐뜯는 지경까지 치닫는다. 나 자신도 그런 유형의 사람들에게 괴롭힘을 당해

왔다. 당신이 우연히 맞이한 특별한 행운을 말하려 하면, 그들의 심사가 뒤틀린다. 그들은 당신의 행운을 참고 넘어가지 않는다. 당신이 특별한 행운으로 여겼던 것을 무가치한 것으로 전혀 엉뚱하게 해석하려 한다.

나는 영광스럽게도 어떤 황제를 개인적으로 알현할 기회가 있었다. 지난주, 나는 그때의 일을 질투의 화신에게 이야기하게 되었다. 나는 그가 순간 움찔하며 입술을 씹으며 고통스러워하는 것을 볼 수 있었다. 나는 황제와 있었던 전 과정을 상세하게 빠짐없이 이야기해 주었다. 그때 그는 나에게 가장 감명 깊었던 것이 무엇이었느냐고 물었다.

나는 이렇게 대답했다.

"그들은 나에게 황제를 알현한 다음 뒷걸음으로 물러나며 재주껏 문고리를 찾으라고 말했지. 얼굴을 돌리는 것이 허용되지 않는다는 거야. 하지만 황제는 내가 그런 일에 익숙지 않을 것이기 때문에 무척이나 힘든 고문일 거라고 생각했어. 그래서 황제 앞을 물러날 시간이 되었을 때, 황제는 뒤로 돌아 책상 위에서 뭔가를 찾는 척했지. 덕분에 나는 쉽게 알현실을 빠져나올 수 있었어."

그의 급소를 찔렀다. 통렬한 아픔이었을 것이다. 그의 얼굴에서 부러움과 불만을 읽을 수 있었다. 그는 그런 표정을 숨기지 않았다. 그런 특권을 단숨에 무너뜨릴 무언가를 마음속으로 가다듬고 있는 것이 분명했다. 나는 그의 그런 표정을 즐겼다. 그가 제풀에 지쳐버릴 것이라 생각했기 때문이었다. 그는 한참동안 궁리를 거듭하고 있었다. 그리고 타당하지는 않지만 말하지 않고는 견딜 수 없는 사람처럼 불쑥 내뱉었다.

"자네는 황제가 책상 위에 최고급 시가를 갖고 있었다고 말했나?"

"그렇긴 했지만, 그런 비슷한 말도 한 기억은 없는데."

나는 다시 승리를 거두었다. 그는 또 다시 머리를 굴리며 반격거리를 찾았다. 그리고 천박하기 이를 데 없이 말했다.

"그런데 황제가 시가가 몇 개인지 셀 수나 있었을까?"

나는 이런 사람을 좋아할 수 없다. 남의 즐거움을 빼앗아가려는 그런 행동이 얼마나 사악한 짓인지 그들은 모른다. 그러나 그들은 그런 것을 즐긴다.

"영국인(아니 모든 사람)은 군주를 몹시도 사랑한다."

이 말은 우리 모두에게 해당된다. 우리는 명성 있는 사람이 관심을 보여주면 한없이 즐겁다. 우리는 그런 사람, 그런 사건과 관계 있기를 바란다. 천박한 방법일지라도 그럴 수만 있다면 즐겁다. 이런 심리가 기념품 같은 추억거리에 대한 우리의 유별난 기호를 설명해 준다. 이런 심리가 호텔 여종업원이 들고 나온 영국 황태자의 머리카락이 은밀히 거래되는 이유를 설명해 준다. 그러나 그것은 왕자의 머리빗에서 나온 머리카락이 아닐 수도 있다. 왜냐하면 대머리가 되고도 남았을 만큼의 머리카락이 거래되었기 때문이다. 1만 명의 기독교인이 보는 앞에서 흑인 노예를 죽도록 벌주었던 밧줄이 5분 후에 인치당 2달러에 팔리는 이유도 이런 관점에서 설명될 수 있다. 또한 황실 사람들이 대중 앞에서 코트의 단추를 여미지 못하는 서글픈 사실도 이런 관점에서 설명될 수 있다. 우리는 군주를 사랑한다. 그러나 나는 군주란 낱말이 우리보다도 우월한 위치에 있는 모든 사람을 뜻한다고 생각한다. 어떤 집단의 우두머리인

셈이다. 예를 들어 귀족 집단, 백만장자 집단, 깡패 집단, 선원 집단, 신문팔이 집단, 정치가 집단, 여학생 집단 등이다. 사실 거대한 태머니 집단(1789년 뉴욕에서 조직되어 민주당의 핵심 세력이 되었던 집단으로, 나중에 부패 및 보스 정치의 상징어가 되었다—옮긴이)이 비열한 우상에게 보여주었던 만큼이나 열광적인 충성심과 저열한 숭배의 대상이 되었던 황제는 없었다. 동물원 같은 이 세상에서 신문에 사진이 실리는 것을 자랑스럽게 생각지 않을 두 발 달린 동물은 없다. 물론, 헨리 왕자와 함께 있는 모습이 매일 신문에 실리는 사람들을 조롱하며, 자기들은 절대 헨리 왕자와 함께 사진 찍힐 수 없다고 역설하는 사람들도 있을 것이다. 그러나 그런 주장은 결코 진실된 주장일 수 없다. 비록 초대받더라도 헨리 왕자와 떼를 지어 사진 찍히는 것이 전혀 자랑스럽지 않다고 말할 사람은 미국 땅에서 수백 명에 불과할 것이며, 그들은 그렇게 말하는 자신들의 말을 믿고 싶어한다. 하지만 그런 말은 어떤 경우에도 진실일 수 없다. 그런 사람이 수없이 많다. 그러나 진정으로 그렇게 말할 수 있는 사람이 있을 만큼 많은 수는 아니다. 그런 사람은 아직 태어나지 않았고, 사실 앞으로도 태어나지 않을 것이다.

언론 집단을 예로 들어보자. 표면에 나서지 못하고 뒤에서 일하는 그들 중에서 밖으로 튀고 싶어하지 않은 사람은 없다. 만 명—모두가 오만하고 거칠기 짝이 없는 민주의 투사이며, 투쟁과 정치에서 뼈가 굵은 아들들이며, 독수리같이 날렵한 사람들—의 사람이 있다면, 언제나 외곽에서 맴돌려고 애쓰는 사람은 하나도 없으며, 아침에 신문을 사면서 자신의 사진이 혹시라도 실렸나 궁금해하지 않는 사람도 없다. 또한 신문에 그와 관련된 기사가 조금이라도 실렸다면 그것을 자신의 오른쪽 귀처럼 잘라내서 보관하고픈 생각이 전혀 없는 사람도 없다.

우리 모두가 명성이라는 물방울을 조금이라도 손에 넣고 싶어한다. 한 방울이어도 좋고, 그 이상 얻을 수 없는 것이라면 눈곱만큼이어도 감지덕지한다. 말로는 그렇지 않은 척할 수 있다. 그러나 우리 자신까지 속일 수는 없다. 그리고 속이지도 않는다. 우리는 대중 앞에서 하나님의 가장 소중한 창조물이라 말한다. 또한 오랜 습관과 교육과 미신으로 그렇게 생각한다. 그러나 아무도 모르는 우리의 영혼 깊은 곳에서 분명히 깨닫고 있는 것이 있다. 만약 우리가 진정으로 가장 소중한 창조물이더라도, 그렇게 말하지 않는 편이 더 낫다는 사실이다.

북쪽에 사는 우리는 유난히도 직위를 밝히는 남부 사람들을 조롱한다. 진짜이든 가짜이든 간에 상관없이 그들은 직위라면 무조건 좋아하기 때문이다. 그러나 우리는 남부 사람이 좋아하는 것은 모든 인류가 좋아하는 것이란 사실을 망각하고 있다. 오로지 한 민족만이 유별나게 좋아하는 것은 없다. 그런 면에서 인종의 차이도 없다. 우리 모두가 아담이란 한 사람의 자손이다. 우리 모두가 장난감을 좋아한다. 따라서 우리도 누군가 시작하기만 한다면 남부 사람들의 그 질병도 전염병처럼 번져 나갈 것이다. 사실 그 전염병은 이미 시작되었다. 나는 개인적으로 8만 4천여 명의 사람들을 알고 지냈다. 그들은 1년이나 2년 동안 주지사의 잡다한 참모로서 근무했고, 그런 인연을 통해서 일시적인 장군이나 일시적인 대령이나 일시적인 법무관을 지냈던 사람들이었다. 그러나 그들 중 오직 아홉 명만이 퇴임과 동시에 그 직위를 버렸을 따름이었다. 또한 나는 지난 세기에 주지사를 그만두었던 수많은 주지사들을 알고 있다.
하지만 당신이 편지에서 그들을 "주지사"라 칭하지 않더라도 답장을 해줄
사람은 겨우 세 사람뿐이다. 또한 나는 이 땅에 역사가 시작되기 이전에
입법부라는 곳에서 시간을 보냈던 수많은 사람들을 알고 있다. 그러나
그들 중에서, "각하"란 호칭 대신에 "씨"라 부를 때 분개하지 않을 사람은
절반이 되지 않는다. 입법부가 해야 할 가장 중요한 일은 위엄 있는 법복
차림으로 한자리에 모여 사진을 찍는 것이다. 모든 의원이 그 사진을 틀에
넣어, 집에서 가장 눈에 띄는 곳에 걸어놓는다. 만약 당신이 그 집을
방문해서 저렇게 잔뜩 모여 있는 사람들이 누구냐고 묻는다면, 옛
입법기관의 의원은 기분 좋게 대화를 시작하게 될 것이다. 그리고
얼룩으로 거의 지워져 버린 한 사람을 손가락으로 짚어 보이며, 만면에
미소를 깔고 "바로 나야!"라고 말할 것이다.

당신은 하원의원이 편지를 잔뜩 들고 워싱턴의 호텔 식당으로 들어가는
것을 본 적이 있는가? 그가 테이블에 앉아서 편지 읽는 모습을 본 적이
있는가? 눈썹을 찡그리고, 정치가답게 얼굴을 심각하게 찌푸리는 모습을
본 적이 있는가? 그러나 그 동안에도 그가 주목의 대상이 되고 있는지
살피기 위해서 안경너머로 은밀히 곁눈질하고 있다는 것을 아는가? 그가
매일 아침 들고 오는 편지가 언제나 똑같은 낡은 편지라는 것을 아는가?
당신은 그런 모습을 본 적이 있는가? 당신은 그렇게 위장된 모습을 본
적이 있는가? 그런 모습이 바로 이 나라 수도의 모습이다. 한 사람은
예외이다. 그러나 가슴아픈 예외이다. 그는 전 하원의원이다. 그는
영광스런 2년, 그러나 소설같이 결말을 맺은 2년 때문에 평생을 망치고

말았던 불쌍한 사람이다. 의원직을 빼앗긴 후, 그는 애끓는 마음으로 고향으로 돌아갔다. 그런 가슴앓이를 감추었지만, 잃어버린 영광의 순간들을 잊을 수 없었다. 그래서 몇 년 동안 때로는 무시당하고 때로는 타박을 당하면서도 결정을 쉽게 할 수 없었다. 폐허가 되어버린 농장이 부끄럽기도 했다. 그래서 씩씩하게 달리 생각해 보려 노력하기도 했다. 지루하고 우울한 생활이었다. 그러나 상쾌하고 즐거운 모습을 보이면서, 여전히 그 땅에 살고 있고 한때 친구처럼 지냈던 부자들에게 상냥한 인사를 건네기도 했다. 그러나 언제나 환영받는 것은 아니었다. 그런 사람을 본 적이 있는가? 그는 사라져버린 옛 영광에서 남겨진 작은 조각—"밑바닥 특권"—에 애처롭게 집착하고 있다. 그 조각까지 잃지 않으려 하면서, 그것으로 얻어낼 수 있는 것을 얻어내려 한다. 내가 알고 있는 가장 서글픈 모습이다.

그렇다, 우리는 조그만 특권이라도 사랑한다! 그럼에도 우리는 상상치도 못할 특권을 누리고 있는 왕자 같은 사람들에게 오만한 조롱을 퍼붓는다. 우리에게 그런 행운이 주어질 경우를 망각하고 있는 것이다. "상원의원"은 특별한 특권을 지닌 지위가 아니다. 상원의원은 여러분이나 나 이상의 권리를 갖지 않는다. 그럼에도 여러 나라의 수도 워싱턴에서는, 그 허상에 집착하며 상원이란 호칭에 만족감을 드러내는 5천 명의 상원의원이 있다. 따라서 여러분도 질책받지 않으려면, 그들을 상원의원님이라 불러주어야 할 것이다.

사실 우리는 특권을 사랑한다. 할 수만 있다면 그 특권을 손에 넣으려 한다. 어떤 특권이나 가치가 있기 때문에, 그 특권에 매달린다. 기도할 때마다, 우리는 스스로를 "먼지의 벌레들"이라 부른다. 그러나 누구도 그런 호칭을 액면 그대로 받아들이지 않는다. 우리는 먼지의 벌레들이다! 아니다, 우리는 그런 것이 아니다. 사실일지도 모른다. 우리는 우리 자신을 돌이켜볼 때, 사실대로 보지 않는다.

우리가 군주를 사랑하는 것은 분명한 사실이다. 그 군주는 사기꾼일 수도, 공작일 수도, 권투선수일 수도 있다. 어떤 사람이나 집단의 우두머리가 될 수 있다. 오래 전, 나는 기름투성이의 작업복을 입은 한 청년이 〈헤럴드〉의 건물 옆에 서 있는 것을 보았다. 잔뜩 기대에 찬 얼굴이었다. 곧 굉장한 거물이 지나가면서 그의 어깨를 툭 건드려 주었다. 그 청년이 기다리고 있던 것이 바로 그것, 거물의 관심이었다. 어깨를 살짝 건드려 주었다는 것만으로 그 청년은 자랑스럽고 행복했던 것이다. 그의 눈빛에서 그 즐거움을 읽을 수 있었다. 그의 친구들도 그것을 보았고, 그들도 그런 영광을 가지고 싶었다. 그 청년은 그 신문사의 지하 인쇄소의 말단 종업원이었고, 그 거물은 위층의 왕이자 식자실의 감독이었다. 청년의 눈에 비친 빛은 숭배였고, 감독은 그의 군주, 달리 말해서 그 집단의 우두머리였다. 어깨를 건드려준 것은 작위를 수여한 것이나 똑같았다. 귀족의 아들에게 황제가 칼로 작위를 수여했던 순간만큼이나 그 청년에게는 그 순간이 소중한 시간이었다. 영광의 본질은 어디에서나 똑같다. 그 가치에서 차이가 없다. 겉으로 드러난 것, 즉 의복을 제외하고는 본질에서 어떤 차이도 없다.

모든 인간은 군주를 사랑한다. 달리 말해서 권력과 명성을 지닌 사람을 우러러보고 싶어하며, 그런 사람에게 주목받고 싶어한다. 선천적으로 고매한 이상을 지닌 동물까지도 때로는 이런 점에서 인간의 차원까지 타락한 모습을 보인다. 동물원에 한 고양이가 있었다. 고양이는 코끼리의 친구가 되고자 했지만 그 소망을 이루지 못했다. 나는 그 고양이를 보고 많은 것이 부끄러웠다.

옮긴이 글

> 우리는 상표로 선택하고서도 그 향으로 선택한다고 자위한다
> ―〈담배에 대하여〉, 마크 트웨인

1999년을 맞으면서 한 가지 소식이 들렸다. 담뱃값을 올린다는 소식이었다. 그런 발표 자체에는 아무런 관심도 없었다. 그러나 담뱃값을 인상하는 이유를 듣는 순간 마크 트웨인이었다면 그 핑계를 얼마나 멋들어지고 재미있게 표현했을까 하는 생각이 들었다. 바로 숨겨진 모순 때문이었다. 인상의 이유는 두 가지였다. 하나는 경기가 침체된 마당에 확실한 세금의 근거를 마련하여 세입을 늘리겠다는 것이었고, 다른 하나는 국민의 건강을 위해서라는 것이었다. 겉으로 보기엔 그럴 듯하다. 그러나 여기엔 엄청난 모순이 숨어 있다. 생각해보면 그 모순은 간단히 발견된다. 국민 건강을 위해서 담뱃값을 올린다고 했다. 그렇다면 담배의 소비가 줄어들 것이다. 그렇다면 당연히 국고로 들어가는 세금도 줄어들 것이다. 그런데 담뱃값을 올려서 세수를 늘리겠다고 한다. 결국 어차피 담배 소비는 줄어들지 않을 것이니 세수나 늘리겠다는 계산이었다. 이렇게 우리는 기만적 세상에 살고 있지만 단지 담뱃값이 올라간 것에 불만을 가질 뿐, 그 모순을 찾지 않는다. 결국 우리는 서로를 속이고 속아넘어가는 세상에 살고 있다. 트웨인의 말대로, 우리의 잘못된 믿음과 확신은 대개 남의 말을 그대로 믿어버리고 어떤 검증 절차도 거치지 않는 데서 비롯된다.

20세기를 전후한 시점에, 미국에는 동서로 나뉘어 두 사람의 신랄한 저널리스트가

있었다. 서쪽에서는 앰브로즈 비어스(Ambrose Bierce)라는 매서운 독설가가 필봉을
휘둘렀고, 동쪽에는 마크 트웨인(Mark Twain)이라는 몽상가가 있었다. 비어스는
우화의 형태로 지도층을 향해 신랄한 공격을 퍼붓지만, 트웨인은 산문적 형식으로
인간의 심리를 풍자적으로 묘사해 보인다. 비어스와는 달리 트웨인은 결코
공격적이지 않다. 그의 풍자는 유머와 위트로 감추어져 있다. 그러나 결코
추상적이지 않다. 오히려 실리적이고 과학적이기도 하다. 유머러스한 글로 독자의
눈을 끌어들이며, 그 속에서 생각하도록 만든다. 그렇기 때문에 차칫하면 읽는
재미에 빠져서 트웨인이 전하려는 핵심을 놓치기 십상이다.

그는 인간의 내면심리, 모순된 삶, 위선적인 모습, 물질을 향한 끝없는 욕심,
영웅심리, 세대차이, 인간의 잔혹성 등의 메시지를 다양한 이야기로 풀어 보인다.
모두가 경험을 바탕으로 한, 현실감이 생생한 글이다. 〈불가사의한 족속
1―이브〉와 〈불가사의한 족속 2―아담〉에서도 그는 인간의 자기본위적
사고방식에 따끔한 일침을 가하고, 우리는 그것에서 쓴웃음을 짓게 된다. 이
아담과 이브의 일기는 우리가 상대에 대해 얼마나 왜곡된 편견을 갖고 있는지를
상대의 편견을 통해서 느끼게 만든다.

그의 글은 궁극적으로 인간의 허영심을 향해 따끔한 일침을 가하며 매섭기 이를
데 없다. 그러나 읽히지 않는 글은 생명이 없다는 그의 지론대로, 그의 유머와
위트에는 날카로운 바늘이 감춰져 있다. 결국 그의 말대로 유머의 본질은 웃음에
있는 것이 아니라 슬픔에 있음을 절감하게 된다.

풍자적인 글은 영원한 생명을 갖는다. 특히 트웨인처럼 인간의 본질을 대상으로
하였던 글은 언제 읽어도 새롭다. 왜냐하면 1백 년 전의 인간과, 물질을 향한
욕망이나 타인을 향한 편견, 자기본위적 생각을 품고 있는 지금의 우리는 조금도
다르지 않기 때문이다. 그러나 우리는 그런 모습을 감추고 산다. 심지어 자기
자신에게도 감추고 산다. 그렇기 때문에 트웨인은 인간에 대한 혐오감을

드러내보이기도 한다. 〈맘대로 안 되는 유일한 것〉에서 죽음마저 거부하며
모욕만이 남았다고 말하는 것도 인간에 대한 철저한 혐오감의 증거이다.
트웨인의 글은 결코 직설적이지 않다. 그 때문에 조금은 생각하며 읽어야 한다.
〈소녀 유감〉, 〈참혹한 슬픔〉, 〈두 살바기 꼬마의 농담〉 등이 모두 그렇다. 그 속에
담긴 핵심을 읽어야 한다. 그런 핵심을 찾아내는 방법을 〈유머와 위트와 코믹의
차이〉에서 우회적으로 설명하고 있다.

〈건전한 오락〉은 모든 것의 집대성이다. 인간의 탐욕, 몽상, 허영, 좌절, 위선 등이
모두 들어 있다. 다른 글에 비해서 상당히 많은 분량을 차지하지만 재미있게
읽어갈 수 있다. 바로 내 이야기를 하고 있는 것과 다름없기 때문이다. 어느 날
갑자기 당신에게 3만 불이란 유산이 주어진다고 해보자. 그 대신 당신에게 유산을
남겨줄 사람의 죽음을 절대 확인하려 해서는 안 된다는 조건이 주어진다. 모순에
빠진다. 유산을 남겨줄 사람의 죽음을 확인하지 못하면, 어떻게 유산의 권리를
주장할 수 있겠는가? 당연히 간접적으로 그의 죽음을 확인할 수 있는 방법을
찾는다. 유산을 받으면 어떻게 쓸 것인지 궁리하고 꿈의 나래를 펴게 된다. 그런
나의 모습을 〈건전한 오락〉은 정확하게 그려보이며 나를 좌절에 빠지게 한다. 마크
트웨인다운 끝내기 솜씨다.

끝으로 한마디만 덧붙인다. 마크 트웨인의 글에는 유머(humor)가 담겨 있다고
했다. 어원적으로 "유머"는 "젖는다"는 뜻을 지니고 있다. 물론 몸에서 나오는
분비물로 젖는다. 그것은 눈물이다. 웃음에서 흘러나오는 눈물이다. 그러나
트웨인은 그 눈물을 기쁨의 눈물이 아니라 슬픔의 눈물로 보았다. 제목이 시사하는
바처럼, 마크 트웨인은 우리가 착각과 거짓 속에 살고 있음을 알고 있었기
때문이었다.

생극에서, 강주헌